로비스트

강철같은 심장, 치명적인 아름다움

로비스트

이영미 장편소설

북하우스

| 차례 |

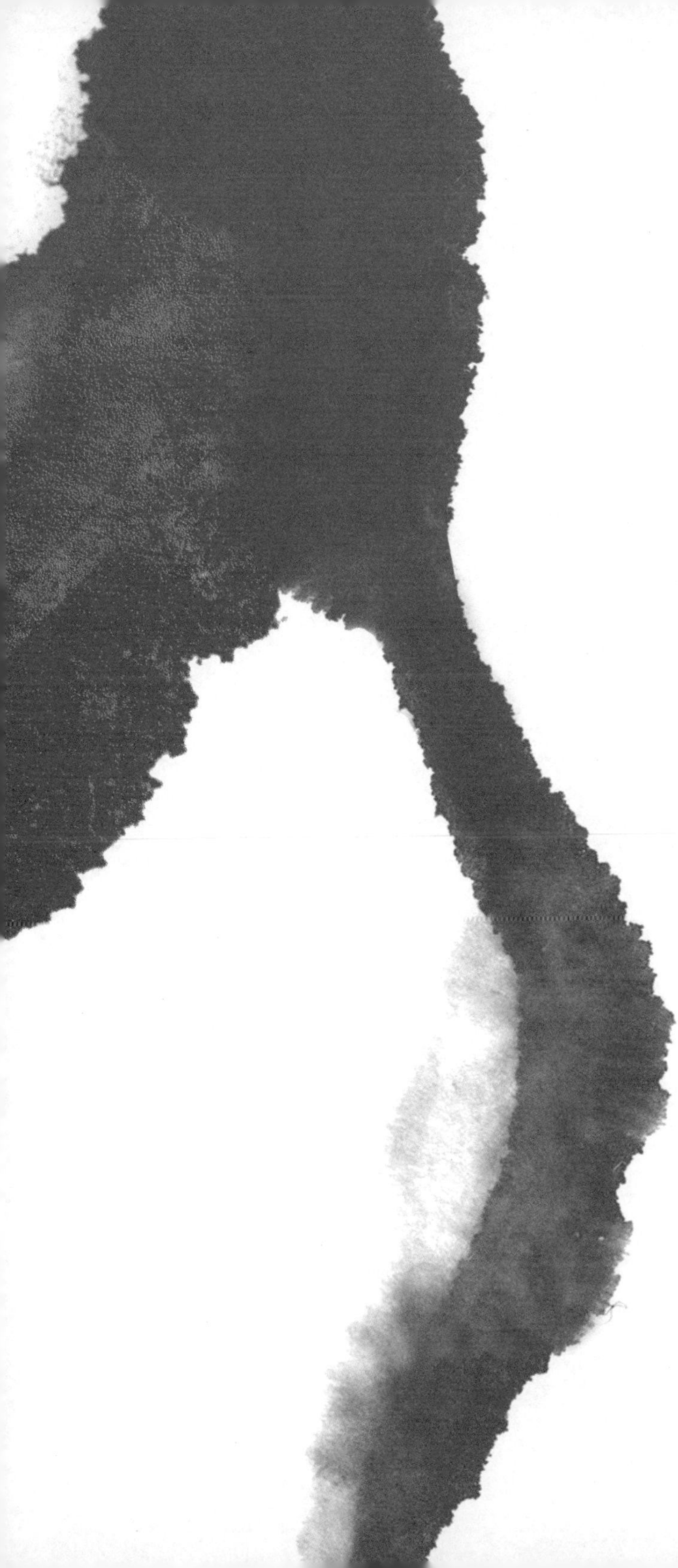

1장

욕망

1

"앉게."

긴급 호출이라는 부관의 말이 믿어지지 않을 얼굴이었다. 특이하게도 국방장관 김성수는 웃고 있었다.

"네."

P-프로젝트의 총괄 책임자 현기문은 국방장관실 가죽 소파 한켠에 걸터앉았다. 매우 불안정한 자세였다.

"당신이, E시스템을 도입하는 안에 가장 반대한다면서?"

국방장관은 여전히 얼굴에 웃음기를 거두지 않은 채였다.

현기문은 의아스럽다는 얼굴로 그를 바라보았다. 국방장관이 무엇을 말하는지 구체적으로 이해하지 못하겠다는 표정이 역력했다.

"내가 지금 무슨 말을 하는지, 잘 모르겠다는 표정인데…… 오전에 있던 국방부와 ADD(국방과학기술원) 그리고 P-프로젝트 운용부대 간의 회의 말이야."

그제야 현기문은 뭔가 짚이는 게 있었다.

오전에 P-프로젝트 감청 장비 선택을 위한 회의가 있었다. 그 회의에서 현기문이 단장으로 있던 P-프로젝트 운용부대나 ADD의 결론은 감청 장비 TRW와 항공기 팰콘이었다. 그런데 회의 내내 국방부 관계자는 이상스러우리만큼 그 의견을 받아들이려 하지 않았다. 그뿐만 아니라 P-프로젝트 감청 장비로, TRW와 팰콘 패키지의 경쟁 상대인 E시스템과 항공기 호커800 패키지 쪽으로 몰아가는 분위기였다. 그렇다면 혹시 그것이 국방장관의 의중일지도 모른다는 데에, 사업단장 현기문의 생각이 미쳤다. 그래서 그의 입을 타고 흘러나오는 목소리는 어딘지 꺼끌꺼끌 했다.

"아, 그 회의요."

오전이라고 해봐야, 채 1시간도 지나기 전의 일이었다.

그런데 국방장관은 이미 P-프로젝트 감청 장비 선정을 위한 회의 내용을 알고 있었다. 국방장관이 회의 내용까지 일일이 꿰고 있다는 사실은 극히 이례적일뿐만 아니라 놀랍고도 의아스러운 일이었다.

사실 국방장관의 말대로 회의중에 감청 장비 E시스템 안을 가장 격렬히 반대했던 사람은 현기문이었다. 현기문이 수장으로 있는 P-프로젝트 운용부대에서 원했던 제품은 TRW와 팰콘 패키지였다.

그것은 P-프로젝트 운용부대 대원들이 공군 독신자 숙소에서 근 보름 동안 외부와의 접촉을 일체 차단한 채, 자료를 점검하고 회의를 거듭한 끝에 내린 결론이었다. ADD 역시 P-프로젝트 운용부대와 같은 결론이었다. 그런데 지금 그 결론을 국방부에서 뒤집으려고 하는 것이다. 현기문은 운용부대원의 뜻을 장관에게 정확히 전달해야 한다고 생각했다.

"제가 반대했던 것은, 다른 뜻이 있어서가 아니라……."

현기문의 설명을, 그러나 유감스럽게도 국방장관은 끝까지 들으려 하지 않았다.

"아니, 아니…… 내가 당신 설명을 들을 필요는 없을 것 같고…… 감청 장비로는 다들 E시스템이 좋다고 하잖아. 오산에 있는 미 공군 U2기에 장착되어 있는 것도 E시스템 거고. 그런데 굳이 TRW를 고집하는 이유가 뭔가?"

국방장관의 의중은 명백했다. P-프로젝트 감청 장비 E시스템과 항공기 호커800 패키지였다. 그러나 그 이유를 알 수 없었다.

현기문은 다시 한번 호흡을 가다듬었다. 그럼에도 그의 목소리는 떨리고 있었다.

"저희가 TRW와 팰콘 패키지를 원했던 건, E시스템의 감청 장비에 문제가 있어서 그런 게 아닙니다. 시스템이 아무리 좋아도 항공기가 오래 떠 있을 수 있어야 유용한 겁니다. 시스템은 수시로 교체할 수가 있는데, 항공기는 한 번 구입하면 향후 삼십 년은 내다봐야 합니다."

현기문은 잠시 호흡을 가다듬었다. 그리고 말을 이었다.

"국방부에서는 지난번 감청 장비 회사가 감청 장비를 탑재할 항공기를 선택하도록 결정했습니다."

"그랬지."

무슨 생각에서인지 국방장관 김성수는 잠자코 현기문의 설명을 듣고 있었다.

현기문의 목소리 톤이 조금씩 올라가고 있었다. 흥분을 잘 하는 그의 성격 탓이었다.

"그때 감청 장비 회사 E시스템은 항공기로 호커800을, TRW는 팰콘을 골랐습니다. 그런데 E시스템과 패키지로 묶인 호커800은 구식 기종입니다. 팰콘이 다리가 세 개인데 반해, 호커는 다리도 두 개밖에 없습니다. 안정성 면에서도 떨어집니다. 이번에 감청 장비 들이면, 한반도가 통일 된 후, 중국 지역을 커버하는 문제까지도 고려해야하지 않겠습니까."

마침내 김성수의 얼굴에 웃음기가 걷혔다. 조금 전까지는 애써 웃고 있었는지도 모를 일이었다.

"그걸 누가 모르나? 그러나 자네들이 고른 것은 가격이 비싸다는 말이지."

"상대적으로 가격이 조금 비싸기는 하지만 그만큼의 가치가 있는 겁니다. 특히 항공 장비는 한 번 산 후 다시 살 수 있는 게 아니지 않습니까."

현기문은 설명을 하면서도 국방장관의 의중을 돌려놓을 자신이 없었다. 국방장관의 의중은 이미 E시스템과 호커 패키지에 가 있었던 것이다.

"거 말야, 소나타 타도 될 일을 왜 자꾸 그랜저 타려고 그래?"

"장관님, 저희 P-프로젝트 운용부대에서 기종 선택을 위해 합숙에 들어갈 때, 분명 장관님께서는 이번에 선택될 기종에 대해 특별한 이견이 없다고 하셨습니다. 저희들 소신껏 고르라고 말씀하셨던 걸로 기억합니다. 그런데 왜 마음을 바꾸신 겁니까?"

현기문은 정말이지 그게 궁금했다. 그러나 그 부분에 대해 국방장관은 입을 다물었다.

다물려 있는 입을, 억지로 열 수는 없는 일이었다.

현기문은 국방장관의 의중만을 확인한 채 장관실을 물러나올 수밖에 없었다.

2

국방장관실을 물러난 현기문은 허탈했다. 외부와의 접촉까지 차단당한 채, 시스템 선정 문제로 골몰했던 보름간의 시간이 억울했다. 그리고 무엇보다 국방장관의 의중이 그쪽으로 굳어지게 된 이유가 궁금했다.

현기문은 국방부 획득개발실에 들렀다.

마침 획득개발실 윤 소장이 자리를 지키고 있었다.

"장관이 이상해. 운용부대의 의견까지 묵살해가면서 E시스템 패키지로 밀어붙이려고 하는 것 같던데, 뭐 들은 소리 없어?"

획득개발실의 윤 소장이 씁쓰레한 미소를 지었다.

"아마 로비 때문인 것 같아. 거기 로비력이 막강했던 거지."

현기문은 가슴이 답답했다.

"그럼 국방장관이 로비에 넘어갔다는 말이야?"

"한 열흘 전만 해도 TRW와 팰콘 패키지로 굳어지는 분위기였잖아. 그렇게 되자, E시스템에서 급하게 새 로비스트를 물색했던 모양이야, 당시 로비스트로는 역부족이다 판단했던 거지. 어쨌든 새 로비스트가 오면서 국방장관이 완전히 넘어간 것 같아."

"그럼 우리가 원하는 제품이 뭔지, 그쪽에서 미리 알았단 말이야? 어떻게 그런 일이 있을 수 있어?"

"운용부대원들이 아무리 외부와의 접촉을 치단당했다고 해도, 어떤 경로를 통해서든 운용부대가 원하는 제품이 뭔지, 외부로 흘러나가기 마련이라고. 무기업자들이 어떤 사람들인데……."

"좋아. 그럼 E시스템의 새 로비스트는 누구고, 옛날 로비스트는 누구야?"

"원래 로비스트는 잘 드러나지 않는 법이라, 나도 떠도는 소문만 들었는데…… 옛날 로비스트는 공사 출신이던 김기용이었다고 하대. 혹시 알아?"

김기용……. 현기문은 낮게 읊조렸다.

현기문은 우연한 기회에 김기용을 만난 적이 있었다.

몇 년 전, P-프로젝트 감청 장비 시스템 선정 문제로, 미국 E시스템 본사를 방문한 적이 있었는데, 그때 일행을 안내했던 인물이 김기용이었다. 김기용은 모처럼 고국에서 후배들이 왔다며 호기를 베풀었지만, 눈에 띄게 궁색하고 초라해 보였다. 그 모습이 안쓰러워 현기문은 얼마의 돈을 쥐어주기까지 했었다.

"그 사람이라면…… 조금 안면이 있는 정돈데……그럼 E시스템사에서 김기용을 까내고 새로 고용한 로비스트는 누군데?"

"자세한 건 나도 모르는데, 들리는 말로는 여자래."

"여자? 무기 로비스트 중에 여자도 있었나?"

"전 세계적으로 세 명이 있다고 하는데, 그중 한 명이라는 것 같아."

현기문은 천천히 고개를 끄덕였다. 사태가 불리하게 돌아가자 E시스템 측에서 긴급히 로비스트를 바꾸었다. 그리고 그 로비스트는 대한민국 국방장관을 움직였다. 이야기가 그렇게 돌아가는 것이었다.

현기문의 표정을 천천히 살피며 획득개발실 윤 소장이 말했다.

"하여튼 이번 P-프로젝트는 말들이 많아. 안기부에서는 또 이스라엘 제를 들이자고 했던 모양이던데……."

이번에는 현기문이 씁쓸히 웃었다.

"안기부라…… 무기 도입 사업이 돈 좀 된다고 하니까, 온갖 똥파리들이 다 꼬이는군."

사실 안기부의 개입 문제는 새삼스러운 건 아니었다.

안기부장 강욱은 국방장관을 지낸 인물이었다. 그는 국방장관 직을 물러나 안기부장으로 자리를 옮기면서 그 자리에 김성수를 심어놓았다.

강욱은 군 내부에서 오래전부터 이어오던 사조직을 척결했으며, 실질적으로 군을 장악하고 있었다. 그리고 군 내부에 상당한 파워를 구축해놓고 있었다.

"이번에 P-프로젝트 시스템 선정 문제로 김성수 국방장관도 안기부장하고 등을 졌으니, 앞길이 평탄치만은 않을거야."

현기문은 윤 소장의 자조어린 소리를 들으며 창밖으로 시선을 돌렸다. 조금 전 자신을 보고 이상하리만치 해맑게 웃던 김성수 국방장관의 얼굴이 떠올랐다.

김성수 국방장관…… 그에게는 타고났다고 할만큼 순진한 구석이 있었다. 그리고 그런 성격은 군인이라는 특수성으로 인해 외부로부터 큰 침해를 받지 않고 있었다. 그런데 그런 그의 순진함은 간혹 무모했다.

그는 지금, 거인 강욱을 향해, 짱돌을 들고 선 다윗이었다.

다윗과 골리앗…….

그러나 현실에서 그와 같은 신화가 실현될 가능성은 거의 없다고 봐도 과언이 아니다. 도대체 순진무구한 김성수를 변화시킨, 힘은 무엇인가. 현기문은 그 실체를 도무지 알 수가 없었다.

3

김성수는 한동안 국방장관실의 문을 응시한 채 앉아 있었다.

조금 전 현기문이 거수경례를 올리고 체리 빛깔의 저 문을 열고 나갔다.

현기문은 군 내부에서도 원칙주의자로 통했다. 모든 일에 지나치다 싶을 정도로 원칙을 따져지다보니, 적이 생기는 그런 인물이었다. 그러나 적잖은 군인들이 P-프로젝트 사업단장 현기문의 원칙주의를 따르고 있었다.

국방장관실 소파에 앉아 있는 동안 현기문은 계속 김성수에게 무언가를 애써 설명하려고 했고, 김성수는 현기문의 설명을 듣지 않으려 했다. 현기문이 무엇을 설명하려는지 김성수는 듣지 않아도 알고 있었다. 그러나 지금은 그것 때문에 마음이 불편했다.

김성수는 불편한 마음을 털어버리려는 듯 송수화기의 버튼을 눌렀다.

몇 번의 발신음이 떨어진 끝에, 상대편이 전화를 받았다. E시스템 사(社) 로비스트 캐더린이었다.

그녀의 목소리를 확인하자, 김성수는 불현듯 호기를 부려보고 싶어졌다.

“뭐, P-프로젝트 문제는 잘 처리될 것 같소.”

송수화기 너머 그녀의 웃는 얼굴이 보이는 듯했다.

“호호호…… 고마워요. 수고 많이 하셨습니다.”

김성수는 현기문 때문에 언짢아진 기분을 풀고 싶었다.

“오늘밤 내가, 호텔로 갈까 하는데…….”

“네?”

그때였다. 미세하기는 하지만, 캐더린의 목소리가 한순간 작아지는 느낌이었다.

최근 들어 전화통화를 할 때, 자주 그런 느낌을 받았다. 처음에는 대수롭잖게 생각했지만, 그런 일이 반복되면서 이상한 생각이 들었다. 혹시……?

“……오늘 밤 내가 거기로 갈까 하는데…… 자세한 얘기는 만나서 합시다.”

김성수는 송수화기를 내려놓은 다음 자신의 집무용 책상서랍을 빼서 그 안을 뒤져보았다. 특별히 이상한 것이 발견되지는 않았다. 이번에는 의자를 빼고 책상 안쪽을 더듬기 시작했다.

책상 상판과 지지대가 만나는 끝 지점에 뭔가 있는 것이 느껴졌다. 김성수는 그것을 뜯어냈다. 검은 빛깔의 차가운 금속성의 물질……. 분명했다. 도청 장비였다.

그는 부관 윤태영 준장을 불렀다.

윤태영 준장은 한때 군부 내 핵심을 이루던 사조직 출신의 인물이다. 예전에 문제의 사조직 출신의 군 인사들이 정권을 찬탈하는 사건이 있었지만, 윤태영은 그와는 무관하게 실력 있고 능력을 검증받은 군인이었다. 그러나 정권이 바뀌고 강욱이 군부 내 사조직 출신의 인물들을 척결하면서 진급이 막히고 말았다. 그것이 윤태영이 지닌 강욱에 대한 분노의 출발점이었다.

그 분노는, 강욱을 벗어나려는 김성수에 대한 열성적인 충성으로 변했다.

윤태영은 김성수가 믿을 수 있는 몇 안 되는 부하 가운데 한 명이었다.

두 사람은 문제의 도청 장비를 테이블 위에 놓고 마주앉았다.

한동안 신중히 그것을 들여다보던 윤태영이 말했다.

"분명합니다. 이 도청 장비는 특수 공작에 쓰이는 겁니다."

특수 공작이 무엇을 의미하는가를 모를 김성수가 아니었다. 그러나 그는 알면서도 뻔한 것을 윤태영에게 물었다.

"특수 공작이라니…… 그럼 안기부?"

"그렇게 봐야 할 것 같습니다."

"안기부라…… 누구의 소행이라고 생각하나?"

윤태영 준장이 고개를 들어 김성수를 바라보았다. 그의 눈빛은 정말 그것을 몰라서 묻느냐고 되묻고 있었다.

순간 김성수는 시선을 떨구며, 힘없이 말했다.

"안기부라면, 강욱 부장이라는 말이지……."

국방부 장관실에 무겁고도 묘한 침묵이 감돌았다. 두 사람 모두 감히 먼저 입을 떼지 못하고 있었다.

P-프로젝트 사업자 선정 과정에 국방장관의 의중이 가시화되면서 강욱은 눈에 띄게 김성수를 경계했다.

강욱은 여러 경로를 통해 자신의 뜻은 이스라엘 제품임을 밝혀왔다. 그러나 김성수는 강욱의 뜻을 철저히 무시했다. 그뿐만이 아니었다. 지난번 군 정기 인사에서 김성수는 강욱 쪽의 인물들 몇 명을 잘라냈다. 그것은 강욱의 영향에서 벗어나 자신의 길을 가겠다는 의지의 표명이었다.

물론 김성수의 변화에 가장 당황한 사람은 안기부장 강욱이었다. 대통령에게 국방장관으로 김성수를 추천한 장본인이 바로 그였다.

"장관님, 어떻게 하실 겁니까?"

손을 이마에 올려놓고 생각에 빠져 있던 김성수가 고개를 들었다.

"어떻게 해야 하나 생각 중이야."

"아무리 안기부라고 해도 국방장관실에 이런 도청 장비를 설치하기는 어렵습니다. 측근 가운데 누군가가 그쪽에 매수된 것 같습니다."

"누구 말인가?"

"수시로 이 방을 드나들 수 있는 사람 중에 있을 겁니다. 범인을 확실히 잡기 전에는 이 일이 되도록 외부로 드러나지 않도록 하는 게 좋을 것 같습니다."

"그래야 되겠지."

윤태영 준장이 문제의 도청 장비를 가지고 자리에서 일어났다. 김성수는 잠자코 그의 행동을 지켜보았다.

윤태영은 재빨리 도청 장비를 원래 있던 자리에 다시 설치했다.

"앞으로 유선전화 대신 휴대전화로 하십시오. 그리고 중요한 대화는 당사자를 만나 직접 하시는 게 좋을 것 같습니다."

"그래야겠지."

김성수는 발목에 힘이 쭉 빠지는 느낌이었다.

어쩌다 보니 강욱과 대립하는 위치에 서고 말았지만, 그는 강욱이 버거운 상대임을 누구보다 잘 알고 있었다.

김성수와 강욱과의 대립각은, 이미 날카로워질 대로 날카로워졌다. 이제 누구든 한 사람은 그 날카로움에 몸을 베일 것이다. 김성수는 그것이 두려웠다.

김성수는 약속한 시간에 캐더린이 묵고 있는 호텔로 갔다. 누구로부터, 어떤 말이라도 좋으니 위로받고 싶었다.

포근한 가슴에 머리를 푹 파묻고 그녀의 심장 박동 소리를 들을 수 있다면, 그녀의 섬세한 손가락이 머리카락을 부드럽게 쓸어준다면……. 그리고 대한민국 군을 위해, 아니 국가를 위해 당신은 지금 누군가가 하지 않으면 안 되는 일을 하는 거라고 부드럽게 속삭여 준다면……. 그의 세포는 다시금 하나씩 가닥가닥 깨어나 전의로 불타오르리라. 그 달콤한 시간을 기다리기 위해 약간의 술을 마시고 따뜻한 물에 샤워한 다음, 깨끗한 침대에 푹 파묻혀 있는 시간 역시, 성경 구절에서나 나오는 천국과 같은 것이리라.

늦은 시간, 집으로 돌아가지 않고 굳이 로비스트 캐더린을 찾은 것은, 그 때문이었다.

캐더린은 한국에 머무는 동안 A호텔의 비즈니스 룸 하나를 통째로 빌려 사용하고 있었다. 거기서 필요한 사람들 가운데 은밀히 만나야 할 사람은 만나고, 때로는 개인적인 업무도 보곤 했다.

캐더린은 특이한 느낌을 주는 여자였다.

우선 외양부터가 그랬다. 나이에 걸맞지 않게 길게 길러 굵게 웨이브를 준 머리는 풍성했고, 그 머리카락과 어울리는 굵고 짙은 눈썹, 그 눈썹 아래에서 치켜뜨는 눈은, 한 마리의 암표범 같았다. 한마디로 매혹적인 여자였다.

그녀는 마치 강렬한 햇살과 푸른 시원의 바람이 가득한 지중해 어느 섬에서 튀어나온 듯한 느낌을 주었다. 게다가 검은 정장 속에 감추어진 육감적인 몸매는 마치 장미 같았다. 흑장미…… 장미는 가시가 있어서 아름답다는 속설처럼, 그녀는 자기만의 매혹적인 가시를 소유하고 있었다. 김성수는 그 가시와 함께 꽃송이도 가지고 싶은 마음에 자주 애를 태웠다.

4

E시스템 사 로비스트 캐더린은 자정이 지나도록 오지 않고 있었다.

김성수는 호텔에서 혼자 오래도록 술을 마셨다. 취기에 온몸이 달아올랐다. 김성수는 목을 죄는 넥타이를 풀고 시계를 올려다보았다. 자정이 넘어가고 있었다. 김성수의 입에서 대상을 알 수 없는 욕지거리가 튀어나왔다. 낮에 국방장관실에 설치되어 있던 도청 장비도 그렇고 캐더린도 그렇고, 마음대로 되는 일이 없는 것 같았다.

김성수는 다시 캐더린의 휴대전화 단축 다이얼을 눌렀다. 여전히 전화는 꺼진 채였다. 그렇다고 올 수 있다거나 올 수 없다거나 하는 메모도 호텔에 따로 남겨두지 않았다.

한잔 가볍게 걸치려던 와인은 어느새 두 병을 넘기고 있었다. 시간은 새벽 3시에 가까웠다.

뜻밖에도 객실 전화기가 울렸다. 울컥 반가운 마음에 받아보니, 캐더린의 집 가정부였다.

"……사장님께서 조금 전에 집으로 오셨는데요, E시스템 본사 사람들과의 술자리가 이제 끝났다고 합니다……."

김성수가 기다리는 호텔로 오지 못하겠다는 뜻이었다.

김성수는 조금 전의 대상 없던 욕지거리의 상대를 비로소 찾은 느낌이었다. 그것은 여자 하나 마음대로 하지 못하는 자신을 향한 것이었다. 그리고 이곳에 오지도 않을 그녀를 향해 끓어오르던 그의 열망에 대한 조롱이었다. 그녀를 만지고픈, 그리고 그녀의 가슴에 머리를 묻고 위안을 받고픈……. 김성수는 이를 앙다물었다. 배반당한 열망은 상대를 가리지 않는 분노로 끓어올랐다.

"사장님 좀 바꿔요."

"사장님은 술이 과해서 벌써 잠들셨는데요……."

미리 준비한 답변이었다.

"알았어요."

김성수는 거칠게 전화기를 내려놓았다. 더이상 혼자 이 적막한 공간에 머물러 있을 이유가 없었다. 그는 겉옷을 챙겨 입고 호텔을 나와 택시를 탔다. 방향은 청담동이었다. 그곳에 캐더린의 빌라가 있었다.

캐더린의 청담동 빌라 골목은 창백한 불빛의 나트륨등이 서 있었다.

김성수는 그 앞에서 택시를 내렸다. 새벽 3시 30분이 조금 지난 시각이었다.

그는 약간 비틀거리는 몸을 추스른 후 캐더린이 살고 있는 빌라의 초인종을 눌렀다. 반응이 없었다. 빌라의 철문은 고성의 그것처럼 완강했다.

김성수는 다시 초인종을 눌렀다. 누르고 또 눌렀다.

이윽고 자다 깬 듯한 가정부가 인터폰을 받았다.

"캐더린 사장 좀 깨워요."

"누구세요?"

가정부는 김성수의 목소리를 바로 알아듣지 못했다.

"나야, 나!!"

긴 시간 눌려 있던 목소리가 한꺼번에 목울대를 타고 올라왔다. 마치 심리상태를 제어하는 뇌기능이 통제력을 상실한 듯했다. 그 바람에 가정부가 적잖이 놀란 모양이었다. 김성수는 인터폰에서 흘러나오는 가정부의 목소리에 어린 당혹스러움을 읽을 수 있었다.

"사장님은 지금 깊이 잠드셨는데…… 내일 만나시면 안 될까요?"

"지금 당장 나오라고 해! 김성수가 왔다고 해!!"

김성수가 통제력을 잃은 1차 원인은 술이었지만, 그의 방에서 발견된 도청 장비도 거기에 한몫 했다. 그것이 그의 심리를 위축시켰다. 그 사건은 안기부장 강욱과 전면전이 불가피하다는 의미였고, 그는 강욱이 겁나고 두려웠다.

마침내 문이 열렸다.

이른 새벽, 청담동의 한 빌라 앞에서 일어났던 소란은 진화되는 듯 보였다.

5

짧지만 소란을 피운데다 새벽 찬바람까지 쐰 덕분에 캐더린의 집 안으로 들어섰을 때 김성수는 이미 술이 깬 상태였다. 술기운이 걷히면서 그는 금세 안정되었다. 그녀를 볼 수 있다는 기쁨에 입가에는 엷은 미소까지 감돌았다.

2층 거실로 안내된 김성수는 그곳에서 로비스트 캐더린을 기다렸다.

거실에 장식된 바로크풍의 가구는, 그녀의 취향을 반영한 듯 모두 체리 빛깔로 통일되어 있었다.

가정부가 내온 뜨거운 유자차를 두어 모금 마셨을 때, 캐더린이 2층 거실로 올라왔다. 그녀는 코발트블루의 치마 트레이닝복 차림이었고, 자다 깼다는 말이 믿어지지 않을 정도로 정돈된 모습이었다. 웨이브가 들어간 긴 머리가 고무줄로 묶여 있었다. 김성수는 그녀의 귀밑으로 몇 가닥 흘러내린 머리카락을 쓸어 넘기고 싶은 강한 열망에 몸을 떨었다. 그녀는 아름다웠다.

"약속 못 지켜서 미안해요. 그냥 거기서 주무실 줄 알았지요."

캐더린은 자기 앞에 놓여 있던 유자차를 티스푼으로 잘 저은 다음 김성수에게 내밀었다. 졸지에 김성수 앞에는 두 잔의 유자차가 놓였고, 거기서 올라오는 훈김이 그에게 안락한 기분을 전해주었다.

"일차 평가 결과는 조만간 날 예정이지만……."

김성수는 일단 P-프로젝트에 대한 이야기부터 꺼냈다. P-프로젝트의 사업자가 캐더린이 로비스트로 있는 E시스템 사로 선정되리라는 강한 암시였다. 그는 그 속에 그녀를 향한 자신의 애련한 감정을 담았다.

노련한 캐더린이 국방장관의 그같은 마음을 알아차리지 못할 리가 없었다. 그녀는 도톰한 입술 가장자리를 위로 당기며 특유의 미소를 지었다.

그녀의 매력적인 입매를 바라보며 김성수는 다시금 심장이 뛰었다. 아아…… 그녀는 왜 꼭 이다지도 붉은 빛깔의 립스틱만을 사용한단 말인가.

"오늘 E시스템에서 온 본사 분들도 장관님께 감사의 뜻을 전해달라고 했습니다. E시스템 패키지는 일차 선정과정에서 대한민국 국방부의 ROC(Requird Operational Capability. 작전 요구 성능)를 충분히 만족시켰다는 게 내부적 결론이었고……."

캐더린이 고개를 들어 국방장관을 바라보았다.

그때 국방장관이 불쑥 뜻밖의 말을 내뱉었다.

"…… 저기 말이오, 내 방에 도청 장비가 설치되어 있었소."

도청 장비가 설치되어 있었다는 김성수의 말은 짧지만, 충분히 자극적이었다. 긴장감 때문인지 그의 안면근육이 한순간 파르르 떨렸다.

"도청 장비가 설치되어 있었다고요?"

도청 장비가 설치되어 있었다는 말은 로비스트 캐더린에게도 결코 가벼울 수 없는 의미였다. 그러나 그녀는 침착했다. 그것은 그녀만이 가지는 특유의 냉혹함이었고, 장미로 치면 독을 품은 가시의 모습이었다. 김성수가 그렇게 소유하고 싶어 하던.

"도청 장비…… 안기부인가요?"

캐더린은 어렵지 않게 상황을 유추해나가기 시작했다.

"아니, 어떻게!"

"현재 대한민국에서 국방장관실에 도청 장비를 설치할 수 있는 곳이 안기부 말고 어디가 있겠어요? 군 정보기관까지 안기부의 영향력 아래 있는 판인데……."

"그건 무슨 말이오?"

"군 정보기관 총책임자 이병렬…… 안기부장 강욱이 데려온 인물이에요. 모르세요?"

그녀의 눈 한가운데 박인 맑디맑은 검은자위가 국방장관에게 묻고 있다, 당신은 정말 그걸 모르는가.

물론 국방장관 김성수가 그 사실을 모를 리 없었다. 군 정보기관 총책임자 이병렬은, 정권이 바뀌면서 당시 국방장관이었던 현 안기부장 강욱이 군 감찰기관의 수장감으로 추천한 인물이었다. 이후 강욱은 안기부장으로 자리를 옮겼지만, 그는 그대로 군 정보기관 총책임자직을 유지하고 있었다. 이병렬, 그는 국방부 안팎에서 인정하는 안기부장 강욱의 사람이었다.

김성수를 바라보는 캐더린의 입술에 알듯 모를 듯한 미소가 어렸다. 묘한 웃음이었다.

"그것 때문에 이 새벽에 달려오신 거예요?"

김성수는 한순간 자신의 속내를 들킨 것 같아 뜨끔했다. 솔직하고 단순하게 말하면 이른 새벽 캐더린의 집까지 달려오게 만든 힘은, 그녀를 향한 뜨거운 그리움이었다. 기다림의 시간 동안 쌓인 초조함과 알코올 성분이 그 그리움에 상승작용을 한 것이다.

그러나 김성수는 끝내 입을 다물었다.

"강욱은 대통령에게, 나를 국방장관으로 천거한 인물이잖소."

캐더린의 입가에 미세하게 머물던 웃음기가 사라졌다. 그녀는 국방장관을 똑바로 바라보며 말했다.

"장관님이 군부 내 지지기반이 미약하니까, 자기 마음대로 군부를 장악하기 위해 그런 겁니다. 장관님이 예뻐서 그런 게 아닙니다."

"그건 알지만…… 어쨌든 그 사람을 상대로 싸운다는 건 나한테 버거운 일인 것도 같고."

김성수는 강욱을 두려워하는 자신의 속내를 솔직히 내비쳤다. 그럼에도 그녀는 여전히 냉정했다.

"장관님이, 지난 봄 군 정기 인사에서 강욱이 추천해준 인물들을 거절하면서……."

지난 봄, 강욱은 여느 때처럼 자신이 천거한 인물들의 파일을 국방장관 김성수에게 보내왔다. 결과만 놓고 보자면, 안기부장이 국방부 내부 인사 문제에 깊숙이 관여하는 꼴이었다.

국방장관으로서 위상 문제뿐만 아니라, 그런 강욱의 태도에 김성수는 큰 자존심의 상처를 입었다. 국방부 내부에서조차 자신을 강욱의 허수아비라고 몰아세우는 말들이 심심찮게 떠돌고 있다는 사실을, 그 역시 알고 있었던 것이다.

더구나 강욱은 국방장관의 부관으로, 그가 신임하는 인물을 천거했다. 국방장관 김성수를 감시하겠다는 노골적인 의사 표시였다.

김성수는 그 제안을 거절했다. 그러고는 은밀히 강욱에 대항할 만한 사람들을 물색했고, 그 과정에서 윤태영 준장을 부관으로 데려올 수 있었다. 그뿐만 아니라 봄 군 정기 인사안에서 강욱 쪽 사람 몇 명을 걸러내고, 대신 자신에게 도움이 될 인물들을 국방부 요직에 앉혔다. 캐더린은 그 과정에서 김성수에게 적잖은 조언을 해주었다. 지금 캐더린은 그때를 말하는 중이었다.

"그때 두 분의 사이는 이미 틀어졌습니다. 그리고 이번 P-프로젝트에서 강욱은 이스라엘 제품을 밀었습니다. 무기 도입의 결정권을 가진 국방장관이 엄존하는 데도 말입니다. 있을 수 없는 일입니다."

캐더린은 말을 하는 중간 중간 그에게 동의를 구하는 듯한 강력한 암시가 담긴 눈빛을 보냈고, 김성수는 그럴 때마다 고개를 끄덕여보였다.

어쨌든 강욱에 대한 캐더린의 논리는 명쾌했다. 캐더린은 대한민국의 군을 위해서 강욱이 제거되어야 한다고 여러 경로를 통해 국방장관에게 주입시킨 장본인이었다.

"특히 P-프로젝트 진행 과정에서 장관님은 강 안기부장이 추천한 이스라엘 제품을 철저히 무시했습니다. 두 분 사이는 이미 돌이킬 수 없는 강을 건넌 것과 같습니다. 혹시나 하는 미련을 둬봤자 장관님만 손해입니다."

설사 그렇다 하더라도 김성수는 두려웠다. 대통령과 안기부장과의 관계 때문이었다.

"안기부장에 대한 대통령의 신임이 두터운데……."

"대통령은 그저 군부를 통제할 누군가가 필요한 겁니다. 그 역할은 강욱이 아니더라도 다른 사람이 대신할 수 있는 겁니다. 그리고……."

캐더린은 잠시 불안한 눈빛으로 김성수를 바라보았다.

"강욱은 노회한 인물입니다. 그는 국방장관으로 있을 때 이병렬을 군 정보기관 총책임자로 앉혔습니다. 그 때문에 군 내부의 모든 정보가 강욱에게 집중되고 있습니다. 군을 떠났어도 군에 대한 장악력을 결코 포기하지 않는다는 말입니다. 지금 장관님이 군부를 장악하지 못하면, 대한민국의 군은 결국 강욱의 발 아래, 아니 영원히 육군의 발 아래서 신음하게 될 겁니다."

육군의 발 아래서 신음하게 된다라…… 공군 출신의 국방장관 김성수는 잠자코 고개를 주억거렸다.

"지난 정권에서 Y-프로젝트가 진행될 때 그 사람이 어떻게 했는지, 제가 자료를 보여드리며 말씀드리지 않았습니까. 그 사람은 자신의 친인척을 내세워 업체들로부터 엄청난 커미션을 받아 챙겼습니다. 그렇지만 정권이 바뀌고 강욱이 실세로 등장하면서 그 문제는 흐지부지 되고 말았습니다. 장관님께서는 적절한 기회에 그것을 터뜨려 강욱을 죽여야 합니다. 그게 장관님도 살고, 나도 사는 길입니다."

캐더린은 비장했다.

"그것뿐만이 아닙니다. 지금 강욱을 잡아놓지 않으면, 다음 D전선-프로젝트에서 그 사람은 반드시 프랑스를 업고 들어옵니다. D전선-프로젝트는 삼년 간 총 약 육백 구십여억 원이 투자되는 큰 프로젝트입니다."

캐더린은 P-프로젝트 사업자 선정이 거의 끝나는 시점에 맞물려 그 일을 진행 중이었다.

"장관님, D전선-프로젝트는 P-프로젝트처럼, 적의 통신망을 감청 · 방탐 · 방해하는 전자 전 임무 수행에 필요한 장비를 들이는 사업입니다. 그 내용은 누구보다도 제가 가장 잘 알고 있습니다. 대한민국의 동부전선, 서부전선은 지형지물이 험난합니다. 제가 로비스트로 있는 이스라엘 제품은 우리보다 지형지물이 험난한 스위스에서도……."

"D전선-프로젝트……."

국방장관 김성수는 낮게 읊조렸다.

캐더린은 생각에 빠져 있는 김성수를 지긋이 바라보다 자리에서 일어났다. 그녀는 지금 국방장관 김성수가 무엇을 원하고 있는지를 읽어냈다.

그녀는 김성수의 머리를 감싸안았다. 여인의 풍만하고 포근한 가슴이 김성수의 긴장된 근육들을 가닥가닥 이완시켰다.

그는 캐더린의 가슴에 머리를 묻고, 심장박동소리를 들었다.

"강욱은 군 내부에 사조직을 숙청한다는 명목으로 수많은 별들을 떨어뜨렸습니다. 지금 강욱에 대한 잠재적 불만 세력들이 군 내부에서 소리 없이 움직이고 있습니다. 그 끈만 잘 잡으면 장관님은 오래도록 군을 통제할 수 있을 겁니다."

김성수는, 무엇보다 포근했다. 그는 오래도록 무기 로비스트 캐더린의 가슴에 얼굴을 묻고, 그녀의 목울대를 타고 내려와 가슴에서 공명하는 소리를 듣고 있었다.

2장

리틀 카니 프란시스

1

1968년. 무기 로비스트 캐더린의 이름은 혜령이었다. 전혜령. 그리고 열여덟 살이었다.

어떤 미래가 운명이라는 이름으로 도사리고 있을지 전혀 감을 잡을 수 없는 열여덟의 어린 나이, 그녀의 꿈은 명확했다. 혜령은 미8군에서 노래를 부르는 가수가 되고 싶었다.

당시 혜령은 열여덟의 고등학생이었지만, 연예기획사에 소속되어 있었다. 공부는 필요한 만큼만 했다. 그녀가 부르고 싶었던 노래를 맘껏 부를 수 있는 상황도 아닌, 이도 저도 아닌 어중간한 상황에서, 그녀는 매일 밤 카니 프란시스를 꿈꾸었다.

늦은 겨울밤, 창틀에 끼운 얇은 유리가 바람에 덜컹거리며 흔들거리는 소리를 들으며, 혹은 무거운 솜이불을 뒤집어쓰고 낡은 라디오의 주파수를 이리저리 맞추어가며 빠져들었던 카니 프란시스의 세계. 열정적이면서도 달콤하고, 그런가 하면 아직 익지 않은 풋내가 살큼살큼 스며 나오는 카니 프란시스의 음색. 그 음색에 혜령은 된몸살을 앓았다.

그리고 그것을 더이상 주체할 수 없게 되었을 때, 혜령은 용산 미군부대에서 있었던 USIS(미국 공보원) 공개 오디션에 참가하기로 했다. 성인이 될 때까지 인내할 힘이, 이미 그녀에게는 없었던 것이다.

USIS에서는 6개월에 한번 씩, 미8군 연예기획사에 소속되어 있는 연예인을 대상으로 공개 오디션을 실시했다. 대상은 가수와 무용단이었다.

그런데 이 오디션에 응모하려면, 상공부에 등록이 되어 있어야 했다. 아직 미성년인 혜령은 나이에서 문제가 생길 수밖에 없었다. 그러나 방법이 없는 것은 아니었다. 나이는 속이면 되는 것이다. 1968년은 전 국민을 대상으로 하는 주민등록증이 발급된 해였지만, 편법이 통할 수 있는 여지는 얼마든지 있었다.

오디션은 아침부터 시작되었다.

각 연예기획사에서 모두 16개 팀이 출전했고, 혜령이 소속된 연예기획사는 점심시간 조금 못 미쳐 순서를 배당받았다.

당돌하게도 자신의 음악을 이해해줄, 수준 있는 관객을 찾겠다며 나선 오디션. 용산 미8군 영내 클럽에서 실시된 오디션은, 총 8명의 미군 공보원 직원들이 지켜보는 가운데 시작되었다.

혜령이 선택한 노래는 카니 프란시스의 〈뷰티풀 브라운 아이즈〉였다.

혜령이 그 곡을 선택한 것은, 영어 가사가 쉽다는 이유 때문이었다. 욕심 같아서는, 〈바보 같은 큐피드〉를 부르고 싶었지만, 심사위원은 미국인이었다. 언어로 그들을 설득해야 했다.

혜령의 발성이나 음색, 창법은 카니 프란시스와 유사했다. 다른 것이 있다면 고음에서 조금 더 가늘어지는 발성을 한다는 것 정도일까.

그런 발성은, 혜령의 나이에 어울리지 않는 성숙함을 풍겼다. 길게 풀어헤친 생머리 아래 혜령의 눈빛은 길고 깊은 우수에 잠겼다. 마치 사랑의 슬픔을 이해하고, 그것에 힘겨워하는 눈빛 같았다.

미군 공보원에서 근무하는 심사위원들은, 동양의 어린 여자아이가 가진 눈빛에 매료되었다. 우수의 빛이라고만 할 수도 없고, 그렇다고 그저 예쁘다고만 할 수도 없고, 성적인 매력이라고만 설명할 수도 없는, 어떤 특별한 느낌이 발산되는 그 눈빛.

혜령은 심사위원들이 자신에게 매혹당했다는 사실을 알아차렸다. 자신이 부르는 노래가 아닌, 영악하게도 그녀 자체에 매혹되고 있다는 사실까지도 간파했다.

미 8군 무대에서 혜령은 리틀 카니 프란시스였다.

아직 고등학생이라 시간도 자유롭지 못하고 교통편도 불편했지만, 혜령은 여러 가지 힘든 조건들을 극복하며 미8군 무대 위에서 노래했다.

미군들은 리틀 카니의 음악을 이해했다. 더 나아가 열광하고 사랑했다. 리틀 카니 프란시스를 통해, 고국에 두고 온 애인과 엄마의 살내와 어린 시절 놀던 집 앞마당에 대한 그리움을 치유해나갔다. 그들에게 리틀 카니는 가수 이상이었다.

리틀 카니는 레퍼토리 또한 다양했다. 오디션에서 불렀던 〈뷰티풀 브라운 아이즈〉 외에도 〈립스틱 온 유어 칼라〉, 비틀즈의 여러 노래와 프란시스 레이, 스키다 데이빗, 오스몬드 패밀리까지…… 클럽 무대에서 노래할 때, 혜령은 없었다. 오직 리틀 카니만이 존재했다. 무대 위의 리틀 카니는 눈부셨으며, 아름다웠고, 행복했다.

2

리틀 카니에게 찾아온 두번째 운명. 그것은 보다 강력했다. 리틀 카니를 더이상 열여덟의 소녀로 남겨놓지 않는 격랑의 운명이었다.

그 격랑의 운명은 명동에서 시작되었다.

미8군 무대에서 노래하던 리틀 카니는, 명동으로 진출했다.

당시 미8군 무대에서 노래하던 가수들 상당수는 종로나 명동의 이른바 살롱에서 생음악을 연주했다. 리틀 카니 역시 마찬가지였다.

귀엽고 앙증맞으며 완숙되지 않은 성적 매력이, 강렬한 카리스마를 구성하는 리틀 카니에게, 어느 날 한 여성이 찾아왔다.

그해 가을이었다. 그녀는 아름다웠고 귀한 신분으로 보였다. 그리고 특이하게도 슬퍼보였다.

리틀 카니와 마주앉은 그녀는 자신을 'J언니'라고 밝혔다. 다정했고, 친절했고, 여전히 슬픈 얼굴의 J언니는, 자신은 얼마 후에 한국을 떠날 예정인데, 그 전에 파티에 카니를 초대하고 싶다고 했다.

리틀 카니는 아직 열여덟이었다. 그러나 그녀는 알고 있었다. J언니가 말하는 파티가 어떤 종류의 파티이며, 그녀가 말하는 초대의 의미 또한 무엇인지.

약간의 망설임이 없지는 않았지만, 카니는 그 초대에 응했다. 응할 수밖에 없었다. 그것은 권력의 힘이었다.

늦가을이었다.

리틀 카니가 불려간 곳은, 북한산 자락에 푹 파묻힌 전통적 기와가 아름다운 한옥의 별채였다. 산에서 시작된 붉은 낙엽이 집의 안마당까지 번져 있었다. 그리고 바람이 불었다. 자신이 불려 갔던 그 집이 정계 실력자들이 주로 이용하는, 은밀한 요정이라는 사실을 알게 된 것은, 나중의 일이었다.

파티는 저녁부터 시작되었다.

숨이 막힐 듯한 가루분을 바르고, 입술을 칠하고…… 단장을 마친 후 카니는 한복을 입었다. 분홍빛 갑사 한복이었다.

가을에 입는 분홍빛 갑사 한복은, 의외로 화사했다.

카니는 또다른 여성 한 명과 한옥의 별채로 안내되었다. J언니의 파티라고는 했지만, J언니가 그 자리에 합석하지는 않았다.

그녀는 파티 시작 전에 몇 가지 주의 사항을 들어야 했다. 그러나 그런 것들은 리틀 카니의 귀에 들어오지 않았다. 어른의 세계로 한 발 내딛었다는 은밀한 설렘과 앞으로 일어날 일에 대한 두려움. 분홍 갑사 한복 안에서, 리틀 카니의 심장은 막연한 운명에 대한 두려움으로 그렇게 조용히 뛰고 있었다.

리틀 카니가 안내된 곳은, 한옥의 별채였다.

얇게 바른 창호지 위로 가을바람에 흔들리는 낙엽의 실루엣이 은은하게 퍼졌다. 뜻밖에 따뜻한 방바닥 때문에 어린 시절 등짝을 지지던 아랫목이 떠올랐다. 그녀는 난데없이 안온한 기분에 젖어버렸다.

옆에 앉은 여자의 낯이 익었다. 몇 번 영화에 단역으로 출연한 것을 본 기억이 떠올랐다. 그녀가 누굴까. 당연한 호기심이었지만, 리틀 카니는 이성을 동원해 호기심을 눌렀다. 세상에는 호기심을 가져선 안 될 것들이 있다는 것을, 그녀는 이미 알고 있었다.

카니는 가만히, 이런 자리에 어울리는 노래를 생각했다. 스키다 데이빗…… 아니, 카니 프란시스 음색의 비틀즈……?

잠시 후, 한 남자가 들어왔다.

리틀 카니와 또 한 명의 여자는 가만히 자리에서 일어났다.

한 남자가 들어왔고, 그를 따라 두 명의 남자가 더 들어왔다.

앞서 들어온 남자는 좌석의 중앙에 앉았고, 그 옆에 리틀 카니와 또 한 명의 여성이 앉았다. 나머지 두 남자는 그들 앞에 앉았다.

리틀 카니는, 자신의 오른쪽에 앉은 남자를 바라보았다. 날렵한 얼굴선에 유려한 콧대…… 오랜 세월이 흐른 뒤, 리틀 카니의 운명의 줄기를 전혀 다른 방향으로 비틀어버릴 남자. 그는 대통령 경호실장의 직함을 가지고 있었다.

그리고 그 남자 앞에 앉은 두 명의 남자. 그들은 창백했다. 또한 몹시 불안정했다. 카니는 얼핏, 파티라고 했던 J언니의 말을 떠올렸다. 처음부터 파티는 아니었다. 아무리 어려도 그런 것 정도는 안다. 리틀 카니는 자신들이 남자들 세계의 팽팽하고 긴장된 어떤 것들을 이완시키기 위해 불려왔다는 것을 깨달았다. 만약 이 자리에서 노래를 해야 한다면, 그녀의 노래 또한 그런 용도일 것이다. 마음속에서, 카니의 마음속에서 슬며시 서글픔과 함께 미약한 분노가 스멀거렸지만, 그녀는 애써 외면했다. 그런 마음의 작은 파동에 귀기울일 수 없을 만큼, 분위기는 험악했다. 아니 살벌했다.

그것은 대통령 경호실장이라는 남자의 숨소리에서도 충분히 느낄 수 있었다. 그의 숨소리는 거칠었으며, 비음까지 섞여 나왔다. 그는 필사적으로 이성을 동원해, 감정을 억누르는 중이었다.

"누구냐?"

"……."

남자들은 누구 하나 먼저 입을 열지 않았다. 두 사람의 얼굴이 벌겋게 달아오르고 있었다. 두려움에 젖은 숨소리가 그들의 코를 통해서 터져 나왔다. 사람이 긴장하면 저렇게 숨소리가 커지는구나, 리틀 카니는 난데없이 그런 생각을 했다.

"누구냐?"

경호실장은 한번 더 물었다. 군 출신답게 그의 어법은 간결했고, 그 물음 속에는 이미 모든 것을 다 알고 있다는 강력한 암시가 배어 있었다.

두 남자는 여전히 대답을 하지 못한 채였다.

"영부인이냐?"

더이상 이성을 동원할 수 없었는지, 경호실장의 목소리가 쇳소리를 냈다.

"야이, 씹새끼들아. 영부인이 내 뒷조사를 하라고 너희들을 보냈던 거 아니냐, 이 말이야!"

경호실장이 호주머니에서 총을 꺼낸 건 바로 그 순간이었다. 그는 대한민국 최고의 명사수였다! 두 남자의 얼굴은, 몸 속의 피란 피는 모두 걸러낸 듯 창백해졌다.

참으로 현실감 없는 그림이었다. 그 현실감 없는 그림 속에서 리틀 카니와 또 다른 여자는 숨소리를 낮추었다.

경호실장은 그의 앞에 앉아 있던 두 남자의 머리를 차례로 겨누었다.

극악한 두려움에 굳게 다물려 있던 그들의 입이 마침내 열렸다.

"살려주십시오!"

남자들 가운데 한 명이 신음을 뱉어내듯 말했다.

"여자 문제로 각하의 스캔들이 끊이질 않는 것이 모두 박 실장님 때문이라고…… 박 실장님께서 끊임없이 여자들을 조달하기 때문이라고……."

"그래서 여기까지 왔냐? 내가 어떤 년들 하고 씹질을 하는지 보려고?"

"영부인께서는 증거를 원하셨습니다."

탕! 탕! 두 발의 총성이 울렸다. 동시에 천장에 매달려 있던 샹들리에가 상 위로 떨어져 박살이 났다. 경호실장은 그 앞에 앉아 있던 두 명의 남자에게 방아쇠를 당기는 대신, 천정을 향해 총을 쏘았던 것이다.

남자들 가운데 한명이 샹들리에 파편에 맞아 피를 철철 흘렸다. 그러나 그들의 얼굴에 스치는 기운은 극심한 공포와는 거리가 먼, 일말의 안도감이었다. 경호실장이 적어도 자신들을 죽이지는 않을 거라는. 만일 그들에게 총을 쏜다면 그것은 대통령 부인과의 전면전을 의미하는 것이었다. 천하의 대통령 경호실장이라 하더라도 그것은 부담스러운 일이었다. 극도의 공포로 마비되었던 두 남자의 판단력이 이내 되살아나는 듯했다.

오금을 못 펴고 덜덜 떨던 그들은, 마치 한바탕의 혼곤한 꿈에서 깨어난 듯 사방을 휘둘러보고 황급히 자리를 떴다. 경호실장은 도망치듯 내빼는 그들을 잡지 않았다.

그는 나름대로 영부인에게 충분한 경고를 한 셈이었다. 적어도 한동안은 사람을 시켜 자신의 뒤를 캐고 다니는 일은 없을 것이다. 달리 말하면, 적어도 한동안은 청와대 안에서 그의 권력에 대한 도전이 일지 않을 거라는 의미였다. 그러나 그것이 결코 길지 않을 것임을, 그는 이미 알고 있었다.

그날의 파티는 엉망이었다.

종업원들은 혼이 빠진 채로 방 안 여기저기 흩어진 유리 파편과 음식물을 치웠다.

대통령 경호실장은, 마치 살아있는 정물처럼 그 자리에 앉아 술을 마셨다.

리틀 카니와 또 한 명의 여성이 번갈아가며 그에게 술을 따랐다.

이 자리는 처음부터 한 사람을 위한 파티였고, J언니는 그 한 사람을 위해 두 명의 여성을 동원한 것이었다.

턱 선이 날렵하고, 콧대가 유려한 남자. 그 단 한 명의 남자를 위해, 그 단 한 명의 관객을 위해, 리틀 카니는 노래를 불렀다. 아니, 불러야 했다. 몇 번의 호흡으로 떨리는 가슴을 진정시키고, 웬일인지 정확히 이유를 설명할 수 없는 눈물을 멈추게 하기 위해 아랫입술을 깨물며, 키니는 노래를 불렀다. 부르고 또 불렀다. 카니 프란시스에서 시작해 비틀즈, 오스몬드 패밀리, 스키다 데이빗, 프란시스 레이 그리고 몇 곡의 엔카까지…… 남자는 카니의 노래를 들었고, 술을 마셨다.

그날 밤, 대통령의 경호실장이라는 남자는 열여덟의 리틀 카니를 원했다.

카니는 이미 두렵지 않았다. 그녀는 권력의 정점에 서 있는, 그러나 술에 취해 비틀거리는 한 남자의 공허함을 엿보았던 것이다.

그는 왜 하필, J언니가 동원한 그녀들 앞에서 그런 살벌한 퍼포먼스를 자행했을까. 그 퍼포먼스의 목적은 영부인이었을까. 아니면…… 아니면 혹시 J언니가 목적이었을까.

더이상 자신의 것이 될 수 없는 여자. 그 여자를 통해서 절감한, 그가 결코 뛰어넘을 수 없는 절대권력에 대한 절망 때문이었을까.

그를 절망케 한 그녀는, 이미 최고 권력자의 여자가 되어 있었다. 간혹 최고 권력자와 여자를 나누어 가지곤 하던 그였지만, 그것은 어디까지나 은밀한 호기에 불과했다.

이번 사단의 원인은 대통령이 즐겨 찾던 바로 그녀, J언니였음을 리틀 카니는 간파했다. 그녀는 대통령의 지나친 총애로 영부인의 레이더망에 걸렸던 것이다.

영부인은 대통령을 비롯한 정치권의 여러 남자들이 그녀를 나누어 갖는다는 데 혐오감을 느꼈다. 그래서 경호실장을 미행하게 했다. 경호실장은 영부인에게, 단순히 대통령의 경호실장이 아닌 정적(政敵)이었다. 대통령을 움직이는 영부인의 막강한 입김이, 간혹 그에 의해 차단되곤 했기 때문이다.

영부인은 무슨 일이 있어도 대통령에게서 그를 떼어놓으려고 했다. 영부인은 수가 높은 여자였다. 빌미가 잡힐 일을 섣불리 하지 않았다. 그러나 J언니 문제 앞에서, 청교도적 단죄에 익숙한 그녀는 이성을 잃었다. 그래서 무리하게 경호실장의 비밀 아지트라고 할 수 있는 장소로 사람들을 보냈던 것이다.

그 사실을 미리 안 J언니는, 경호실장 곁에 자신이 아닌 다른 두 여자를 앉혔다. 또 경호실장은 영부인을 향해, 아니 완전한 소유가 될 수 없는 권력을 향해, 그와 같은 분노에 찬 퍼포먼스를 펼친 것인지도 몰랐다.

경호실장의 퍼포먼스는 그것으로 끝일 것이다. 이 이상은 없을 것이다. 이유야 어쨌든 간에, 영부인과 대척점에 선다는 것은, 그로서도 적잖이 부담스러운 일이었을 테니까.

리틀 카니를 품에 안은 경호실장은, 그래서 거칠었다. 그의 가슴팍에 깔려 숨을 할딱이는 어린 여자에 대한 배려는 처음부터 없었다. 그는 몹시 화가 난 사람 같았다.

리틀 카니는 운동으로 단련된 그의 어깨 근육을 부여안고, 여러 번 살려달라고 말하고 싶었다. 그러나 그 대신 리틀 카니가 선택한 행동은 그를, 아니 그녀의 가슴 위에서 요동치는 한 마리의 맹수를 쓰다듬는 일이었다. 남자의 등을 어루만지는 리틀 카니의 손가락은 나이답지 않게 부드럽고 따뜻했다.

한바탕의 격정적인 몸짓이 끝난 다음, 그는 리틀 카니에게 미안해했다. 그녀는 그때 알았다. 이 남자의 이름이 박성렬이라는 것과, 자신도 어느새 그와 같은 권력의 세계로 자맥질하고 있음을.

3

1970년. 리틀 카니는 고등학교를 졸업했다. 전혜령이라는 이름을 다시 찾고, 대학에서의 전공은 미8군에서 노래하기에 좋은 것으로 택했다.

고등학교를 졸업하면서 달라진 점이 있다면, 자유로워졌다는 것이었다. 노래 부르는 시간, 무대, 그리고 그녀가 만나는 남자들도.

2년 전 그 일이 있은 후 박성렬은 간혹 그녀를 찾았고, 그럴 때마다 리틀 카니는 북한산 자락이 안마당까지 들어와 있는 그 은밀한 요정에서 노래를 불렀다. 박성렬은 나이를 의식한 탓인지, 그녀에게서 일정한 거리를 유지했지만, 은밀한 지원이 없지는 않았다.

미8군에서 리틀 카니의 인기는 여전했으며, 목숨을 건 추종자들까지 생겼다.

혜령의 음악도 변화를 겪고 있었다. 단순히 외국 팝가수들의 음색을 모사하는 선에서 벗어나, 자신만의 재즈 스타일을 가미했다. 노래의 기교 또한 세련되고 성숙해졌다. 간혹 대범하고 당돌하게 노 브라에 니트를 입은 채, 무대 위로 뛰어오를 때면 남모를 해방과 희열을 느끼기도 했다.

어느 봄날. 혜령은 몇 명의 여자와 함께, 양수리의 한 파티에 초대되었다. 그 파티의 주최자는 젊은 경제인이었고, 그가 교유하는 몇몇 인물들이 모이는 자리였다. 젊은 정치인과 젊은 경제인 그리고 젊은 검사들.

그들은 하나같이 자신의 미래가 탄탄하다고 믿었으며, 오만하고 여유로웠다.

혜령이 도착했을 때, 그들 모두는 취해 있었다. 각에 맞춘 듯한 일상의 질서와 규범을 벗어던진 그들의 이면은 질척했다. 자리에 참석한 여자들의 가슴과 사타구니 사이로 거침없이 손이 들어갔고, 파티 도중 여자를 안고 옆방으로 기어들어가는 이들도 있었다.

그런 사람들을 위해 노래를 불러야 한다는 사실이, 혜령에게는 치욕스러웠다. 그들에게 혜령의 노래는, 한때의 방탕함이 용서되었던 과거의 유학시절을 떠올리게 하는 매개일 뿐이었다.

혜령이 노래를 마쳤을 때, 한 남자가 그녀를 자신의 옆자리에 앉게 했다. 갸름한 얼굴에 잘 뻗은 콧날이 돋보이는 그는 질척거리는 다른 사람들에 비해 그나마 자세를 지키고 앉아 있던 사람이었다. 그는, 자신을 검사라고 소개했다.

그가 혜령에게 술을 권했고, 혜령은 그 술을 받아마셨다.

술이 들어가자, 억지로 눌러놓았던 화가 스멀스멀 치밀어 오르기 시작했다.

적어도 혜령은 그동안 이른바 나잇값을 하는 남자들을 만나왔다. 그들 역시 여자들의 가슴과 사타구니로 손을 넣었지만, 이 자리에 있는 남자들처럼 거칠고 추잡스럽지 않았다. 호색에다 절제되지 않는 젊음이 더해지면, 무례하고 치욕스러운 장면이 연출된다는 것을 혜령은 그때까지 몰랐다.

밤이 깊어가면서, 젊은 그들은 술에 급속도로 잠식당했다. 절제나 이성은 이미 벗어던진 지 오래였다.

그들 가운데 일부는 기를 쓰고 혜령에게 술을 권했다. 함께 술에 취해 동류의식을 느끼고야 말겠다는 저열한 의도를 모르는 것은 아니었지만, 혜령은 주는 대로 술을 마셨다. 그것 말고 달리 할 수 있는 게 없었다. 그들은 이미 혜령의 노래를 들을 수 있는 상태가 아니었다.

밀폐된 공간과 술, 그리고 젊은 여자들의 분 냄새는 남자들 안의 수컷을 끊임없이 자극했고, 남자들은 거기에 성실한 반응을 보였다. 그리고 기어이 그 가운데 한 남자가, 사고를 치고 말았다.

남자는 훌러덩 자신의 바지를 벗어던지고, 파트너였던 여자의 머리를 그곳으로 끌어당겼다. 여자는 거부했지만 남자는 집요했다.

혜령은 참을 수 없는 구토가 속에서 치밀어오름을 느꼈다. 더이상 참을 수 없을 정도가 됐을 때, 혜령은 남자에게 다가가 거칠게 그를 밀쳐버렸다. 남자는 한순간 균형을 잃고 바닥에 머리를 처박았다. 그 위로 무수한 웃음이 쏟아졌고, 쓰러진 그가 다시 일어났을 때, 혜령은 그의 목표가 되어있었다. 그는 성난 얼굴로 조금 전 자신의 파트너에게 강요했던 짓을 혜령에게 시키려고 했다. 혜령이 거부하자, 술 취한 그는 무력이라도 행사할 것처럼 거칠게 굴었다.

이때 혜령을 밖으로 끌어낸 이가, 그에게 술을 따라주던 바로 그 검사였다.

밖으로 나왔을 때, 혜령은 비로소 숨을 쉴 수 있었다. 비릿한 욕정의 냄새도, 음탕하고 질척이는 손길이나 눈빛도 더이상 없었다. 이른 봄 밤의 차가운 바람이 이토록 후련한 적이 있었던가.

눈물이 났다. 설명하기 힘든 서러움과 왠지 모를 억울한 느낌. 자신을 향해 손을 쳐들었던 남자에 대한 공포와 거기서 풀려났다는 안도. 그런 것들이 뒤범벅이 된 눈물을 겨우 진정시키고 나서야, 혜령은 자신의 옆에 서 있는 남자에게 눈길을 줄 수 있었다.

"노래 부르는 게 목적이었다면, 이런 덴 오지 말았어야지."

낮은 중저음으로 말하는 그의 목소리의 끝도 떨리고 있었다. 봄밤의 바람은 생각보다 매서웠다. 불현듯 그가 느낄 추위가, 혜령은 안쓰러웠다.

"추워요?"

혜령이 물었고, 그 물음에 남자는 픽 하는 웃음으로 답했다.

그렇게 두 사람은 걷기 시작했다.

목적지를 염두에 둔 것은 아니었기에 그들은 꽤 오랫동안 한 방향을 보고 걸을 수 있었다.

그의 이름은 권준이라고 했다.

스물 초반 어디쯤에서 사법고시를 패스했다는 서른 언저리의 남자. 야망이 크고 오만했으나 노회하지는 않은 그.

혜령은 그와 함께 길을 걸으며 이름 모를 산새 소리를 듣고, 새벽의 빠르고 거친 바람을 맞았다. 그리고 그 역시도 지난밤과 같은 파티를 썩 유쾌해하지 않는다는 것을 알게 되었다. 그럼에도 그런 자리에 참석하는 그를 보면서, 원하지 않는 친구들과도 교유해야만 하는 그들만의 어떤 이유가 있다는 것도 알게 되었다.

그렇게 함께 길을 걷는 동안, 혜령의 가슴은 진정됐다. 그리고 그 위로, 설렘이 차오르기 시작했다.

날이 밝고 함께 식사를 할 수 있는 곳에 도착했을 때, 두 사람은 더이상 길 위에서 떨지 않아도 된다는 단순한 기쁨을 함께 나눌 수 있었다. 그것은 공동의 목표를 달성했다는 연대감이기도 했다.

짧은 입맞춤이 있었다. 짧지만 강렬했던 입맞춤…… 두 사람은 이미 서로에게 매료되고 있었다.

그 남자, 권준. 그는 양가집 여자와 결혼을 앞두고 있었다.

그러나 자신의 감정에 둔하지도 않아서, 혜령과도 즐겨 어울렸다. 무엇보다 그는 혜령의 음악을 즐길 수 있는 귀를 가지고 있었다. 그렇다고 그가 세상을 모르는 사람은 아니었다. 그는 자신의 세계와 혜령의 세계를 명확히 구분했다. 또 무모한 사랑의 약속을 남발하지도 않았다.

혜령과 그 남자 권준은, 서로에 대한 용도에 충실했고, 사랑 앞에서도 철저히 이성적이었다. 그래서 그 사랑이 간혹 외롭기도 했지만, 나약한 감상은 어디까지나 해소가 가능한 선에서였다. 두 사람의 사랑은 영악하지만 경제적인 것이었다.

혜령은, 이런 삶도 괜찮다고 생각했다. 적어도 그 일이 있기 전까지는 그렇게 생각했다.

4

바람의 끝이 아직 맵던 그해 봄의 어느 날.

한강변의 한 도로에서 총을 맞고 죽은 젊은 여자의 시신이 발견되었다. 사망자는 정모 여인. 최고 권력 핵심을 상대하던 여자였다.

그녀는 몇 년 전부터 해외를 떠돌았으며, 사건이 일어난 것은 한국으로 들어온 지 얼마 되지 않아서였다.

서울지검 공안부에서 근무하던 권준은, 이 사건에서 어두운 권력의 냄새를 맡았다. 언론 역시 다르지 않았다. 거기 더해서 그들은 이 사건의 말초적 상품성에 주목했다. 언론의 추적은 필사적이었다.

젊고 아리따운 미혼모에, 권력 실세들과의 특별한 관계. 최고 권력자의 총애와 그녀로 인한 대통령 부부의 엄청난 갈등.

시시각각 그녀의 실체가 공개되면서 국민들은 경악했고, 절대 권력은 당혹스러워하기 시작했다.

그 절대 권력이란 바야흐로 독재정권의 닻을 올리기 시작한 권력 핵심일 수도 있고, 중요한 선거를 앞두고 그 권력 핵심을 지키려는 주변 인물일 수도 있고, 남편의 방종을 더 이상 용납할 수 없었던 절대 권력자의 아내일 수도 있었다. 혹은 그 모두가 아닐 수도 있고, 어쩌면 그 모두일 수도 있었다.

중요한 것은, 미모의 젊은 그녀가 권력에 의해 소모되었다는 사실이었다. 권력에 의해 선택되고, 권력에 의해 소모되다가 그들이 감당할 수 없는 선을 넘자, 그녀는 단호하게 제거되었다. 그것이 권력의 속성이었다.

수사의 결과는 처음부터 정해져 있었다. 서울지검 공안부 부장이나 차장을 비롯한 상급자들의 태도를 보면서, 일선 수사 현장을 지휘하던 권준은 그 뜻을 어렵지 않게 간파했다.

정 여인을 살해한 세력은, 자신들을 은폐해야 했다. 언론에 의해 그녀의 실체가 보도되지만 않았다면 그렇게 되었을지도 모른다. 강변의 단순 강도 사건으로.

그러나 파출소에 감춰져 있던 그녀의 시신이 뜻하지 않게 언론을 통해 공개되면서, 국민들의 관심은 증폭되었다. 그녀를 제거한 세력들은, 국민들의 관심이 집중되자 초조해졌다. 결사적으로 막아야 했고, 그래서 그들은 보도를 통제하기 시작했다.

언론의 집요한 추적은 강력한 물리력에 의해 차단되었다. 더이상 언론이 근접하지 못하는 상황에서 수사는 일사천리로 진행되었다.

그 결과 또 한 명의 희생자가 생겨났다. 수많은 권력자와 은밀한 관계를 맺어온 젊은 여성의 죽음 앞에서 절대 권력은 국민들에게 그녀의 죽음을 납득시킬 희생양이 필요했던 것이다. 그 희생양으로 그녀의 오빠가 선택되었다.

수사관들은 집요했다. 그녀의 오빠가 입원한 병실에서, 검찰에서, 이미 결론지어진 수사 결과를 매끄럽게 해줄 답변을 강요했다.

처음에 완강하게 혐의를 부인하던 그녀의 오빠는 결국 자신이 동생을 죽였노라고 자백했다. 그 시절, 이 땅에 살았던 사람이라면 누구도 거부할 수 없을 만큼 거대한 어떤 힘이 그에게 희생을 요구했던 것이었다. 이후 그는 철저히 입을 닫았고, 어두운 감옥에 갇혔다.

그 위로 세월이 흘렀다.

한편 권준으로부터 진실을 전해들은 혜령은, 깊은 충격에 빠졌다.

죽기 얼마 전, 혜령은 그녀와 함께 있었다.

그날, 눈발이 희끗희끗 흩날리던 을씨년스러운 봄날, J언니는 무척이나 지쳐 보였다. 너무나 지친 탓에 그녀만의 농염했던 젊음도 빛이 바라 있었다.

J언니는 한동안 한국에 머물지 못했다. 그 정확한 내막을 알 수는 없었지만, 적어도 한 가지 진실은 그녀가 원했던 것은 아니라는 점이었다.

J언니는 일본에 머무르는 동안, 박성렬이 소개한 사람의 보호를 받았다. 그는 암흑가의 주먹이라고 했다. 그는 대가로 적지 않은 것

들을 요구했지만, 박성렬은 기꺼이 지불했다. 어쩌면 박성렬은, 이 땅이 그녀에게 더이상 안전하지 못하다는 것을 알고 있었는지도 모른다.

이국의 땅에서, 안전하지 못한 고국을 그리워했을 J언니.

그날, 그 추운 봄날, 다시 한국을 떠나야 할지도 모른다는 현실 앞에서 절망했을 그녀.

이 땅 최고 권력자의 시선을 한 몸에 받고 있던 그녀가 왜 이 땅에 머무르지 못할까.

"그냥, 한국에서 살면 안돼?"

조르는 혜령의 말에, 잠시 절망스러운 눈빛이던 그녀. 그리고…….

"……나는, 내가 사랑하는 사람의 사랑만 받고 살았으면 좋겠어."

의외의 대답이었다. 갑자기 왜 그런 말을 했는지 종잡을 수 없는, 그런 대답이었다.

보통 사람에게는 소박하고 지극히 당연한 이 말이, 그녀에게는 염원일 것이라고 혜령은 생각했다. 그녀가 살아왔던 삶의 관성을 버리지 못한다면, 아마 그럴 것이다.

어렴풋이, 혜령은 그녀의 슬픔과 갑갑한 마음이 이해되는 듯했다. 그래서 물었다. 지금 당신을 자유롭지 못하게 하는 것이 무엇이냐고.

잠깐 그녀의 눈빛이 흔들렸고, 뭔가 말을 하기 위해 입을 열려고 할 찰나, 한 통의 전화가 걸려왔다.

신경질적이고 날카로운 벨소리를 듣는 순간, 왠일인지 혜령은 가슴이 철렁 내려앉았다.

천천히 전화기를 귀에 가져다댄 그녀. 그녀는 몇 번이나 나가지 않겠다고 했고, 마지막에는 그럼 잠시만…… 이라고 했다.

어딜 가겠다는 것일까, 누가 부른 것일까. 아니 그보다 그녀의 소박한 염원을 방해하는, 그녀의 자유를 앗아간 그들은 누구인가. 혜령의 그 질문에 그녀는 답을 하지 못했다.

답을 하지 못한 채, 지치고 우울한 얼굴로 화장을 했고, 눈발이 흩날리는 이른 봄밤의 어둠 속으로, 그렇게 영원히 사라져갔다.

J언니의 사망이 혜령에게 가르쳐준 것은 두려움이었다.

어느 순간, 원하지 않았던 그 어느 순간, 자신도 J언니처럼 소모될 수도 있다는. 그것은 상상만으로도 극악한 두려움이었다.

그래서 혜령은 잠깐, J언니에게 체화된 삶의 습성과 함께, 한 남자의 사랑만 받고 싶다는 그녀의 염원에 대해 진지하게 생각하게 되었다.

그 즈음, 권준은 결혼을 했다. 만약 혜령이 누군가에게 위로를 받을 수 있다면, 그가 유일한 사람이었을 것이다. 그런데 가장 필요한 순간, 그는 혜령의 곁에 없었다. 결혼을 조금 늦출 수도 있지 않았을까.

그러나 그런 것은 부질없는 희망이었다. 두 사람의 사랑에서 혜령이 요구할 수 있는 건 아무 것도 없었다. 처음부터 선을 긋고 시작한 관계였으니까.

권준이 혜령에게 남긴 것은 공허와 허기였다.

공허와 허기를 메워줄 그 무엇을 찾던 혜령은, 한 남자를 만나게 되었다.

그는 미군 정보부 소속의 제임스였다. 그는 충실한 공화당원이었으며, 정결한 침례교인이었다.

리틀 카니의 열렬한 추종자였던 그는, 권준처럼 그녀의 음악을 들을 줄 아는 귀를 가지고 있었다. 노래를 부르는 사람이, 자신의 음악을 진심으로 이해하는 사람 앞에서 생기는 신명을 어떻게 설명해야 할까.

제임스의 열렬한 추종은 어느새 열렬한 구혼으로 바뀌었고, 혜령은 자신에 대한 추종을 사랑과 혼동하게 되었다.

그렇게 두 사람은 몇 개월을 함께 했고, 고국으로 돌아가게 된 제임스는 혜령에게 선택을 강요했다.

혜령에게 제임스를 선택한다는 것은, 음악을 포기한다는 의미였다. 그를 따라 LA근교의 한 농장에서 정결한 침례교인의 아내로 살아야 한다는 의미였다.

그런 삶을 자신이 받아들일 수 있을까. 현실에 직면했을 때, 혜령은 화들짝 정신을 차렸다. 그리고 약간의 망설임도 없이 제임스에게 안녕을 고했다. 제임스는 언제든 다시 돌아와주길 바란다는, 영화 대사 같은 한 마디를 남기고 한국을 떠났다.

대학을 졸업하고도 혜령은 한동안 가수였다.

그 즈음 그녀의 음악은 재즈와 포크의 분위기를 적절히 가미한 독특한 영역을 구축하고 있었다.

그런 가운데 절대 권력자는 대중음악인들을 대상으로 한바탕의 칼질을 감행했다. 그가 미8군 출신 대중음악가들이 만들어내는 자유로운 음악 스타일, 그리고 거기에서 파생되는 문화를 수용하고 이해하기란 아마도 어려웠으리라. 그는 군 출신이었고, 대한민국은 북한과 대치하고 있는 준전시 상태였고, 경제개발이란 절대적 목표를 이뤄야 한다는 신념을 가지고 있었다. 더구나 미국 민주당 정권은 미군 철수로 공공연히 절대 권력자를 옥죄었다. 그 때문에 대한민국은 최고 권력자가 뻗은 칼끝을 바라보며 일사분란하게 움직여야 했다. 예외는 인정되지 않았다.

적지 않은 사람들, 적지 않은 음악인들이 희생되었고, 대중음악의 자유가 제한되었다.

혜령은 갑갑했고, 그런 현실에 조금씩 싫증이 나기 시작했다. 권력을 가진 남자들을 위해, 원하지 않는 노래를 불러야 하는 시간들이 이어졌다.

그런 가운데 영부인이 사망했고, 경호에 대한 책임을 지고 대통령 경호실장 박성렬이 물러났다.

5

1979년 10월.

그 해 시월의 바람은 유난히 스산했다.

바람이 많던 그해 가을 어느 날, 절대 권력자가 그를 맹종하던 한 부하의 총탄에 의해 절명하는 사건이 벌어졌다. 하루 전까지만 해도, 누구도 상상하지 못했던 일이 벌어진 것이다.

정체되고 고여 있던 시간들이, 그때부터 휙휙 소리를 내며 빠르게 흐르기 시작했다. 많은 사람들이 그 속에서 허둥댔다.

그 일은 혜령에게도 적잖은 변화를 가져왔다. 그녀는 이미 권력자들을 중심으로 하는 밤의 권부에 있었다. 밤의 권부는, 혜령이 한때 J언니라 부르며 따랐던 젊은 여성을 소진했지만, 그러나 그뿐이었다. 농밀한 어둠의 시간은 그대로 유지되고 있었다.

어둠에 익숙해져 있던 그녀들에게 찾아온 빛의 강도는 치명적이었다. 어느새 한국은 혜령에게 가장 불안하고 불편한 땅이 되어 있었다. 무엇을 잘못했는지, 혹은 무엇이 잘못되었는지 찬찬히 살펴볼 여유가 그녀에게는 없었다.

서른을 목전에 두고 그녀는 한국을 떠나기로 결심했다.

이미, 그녀가 원하는 노래를 부를 수 없는 땅이었기에 미련은 없었다.

혜령은 한국을 떠나기 위한 수단으로 제임스를 이용했다.

그는 미국 LA에서 국제 변호사로 활동 중이었다. 제임스에게 혜령은 여전히 아름다운 뮤즈였다. 그는 당연히 그녀를 초청했고, 혜령은 결혼이라는 형식으로 한국 땅을 떠났다.

미국에서 혜령은 이름을 캐더린으로 바꾸었다. 캐더린은 깨끗하고 순수하다는 의미를 담고 있었다.

어느 추운 봄날, 권력이 소비해버린 한 여성에 대한 기억, 자신의 음악세계를 영원히 잃어버려야 했던 서글픔, 권력에 의해 조금씩 소모되고 있다는 극단적 두려움…… 그런 것을 모두 떨쳐버리고 싶었다. 혜령은 미국에서 전혀 새로운 삶을 살고 싶었다.

한 남자를 선택해 그를 사랑하고, 그의 사랑을 받는 지극히 안온하고 따뜻한 삶에 대한 갈망. 아이를 낳아도 좋으리라. 캐더린, 그녀는 그렇게 서른의 삶을 그리고 있었다.

사랑에도 시효가 있다면, 캐더린의 남편 제임스에게 그것은 정확히 결혼 후 1년이었다. 1년이라는 시간 동안, 그는 아내의 실체를 알아버렸다. 그것도 너무나 적나라하게. 혜령에서 캐더린으로 완벽히 변모하기에는, LA에 너무 많은 한인들이 살고 있었던 것이다.

가수로서 화려하고 대범해 보였던 그녀의 삶 이면에는 적잖은 남자들이 있었다. 그 남자들 가운데 상당수는 대한민국 정권의 최고위층이었다. 그렇다면 그들을 대상으로 도대체 아내 캐더린은 무엇을 했단 말인가.

정결하고 도덕적인 침례교도 제임스는 당황했지만, 그러나 그것을 겉으로 드러내는 문제에 대해서는 신중했다.

대신 아내로서의 캐더린의 위치를 조금씩 허물어뜨리기 시작했다. 먼저 경제적인 문제에 대해서 가혹하게 굴었다. 그는 아내의 방만한 소비 성향에 제동을 걸었다. 한국에서 캐더린은 그 나이의 여성이 벌 수 없을 만큼의 돈을 벌었고, 번만큼 썼다. 제임스는 그런 그녀의 소비 습관을 문제 삼았다. 그러나 그녀 스스로도, 자신의 경제관념에 문제가 있다고 느꼈기 때문에, 제임스의 요구를 받아들였다. 그것은 그녀에게 발에 맞지 않는 작은 신발을 신는 것과 같은 고통을 요구했다. 한국에서의 화려한 전혜령이라고 누구도 생각하지 못할 정도의 내핍한 생활이 이어졌다.

그러나 정작 캐더린이 참을 수 없었던 것은 제임스의 불신이었다.

제임스는 자주 과거를 들추어내어 그녀를 괴롭혔다. 그동안 캐더린은 자유로운 사고방식을 배우고 자란 서양인들은, 한국 남자와는 다를 거라고 생각했다. 캐더린의 이런 생각은 미8군 시절에 형성된 것이었다. 자유로운 히피적 생활과 사고방식.

그러나 제임스는 달랐다. 그는 한국 남자들보다 더 한국적이었다. 아니 더 폐쇄적이었다. 과거의 남자들에 불과한데도, 제임스는 캐더린의 모든 남자들을 질투하고 증오했다.

결국 캐더린은 자신의 선택이 틀렸음을 깨달았다. 그러나 인정할 수는 없었다. 단순히 아는 것과 인정하는 것은 달랐다. 인정은 자신의 실패를 스스로 받아들여야 한다는 의미였다.

서럽고 비참한 현실이지만, 미국 땅에서 캐더린이 의지할 사람은 제임스뿐이었다. 그에게서 버림받는다면, 그것은 세상으로부터 버림받는 것이었다.

그 즈음, 한 통의 전화를 받고 추운 봄날 저녁 속으로 영영 사라져버린 J언니에 대한 단상이 자주 그녀를 괴롭혔다. 만약, 정말로 만약 J언니가 그 전화를 받지 않았다면 그녀는 혜령에게 무슨 말을 남겼을까.

캐더린은 LA 한인타운에서 다시 노래를 시작했다.

한국에 비하면 형편없이 낡고 누추한 무대였지만, 노래를 부를 수 있다는 작은 행복이 그녀를 숨 쉬게 했다.

그러던 어느 날, 제임스가 그녀를 찾았다. 그녀의 무대가 거의 끝나갈 무렵이었다.

한집에 살면서도, 서로에 대해 철저히 냉담하던 두 사람이 오랫만에 테이블에 마주앉았다.

제임스의 얼굴은 전에 없이 진지했다. 이혼이라도 요구할건가. 캐더린이 그런 생각을 하고 있을 때, 제임스의 입에서 불쑥 의외의 이름이 터져 나왔다.

"박성렬을 만날 수 있겠는가?"

박성렬? 그녀의 기억 저편에서 이미 먼지를 켜켜이 뒤집어쓰고 잊힌 이름이었다. 한때 대한민국 최고의 명사수로, 그리고 대통령 경호실장으로 권력의 정점에 섰던 그였지만, 정권이 바뀌고 이제는 쇠락의 길을 걷고 있으리라.

그런데 갑자기 제임스가 왜 그 이름을 말하는가.

캐더린은 왜 그를 만나야 하는지를 물었다.

그 즈음, 제임스는 중동 쪽 무기와 관련된 국제분쟁사건을 다루면서, 무기중개업이 엄청난 고수익을 보장한다는 사실에 주목하고 있었다.

한국은 1970년대부터 전력 증강 사업에 박차를 가하면서, 국제 무기상들에게 중요한 시장으로 부상하고 있었다.

세계적 전투기 생산업체인 노스롭 사와 접촉하던 중, 제임스는 그쪽에서 한국 고위층과 선이 닿는 인물을 찾고 있다는 사실을 알게 되었다. 노스롭 사에서 특별히 관심을 가지고 있는 인물은 박성렬이었다. 박성렬…… 그는 한때 대통령 경호실장이었던 인물로, 정권이 바뀌면서 무기중개업에 손을 대고 있었다. 군 출신답게, 군 내부에 그의 인맥이 고스란히 살아 있었고, 그것이 사업에 큰 도움이 됐다.

제임스는, 박성렬과 아내 캐더린의 관계를 알고 있었다.

그럼에도 그는 캐더린을 박성렬에게 보내기로 결심했다. 조금이라도 감정의 찌꺼기가 남아 있다면, 내리기 힘든 결정이었다. 그러나 그런 감정의 찌꺼기를 누른 것은, 막대한 돈이 걸려 있다는, 냉혹한 이성의 목소리였다.

캐더린은 영리한 여자였다. 그녀는 남편 제임스가 자신에게 요구하는 것이 무엇인지를 단박에 알아차렸다.

한 남자의 아내로서, 당연히 거부하는 것이 옳은 게 아닌가 하는 생각도 들었다. 그러나 그녀는 이미 거부할 힘이 없었다. 캐더린에게는 어떻게 해서든 이곳에서 살아야 한다는 명제만이 뚜렷했다. 그러기 위해서는, 제임스의 수단이 되어주는 수밖에는 없었다.

자신의 비즈니스를 위해, 과거에 특별한 관계였던 남자에게 아내를 보내는 남자 제임스…… 자신을 보고 어색하게 웃고 있는 한백인 남성의 얼굴을 증오스럽게 바라보며, 캐더린은 고개를 끄덕였다.

6

1984년.

캐더린은 한국으로 돌아왔다. 남편 제임스의 사업과 관련한 방문이었지만, 다시 밟은 한국 땅은, 그녀에게 착잡함과 설렘을 동시에 안겨주었다.

캐더린은 제임스가 왜 자신을 한국에, 아니 박성렬에게 보냈는지 알고 있었다. 만약 사람의 마음이 몸과 같은 형태라면, 캐더린은 제임스의 마음속 똥구멍까지 속속들이 안다고 할 수 있었다. 그럼에도 그녀는 한국으로 왔고, 박성렬을 찾아가는 중이었다.

캐더린에게는 선택의 여지가 없었다. 그녀는 지금 지름이 한 뼘 정도 되는 낭떠러지를 건너고 있는 중이었다. 낭떠러지를 무사히 건너는 유일한 방법은, 절벽 아래를 보지 않는 것이다. 캐더린이 자신의 감정을 애써 외면하는 이유는 바로 그것이었다.

박성렬의 집은 예전처럼 한남동에 위치해 있었다. 박성렬은 세월의 무게만큼 늙었지만, 활기는 여전했다.

"결혼해서 미국 갔다는 소문은 듣고 있었는데……."

단 한 마디로 박성렬은 캐더린과 자신의 관계를 객관화했다. 마치 예전에 공개적으로 알던 사람을 대하듯 했다.

"그때는 인사도 못 드리고 갔습니다. 죄송합니다."

"뭐, 사람 사는 일이 다 그렇지……."

박성렬은 늙고 마른 손가락으로 허공을 한 번 휘저었다.

한때 그는 막강한 권력의 중심에 있었다. 그러나 역설적이게도 그를 제거하려 했던 영부인이 괴한의 테러로 사망하자 경호실장 직에서 물러나 한직을 맴돌았다.

막강한 권력으로부터 소외된데서 오는 분노는 컸다. 그 분노는 세월을 거듭하는 동안 체념에 마모되었지만, 옹이진 마음은 그대로였다. 옹이가 깊은 사람은 욕심도 깊다. 욕심이 깊은 사람은 유혹에도 약하다. 캐더린은 어렵지 않게 그것을 간파할 수 있었다.

"미국에서 살기는 괜찮나?"

그녀는 또한 자신에 대한, 그의 감정의 찌꺼기도 발견할 수 있었다. 그것은 다시 불을 붙이면 활활 타오를 수 있을 만큼 농밀한 것이었다. 사내의 욕정…… 그것이 가끔은 일을 도모하는 데에 도움을 주곤 한다. 캐더린의 신경이 일제히 곤두서서 일어났다.

"그럭저럭요. 오늘 제가 찾은 것은……."

캐더린의 입가에 독특한 미소가 흘렀다. 예전에 많은 남자들이 혼을 놓았던 바로 그 미소, 그것은 세월에 의해 농익어 있었다. 아마도 박성렬은 캐더린이 무슨 말을 하든, 일단 귀를 기울일 것이다.

"대한민국 정부에서 계획 중인 새로운 전투기 구매 계획 때문입니다."

"뭐?"

소파에 비스듬히 기대고 있던 박성렬의 등뼈가 갑자기 꼿꼿해졌다. 새로운 전투기 구매 계획이라니…… 캐더린의 예쁜 얼굴과 어울리지 않는 말이었다. 게다가 그 정보는 몇몇 힘 있는 사람들만이 나누어가지고 있는 것이었다.

"유(You)가 어떻게 그것을……."

박성렬은 직책이 불편한, 그러나 함부로 할 수 없는 상대를 지칭할 때 '유'라는 호칭을 쓰곤 했다.

"노스롭 사에서 그 사업에 많은 관심을 가지고 있는데…… 실장님께서 그쪽 인사를 한번 만나주셨으면 합니다."

대한민국에서 새로운 전투기를 구입한다면, 당연히 관심을 가질 만한 방산업체 가운데 하나가 노스롭 사였다.

"그쪽 인사, 누구?"

캐더린은 제임스로부터 전해 들었던 인물, 그리고 한국으로 출발하기 전 인사를 나누었던 은발의 중동 신사를 떠올렸다. 그는 애드넌 카쇼기였다.

"애드넌 카쇼기! 이 일과 관련한 노스롭 사의 로비스트입니다."

애드넌 카쇼기라면 사우디아라비아 출신의 무기상으로, 미국인 샘 커밍스와 함께 세계적으로 손꼽히는 무기상이다.

1960년대에서 1970년대까지 한때 중동 · 아프리카 · 중남미 등 전 세계의 지역분쟁에 사용된 소형무기의 90퍼센트는 그의 손을 거친 것으로 알려져 있다. 또 세계 각국에 산재해 있는 그의 비밀창고에는 10개 사단을 무장시킬 수 있는 각종 무기가 가득 들어차 있다는 것 또한 널리 알려진 사실이다.

박성렬은 혀로 입술을 한 번 핥았다. 몇 개의 거스러미가 그의 이빨에 끼었다. 박성렬은 그것을 잘근잘근 깨물었다. 도대체 자신의 앞에 앉아 예쁘게 웃고 있는 그녀가, 카쇼기를 어떻게 안단 말인가.

"그분이 한국에 오는 것은 어려운 일입니다. 실장님께서 나가서 만나서야 할 겁니다."

박성렬은 고개를 끄덕였다. 카쇼기가 한국에 올 수 없는 이유, 그것은 설명하지 않아도 알고 있었다.

미국 레이건 행정부가 테러 국가들에게는 무기를 팔 수 없도록 하는 자국 법을 어기고 은밀히 무기 판매를 진행 중인데, 카쇼기가 그 일에 관여하고 있다는 소문이 이미 무기상들 사이에서 나돌고 있었다. 그런 마당에 그가 한국을 방문한다면, 내외의 이목이 집중될 것이다.

박성렬은 어떤 경로를 통했는지는 알 수 없지만, 캐더린을 자신에게 보낸 것은 카쇼기다운 발상이라고 생각했다.

캐더린이 숄더백에서 통장을 꺼낸 것은 바로 그때였다.

"홍콩에서 만든 제 계좌입니다. 일을 진행하시는 데 적잖은 돈이 소요되실 겁니다. 돈은 그쪽으로 입금될 겁니다."

박성렬은 천천히 그 통장을 집어들었다. 그런 그의 입에서 신음처럼 흘러나오는 말이 있었다.

"외환 당국의 눈도 있는데……."

그 순간, 박성렬과 그녀 사이의 힘의 균형이 깨지며 무게 중심이 캐더린 쪽으로 기울었다. 그것은 캐더린이 가진 정보력과 그녀의 입을 통해서 나온 노스롭 사의 로비스트 카쇼기가 주는 무게였다.

캐더린은 그런 힘의 이전이 통쾌했고, 신선했다.

캐더린은 침착한 얼굴로 또박또박 말을 이었다. 이런 경우를 대비해 남편 제임스가 일러준 말이었다.

"실장님께서 어떤 사업을 추진 중인데, 노스롭 사의 투자를 받은 것으로 하시면 됩니다. 신축 호텔 건설 사업 같은 것도 좋고요……."

"신축 호텔 건설 사업……?"

박성렬은 마른침을 꿀꺽 삼켰다. 그리고 새삼스러운 눈으로 자신 앞에 앉아 있는 캐더린을 보았다.

천사처럼 순진무구한 얼굴을 한 여자가, 낯설게 웃고 있었다.

7

카쇼기의 요구는 간명했다.

대한민국 대통령이 참석하는 공개된 장소에서 노스롭 사의 F20의 시험비행을 할 수 있도록 도와달라는 것이었다. 그 일을 성사시키기 위해 소요될 막대한 비용은, 그가 보낸 여자, 캐더린의 통장을 통해 지급하겠다는 것이 그의 뜻이었다.

카쇼기는 어느 정도 한국 정권을 간파하고 있었다. 1980년에 새로 들어선 정권은 끊임없이 정통성 시비에 시달리고 있었다. 대통령은 그것에서 자유롭지 못했고, 그 결과 병적이다 싶은 정도로 자신의 사람들에게 집착했다.

그는 자신을 추종하는 인사들에게 엄청난 물량을 쏟아 부었다. 돈은 대통령을 구성하는 카리스마였다. 또한 대통령의 아킬레스건이었다. 바로 그 아킬레스건을, 박성렬이 충족시켜주면 된다. 그리고 그 수단은 돈이 될 것이다.

카쇼기의 판난은 틀리지 않있다. 캐더린의 계좌를 통해 박성렬에게 625만 달러가 지급되는 것을 시작으로, 775만 달러가 추가로 지급되었다. 그리고 얼마 지나지 않아, 지급된 돈은 위력을 나타냈다.

노스롭 사 F20 전투기의 시험비행은 오산 비행장에서 있었다.

물론 그 자리에는 박성렬이 요구한 대로, 대한민국의 대통령이 군 관계자들과 함께 참석했다. 모든 그림은 완벽했다.

사나운 상어라는 뜻의 타이거 샤크(Tiger Shark)로 불리는 F20 전투기들이 위용을 자랑하며 땅을 박차고 올랐다. 최대속도가 마하 2인 전투기였다.

날카로운 칼로 금을 긋는 것처럼 창공을 가르는 타이거 샤크의 은빛 날개는 웅장했고, 아름다웠다.

연신 터지는 찬탄의 소리들…… 많은 사람들이 F20 전투기의 은빛 날개에 매료되었다.

바로 그때였다. 바로 그때, 믿을 수 없는 일이 벌어졌다. 하늘에 칼금을 그으며 날아야하는 F20 전투기. 그중 한 대가 땅으로 떨어지고 있는 게 아닌가! 분명했다. 추락이었다!

조종사가 낙하산을 타고 탈출했다. 그 모습이 박성렬의 눈에는 마치 바람에 너울너울 춤추는 모습처럼 현실감이 없었다.

조종사가 탈출하고 잠시 뒤, 주인을 잃은 F20 전투기는 인근 야산으로 곤두박질쳐서 폭발했다.

사람들이 지르는 비명이 귀에 들어온 것은, 그러고도 한참 후였다.

잠시 정신을 수습한 후 박성렬은 급히 대통령의 얼굴을 바라보았다.

그는 엉거주춤하게 서서 손바닥으로 햇빛을 가리고 있었다. 경호원은 어찌할 바를 모르고 허둥댔고, 대통령은 목덜미까지 시뻘겋게 달아오르고 있었다.

그 순간, 박성렬은 대통령에게 지급된 돈을 생각했다.

그랬다…… 돈은 이미 지급됐다. 그렇다면 달라질 게 있는가…… 달라질 건 없었다.

캐더린은 이 일로 적지 않은 돈을 커미션으로 받았다. 남편 제임스와 박성렬이 어느 정도 나눠가졌는지에 대해서는 알지 못했지만, 잘만 된다면 이런 일로 엄청난 돈을 벌 수 있다는 사실이 그녀를 들뜨게 했다.

박성렬이 장담한 대로, 시험비행 도중 사고가 있었음에도 한국정부는 F20 프로그램을 예정대로 진행했다. 박성렬은 노스롭 사의 토머스 존스 회장에게 이번 사고는 일시적 후퇴일 뿐이라는 자신만만한 편지까지 보냈다.

이 일은 또한 캐더린을 자극했다.

그녀는 그때까지만 해도 군수품이나 전투기에 대해서는 아는 바가 전무했다. 그런데 이 일을 통해서 처음으로 전투기에 관심을 갖게 되었다.

캐더린은 노스롭 사의 F20은 추락 사고가 빈번한 전투기라는 사실을 알게 되었다. 그래서 미 당국 역시 군용기로 일찌감치 F16을 채택했다는 사실 또한 알게 되었다.

세계적으로 크게 주목받는 전투기가 아님에도, 대한민국 정부는 F20에 적극적인 관심을 보였다. 물론 실질적 원인은 돈이었다.

캐더린은 돈이 곧 권력이라는 사실을 간파했다. 돈만 있으면 남자들에 의해 소진당하지 않아도 된다. 돈만 있으면 자신은, 더이상 사랑하지 않는 남자의 그늘 아래서 생존의 문제로 처참해지지 않아도 된다. 스스로 돈을 벌 수 있다면 추운 봄 밤 속으로 사라지는 환영으로 괴로울 일이, 이제 더이상 없을 것이다. 돈은 대통령을 움직일 수도 있다. 돈은 이 세상 모든 억압에서 그녀를 해방시켜 줄 것이다.

바로 그 돈을 만드는, 그것도 상상할 수 없을 정도의 막대한 돈을 만드는 것이, 세계 유수 방산업체들이 생산해내는 무기였다.

돈과 무기…….

둘은 떼려야 뗄 수 없는 불가분의 관계였다. 그리고 그 돈과 무기를 연결시키는 역할을 하는 사람이 바로 로비스트였다.

비로소 캐더린은 아주 편안한 마음으로 남편 제임스와의 결혼이 실패라는 것을 인정할 수 있었다. 실패를 인정했다면, 이제 그것을 털어버리고 새롭게 시작하는 일이 남았다.

제임스와 결혼한 후에도 캐더린은 한국 국적을 유지하고 있었다. 이혼하게 되자 그 사실이 새삼 다행스러웠다. 그녀가 한국 국적을 유지한 것은, 과거 자신의 의지와 상관없이 외국을 떠돌던 J언니에 대한 슬픈 기억 때문인지도 모른다. 그때 J언니는 얼마나 한국으로 돌아오고 싶어했던가.

아무튼 이 일을 기점으로 캐더린의 인생은 선회하기 시작했다. 그녀는 맹렬한 기세로 정력적인 무기 로비스트로 변모해갔다. 거기다 매혹적 외모를 소유한.

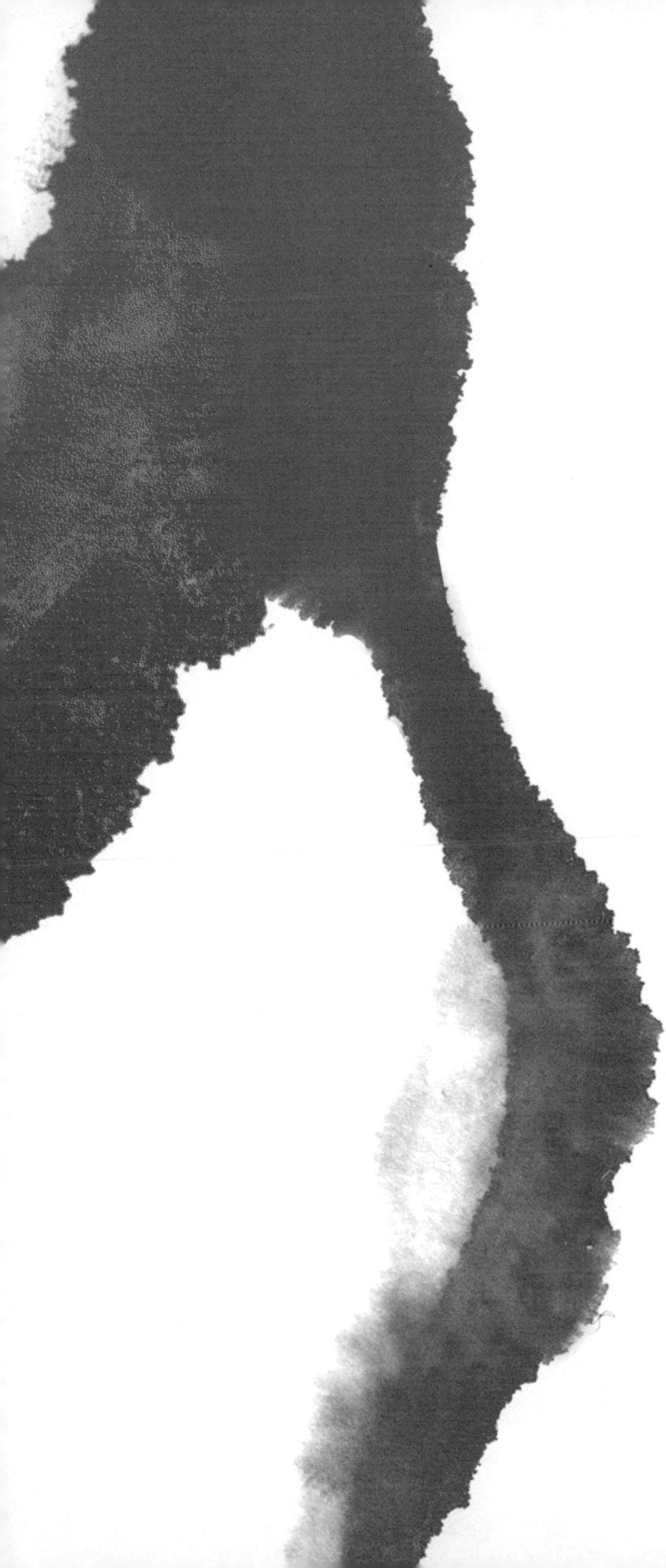

3장

귀환

1

1992년 가을 김포공항.

중년의 한 여성이 김포 국제공항의 트랩을 내려서고 있었다.

그녀는 감회에 젖은 촉촉한 눈빛으로 대한민국의 푸른 하늘을 쳐다보고, 낮고 긴 복식호흡을 했다.

세월이 흘렀지만, 서울의 하늘은 특유의 푸르고 맑은 서정성을 그대로 간직한 듯 보였으며, 살갗으로 스며드는 바람은 제법 매서웠다. 그 매서움이 그녀는 상쾌했다.

그녀…… 캐더린. 대한민국은 더이상 그녀에게 위험한 땅이 아니었다. 그것은 그녀에게 감동이었다.

캐더린은 강남에 위치한 한 호텔 스위트룸에 여장을 풀었다.

한동안 이곳에 머물며 한국에서 살 집과 사무실을 알아볼 것이다. 그리고 만나야 할 사람들을 만날 것이다.

캐더린은 뜨거운 물로 샤워를 마친 후 커피 한 잔을 주문했다.

코끝에 감도는 향이 좋았다. 그녀는 고급 호텔 특유의 은은한 향이나, 레스토랑에서 풍기는 커피 냄새가 좋았다. 돈을 버는 것과 성공을 동질의 의미로 해석할 수 있다면, 그녀는 이미 어느 정도 성공을 거두고 있었다. 그리고 그녀가 이용하는 특급 호텔은 성공이 선사한 전리품이었다.

캐더린은 수첩을 펼쳤다.

예전 한국에서 노래를 부르던 시절에 알았거나 이후 미국에서 인연을 맺은, 한국 실력자들의 명단이 빼곡히 적혀 있었다. 그리고 그 명단 아래로는 그가 어디서 어떤 일을 하는지, 가족관계는 어떻게 되는지 등 세밀한 내역이 기록되어 있었다.

그들 가운데 반드시 만나야 할 사람이 있었다. 그 사람의 이름 옆에 캐더린은 별 두 개를 쳐두었다.

캐더린, 그녀는 이미 몇 개의 거래를 성공시킨 프로 로비스트였다. 그리고 이혼녀였다.

무기에 대해서 아는 바가 전무했던 그녀가, 프로 무기 로비스트가 되기까지는 혹독한 세월이 있었다.

무기 부품을 분해해가며 밤새워 공부하는 시간을 거듭해야 했고, 한 나라에 무기를 판매하는데 돈이나 인맥 등 부수적으로 얼마나 많은 것들이 필요한지도 터득하게 되었다.

그녀의 아름다움 또한 무기를 판매하는 과정에 중요한 장점이 되었다.

거래자들은 특이한 느낌의 동양 여성에게 관심을 가졌고, 그녀는 본능적으로 그것을 이용할 줄 알았다. 영악한 유혹의 기술은, 간혹 돈이나 인맥, 심지어 무기의 품질보다 우선한다는 게, 이 바닥에서 쌓은 그녀의 노하우였다. 그녀는 영악했고, 그것은 신비롭고 깊은 동양 여성 특유의 눈빛에 잘 포장되어 있었다.

그런 그녀가 이제 한국으로 눈을 돌린 것이다!

1970년대부터 전력 증강 사업을 추진해온 한국은 세계 무기 로비스트들에게는 매혹적인 시장이었다. 특히 전투기 도입 사업은 전력 증강 사업의 백미라고 해도 좋을 정도였다.

박성렬이 그렇게 갑자기 죽지 않았다면, 달라졌을까…….

군사정권 초기, 대한민국이 관심을 가졌던 기종은, 노스롭 사의 F20 전투기였다.

카쇼기의 밀명을 받은 캐더린은, 그것이 무엇인지도 모른 채 심부름을 했다. 그리고 바로 그 F20 전투기가 오산 비행장에서 시험비행 도중 추락했다. 그럼에도 박성렬은 F20 프로그램은 그대로 진행될 거라며 호언했었다.

그러나 그가 급작스레 죽자, 상황은 돌변했다.

1980년대에 들어서, 한국 정부는 차세대 전투기 사업으로 맥도널 더글라스 사(社)의 F15 전투기를 구입하고자 했다. 그러나 미국 측으로부터 거절당하고 말았다.

그들은 당시 일본이 면허 생산한 F15J의 성능이 원조인 미국의 F15를 능가한다는 판단을 했고, 그에 대한 위기감 때문에 한국에는 아예 그 기종을 팔지 않으려 했던 것이다.

이후 한국의 차세대 전투기는 맥도널더글라스 사의 F18 전투기로, 다시 제너럴 나이나믹스 사의 F16 전투기로 변경되었다. 그렇게 무기를 도입하는 과정에서 막대한 커미션이 정치권, 특히 최고 권력자에게 집중되었고, 그것이 무기 도입에 실질적으로 영향을 끼치는 경우가 많았다. 그 때문에 유능한 무기상들은 차기 대통령으로 거론되는 정치인들에게 후보시절부터 다양한 경로를 통해, 선을 만들어 놓곤 했다. 바로 그 일을 지금 캐더린이 하려는 것이다.

박성렬의 사망으로 노스롭 사의 F20 전투기에 대한 관심이 시들해지면서, 대한민국 공군이 관심을 갖게 된 전투기는 세인트루이스를 기반으로 하는 맥도널더글라스 사의 F18 전투기였다.

맥도널더글라스 사는 캐더린과도 인연이 있었다.

맥도널더글라스 사의 F18 전투기는 한국의 차세대 전투기 사업에서 밀려 결국 제네럴다이나믹스 사의 F16 전투기에 그 자리를 내주고 말았다. 바로 그때 캐더린은 맥도널더글라스 사와 경쟁 관계에 있던 제네럴다이나믹스 사의 토마호크 미사일을 중동에 판매하면서, 자연스럽게 맥도널더글라스 사와 인맥을 만들어 놓았던 것이다.

F18 전투기와 F16 전투기를 놓고, 맥도널더글라스 사와 제네럴다이나믹스 사 로비스트들이 사활을 걸고 경쟁하는 것을 보면서, 캐더린은 한국의 차세대 전투기 사업에 적잖은 관심을 가지게 되었다. 또한 그것이 엄청난 이권을 보장해줄 수 있다는데 주목했다.

무기상들에게 매혹적인 시장으로 부상한 한국은, 바로 그녀의 고향이 아니던가.

캐더린은 커피 한 잔을 다 마신 다음, 단전까지 호흡을 내려 숨을 쉬었다. 마음을 정돈하고, 뜻을 모아…… 이제 한 통의 전화를 해야 한다.

캐더린의 수첩에 별 두 개가 그려져 있는 그는, 한국의 차기 대선주자였다. 그것도 아주 유력한.

2

두 달 후에 치러질 대통령 선거의 강력한 여당후보인 이기범!

캐더린은 그와 시내의 한 특급 호텔에서 만나기로 약속했다. 호텔의 VIP룸으로 통하는 엘리베이터를 타면서, 캐더린은 이기범과의 통화를 떠올렸다.

처음 미국에서 전화했을 때, 이기범은 다소 긴장하는 눈치였다. 대선 기간이었고, 캐더린은 상황에 따라 스캔들의 대상이 될 수 있는 여자였다.

캐더린은 수화기 너머로 이기범의 숨소리를 들으며, 재빠르게 그의 심리를 간파했다. 그녀는 요점부터 말했다. 옛 친구로 얼마의 정치자금을 기탁하고 싶으니, 직접 만났으면 한다고…….

엘리베이터가 땡 하는 종소리를 내며, 20층 도착을 알렸다. 캐더린은 반사적으로 엘리베이터 스테인리스 기둥에 비치는 자신의 입술을 살펴보았다. 보기 좋을 만큼 붉었다.

이기범은 미리 와서 기다리고 있었다. 하얀 와이셔츠가, 호방한 성격의 그를 가두고 있는 느낌이었다. 답답해 보였다.

캐더린이 손을 내밀자 이기범이 그 손을 잡았다.

캐더린의 손을 잡은 이기범의 얼굴에 홍조가 어렸다. 역시 그답다고 캐더린은 생각했다.

두 사람은 서울 시내의 야경이 보이는 창가에 자리를 잡았다. 테이블 위에는 미리 준비해둔 차가운 화이트와인이 있었다.

"한국에서도 여전히 와인을 즐기시네요."

이기범은 그녀의 잔에 술을 따르며 말했다.

"그래도 와인은 우리 캐더린 여사와 미국에서 마셨던 게 최고였지."

캐더린이 이기범과 안면을 트게 된 것은 미국에서였다. 미국에서 캐더린은 의도적으로 많은 한국인들을 접촉하고 인맥을 넓혀갔다. 이후 활동을 위한 일종의 포석이라면 포석이었다.

사람과 사람 사이의 관계라는 것은 묘해서, 한번 인연을 맺어놓으면 그것이 꼬리를 물고 이어졌다.

미국을 방문한 야당 인사들과 술자리를 겸한 식사자리에서, 이기범이라는 인간에 대해 캐더린은 어떤 구체적인 형상을 마련할 수 있었다.

그는 담백한 성격이며, 수(數)가 깊지 않은 대신 많은 수를 가지고 있는 인물이었다.

그런 사람이 시운을 잘 만나면, 뜻하는 바를 이룰 수 있다. 그러나 시운이라는 건 늘 급류와 탁류를 거쳐 오는 법. 당시 그는 급류나 탁류를 건너고 있던 중이었다.

그날의 술자리에서 보았던 그의 모습도 그랬다. 만취했던 그는 캐더린의 손을 잡고 말했다. 대통령이 되고 싶다고…… 꼭 대통령이 되어서 자신의 경륜을 펼치고 싶다고.

당시 그는, 대통령이 절대 신임하는 인물인 권준과 갈등의 정점에 서 있었다. 권준으로 인해 야당의 대통령 후보라는 그의 위상마저 흔들리던 때였다. 권준은 그만큼 막강했다.

권준…… 그는 젊은 시절 한때, 그녀에게 유일하게 설렘을 안겼던 인물이었다. 그리고 이후에도 우정이라는 이름으로 은밀히 그녀를 지원해왔다.

그는 야망이 큰 남자였다. 온몸, 심지어는 언젠가 잘려나갈 손톱이나 머리카락에까지 야망이 배어 있는 인물이 권준이었다.

그는 같은 당에 소속되어 있으면서 이기범을 강력하게 견제했다. 권준은, 자신의 야망을 실현시켜줄 제3의 인물을 대통령 후보로 적극 밀고 있었던 것이다.

권준과 캐더린의 특별한 관계를 알리 없었던 이기범은 그때 그녀에게 자신의 속내를 털어놓았다. 권준을 죽이고 싶다고. 내가 대통령이 되기 위해서는 그가 죽어야 하는데, 당신은 어떻게 생각하느냐고. 뜨거워진 손으로, 입김으로 칭얼대듯 말하던 그는, 그런 남자였다.

테이블 위에 놓여 있던 캐더린의 잔에 차가운 이슬이 맺혔다. 실내 온도에 비해 와인의 온도가 지나치게 차가워서 생기는 현상이었다. 아름다웠다.

한순간, 차가운 유리컵 표면에 맺혀 있던 이슬이, 캐더린의 눈으로 옮겨온 듯했다. 눈물 한 방울이 그녀의 뺨을 타고 흘렀다.

단순한 남자 앞에서 흘리는 여자의 섬세한 눈물 한 방울…… 캐더린은 자신의 눈물이 이기범에게 어떤 형태로든 영향을 미칠 것이라는 것을 이미 계산하고 있었다.

그녀의 생각대로, 이기범은 의아한 눈으로 그녀를 바라보았다. 그녀가 흘리는 눈물의 이유를 파악할 수가 없다는 듯 그의 눈빛은 순진무구하게 맑았다.

"왜?"

캐더린이 손바닥으로 눈물을 찍어내듯 닦으며 웃었다.

"갑자기 감격스러워서요."

감격……? 터무니없는 말이다. 도대체 뭐가 감격스럽다는 건가? 이기범의 눈빛은 여전히 의혹에 차 있었다. 조금 더 자세한 설명을 해보라는 눈빛이었다.

"총재님께서는 제가 미국에서 얼마나 고생했는지 아시잖아요. 남편과 이혼하고…… 한동안 한국 출입이 자유롭지 못했던 시절도 있었고요. 그런데 이제 누구의 눈치도 보지 않고 무시로 한국을 드나들 수 있다는 게 새삼 감격스러웠어요."

"그건, 군사 독재 놈들이 정권을 잡으면서, 고초를 입은 거지. 당신은 그때 급작스레 미국으로 가게 된 거잖아."

군사독재…… 고초…… 한 번도 자신에게 대입시켜보지 못한 말이었다. 생소했다. 캐더린은 그의 기상천외한 사고방식이 재미있었다. 그래서 눈물이 그렁그렁한 얼굴로 웃어보였다.

이기범은 자신의 손으로 캐더린의 눈물을 닦아주고 싶었다. 마치 소녀와 같은 감수성에 젖어 눈물을 흘리는 캐더린은, 미치도록 어여뻤다.

사실 그것은 옛날부터 그랬다. 그녀는 마치 바람에 나부끼는 시폰 스카프와 같은 여자였다. 힘껏 손을 뻗으면 손끝에 닿기는 하지만 이내 바람에 다시 나부끼는…… 그리고 남자로 하여금 끊임없이 자신이 남자라는 사실을 일깨워주는 그런 여자였다. 지금도 그렇지 않은가. 가운데가 깊게 패인 짙은 와인빛 비로드 원피스를 입은 그녀. 와인빛 비로드 원피스와 그녀의 흰 목덜미는 아름다운 조화를 이뤘다. 웨이브가 들어간 긴 머리는 한쪽으로 묶여서 자연스럽게 그녀의 어깨 위에서 출렁거리고 있었다.

긴 머리카락, 하얀 목, 완만한 턱선 그리고 여자의 눈물. 이기범은 그것들을 만져보고 싶었다.

천천히, 이기범은 손을 들었다. 그러다가 한순간 멈칫했다. 아차 싶었다. 한 국가의 대통령이 되기 위해서 필요한 것 가운데 하나가 금욕이다. 스캔들은 파멸로 가는 지름길이다. 이기범은 들어올렸던 손을 억지로 내려놓았다. 그리고 다소 곤혹스러운, 남자로서 하기 쉽지 않은 말을 했다.

"나는…… 우리 캐더린 여사랑 친구로 지냈으면 좋겠어. 아무리 생각해도 그게 좋겠어."

캐더린은 옆에 놓여 있던 냅킨으로 눈물을 닦으며, 흘기듯 웃었다. 웃는 얼굴과 숨을 쉴 때마다 봉긋해졌다가 가라앉는 가슴

선…… 필사적으로 이성을 동원해 자신의 감정을 제어하느라 이기범은 숨이 막히는 것 같았다. 그래서 냉수 한 잔을 벌컥 들이켰다.

"훌륭한 대통령이 되셔야 해요."

캐더린이 말했다. 간절함을 담은, 그리고 너무나 감동적이고 짜릿한 기분을 느끼게 해주는 말이었다. 그래서 이기범은 낮게 읊조려보았다. 대통령…….

캐더린은 목소리의 톤을 조금 바꾸어 분위기를 환기시켰다.

"훌륭한 대통령이 되시라는 의미로 제가 성의 표시를 했으면 해요. 제 기사가 지하 주차장에서 이미 총재님의 차 트렁크에 실었을 겁니다. 큰 거 두 장 준비했어요."

"하하하."

이기범이 웃었다. 역시 캐더린은 쿨한 데가 있는 여장부였다.

"국정을 어떻게 운영해 가실 건지, 대강 그림을 그려보셨나요?"

캐더린이 본론으로 들어갔다. 그러나 여자의 향기와 분위기에 취한 남자 이기범은, 캐더린이 하는 질문의 의도를 전혀 간파하지 못했다.

"국무총리는, 일단 나와 지역색이 다른 인물로 행정 경험이 뛰어난……."

이기범은 미리 생각해둔 인물을 떠올리며 대답했다. 그러나 캐더린이 궁금한 것은 국무총리 자리에 누구를 앉히느냐하는 것이 아니었다.

"국방부장관은요?"

"아, 국방부장관…… 강욱이라고, 지금 국방부에서 일하고 있는 인물이 하나 있는데 훌륭한 사람입니다. 그 사람이 언젠가 나한테 와서 그럽디다. 새로운 정권에서는 사조직을 일소해야 한다고…… 사조직이 군을 썩게 만든 장본인이라고…… 그건 뭐 내 생각도 그렇고…….”

이기범이 머릿속에 그리고 있는 군부의 그림은 명확했다. 수장은 강욱이 될 것이다. 그리고 강욱을 통해 현 정권을 탄생시킨 사조직 멤버들을 쓸어내고 그 자리에 자신의 수족들을 심을 것이다.

“강욱이라고요?”

그 이름은 캐더린에게 의외의 복병이었다.

한때 강욱의 인척이 군수 물자 도입과 관련된 Y-프로젝트 사건에 연루된 적이 있었다. 즉 강욱이나 혹은 그의 측근 가운데 누군가가 군수품 도입과 관련된 일을 하고 있다는 말이었다.

예감이 좋지 않았다.

강욱…….

캐더린의 입가에 신음처럼 그 이름이 흘러나왔다. 만약 그가, 자신의 의도대로 움직여주지 않는다면, 다른 대안이 필요할지도 모른다. 캐더린은 그 순간, 그에 대한 파일부터 만들어야겠다고 생각했다. 아주 은밀히.

그로부터 2달 후, 이기범은 많은 사람들이 예상했던 대로 대통령에 당선되었다. 그의 필생의 소원이자 꿈을 이룬 것이다. 그리고 그것은 권준에게 위기의 시간이 왔음을 의미했다. 권준은 그의 인생에서 가장 힘든 시간을 보내야했다.

한편 캐더린은, 자신이 활동할 수 있는 시기가 구체적으로 다가왔다고 판단했다. 그녀는 다양한 인맥을 이용해 맹렬한 활동을 펴기 시작했다. 특히 이기범의 핫라인 번호는 그녀에게 여러모로 유용했다.

이기범의 시간은, 그렇게 흘러갔다.

4장

적(敵)

1

1996년 초겨울.

강욱이 서초동 안기부 청사를 나온 것은 점심식사 직후였다. 그는 관용차를 타고 소공동에 위치한 한 호텔로 향하는 중이었다. 그 호텔 안에 설치되어 있는 안가에서 특별한 손님이 그를 기다리고 있었다.

강욱은 피곤한 듯 엄지와 검지로 눈 마사지를 한 후, 차창 밖으로 시선을 돌렸다.

도로 가장자리에 늘어져 있는 가로수 잎들은 이미 물기를 잃고 바싹 말라 있었다. 바람 끝도 제법 매웠다. 바야흐로 겨울이 머지않은 시점이었다.

이번 겨울은 그에게 여러 가지 면에서 중요했다. 특히 내년 이맘때 대통령 선거가 예정되어 있었다. 그런데 현 여당에서는 차기 대선 후보로 두드러지는 인물이 없었다. 그에 반해 야당 후보는 너무도 막강했다.

그렇기 때문에 이번 겨울은 그와 대통령, 여당 모두에게 필생의 과제들을 던져 놓고 있었다. 오늘 만남은 그 과제를 풀기 위한 일환으로, 특별한 손님과의 면담이 예정되어 있었다.

오늘 강욱이 만나기로 한 사람은 프랑스 방산업체인 T사의 로비스트 장이었다. 장은 T사 이외에 프랑스 국적의 여러 방산업체와 긴밀한 관계를 맺고 있는, 실력 있는 로비스트였다.

정권이 바뀌고 국방장관이 된 후로, 강욱은 많은 일들을 의욕적으로 처리해나갔다. 군 내부의 사조직 뿌리를 뽑았으며, 무기 도입 문제에 대해서도 그랬다.

그런데 무기 도입 문제와 관련해 뜻하지 않은 복병을 만나게 되었다. 바로 무기 로비스트 캐더린이었다. 이기범이 정권을 잡으면서 그녀는 군 출신 인사들이 독점하던 무기 도입 사업에 조금씩, 야금야금 영역을 확대해 왔다.

캐더린은 여성이었고, 매력적인 외모를 소유하고 있었다. 매력적인 외모를 소유한 여성 무기 로비스트라는 점은 독특한 이미지를 창출해냈고, 적잖은 군인들과 정치인들이 그녀의 수완에 놀아났다. 그 대표적인 인물이 국방장관 김성수였다.

김성수를 생각하자, 그의 관자놀이에 열 오른 실핏줄이 튀어올랐다.

김성수는 군 내부에서도 미래가 불투명한 대표적 인물이었다. 육사 출신 군인들이 장악하고 있는 군부에서 그는 지지기반이 전무한 공사 출신이었던 것이다. 출세욕이 없는 것은 아니었지만, 그것을 뒷받침해줄 힘이 그에게는 없었다. 자신의 도움이 없었다면, 합참의장이나 국방차관을 끝으로 군 생활을 마감했을 인물이었다. 그런 인물을 발탁해, 국방장관으로 대통령에게 강력 추천한 사람은 바로 강욱 자신이었다.

강욱은 김성수를 통해 군부 내 자신의 위상을 그대로 유지해나갈 수 있으리라 기대했다. 비록 안기부장으로 자리를 옮겼지만, 군부에는 정권 초기에 심어 놓은 그의 인맥들이 그대로 살아 있었다. 그들을 효과적으로 통제하고 지휘하기 위해 선택한 인물이 김성수였던 것이다. 그런데 김성수는 변했다. 변해도 아주 철저하게 변했다.

김성수의 변화는, 누구보다 강욱을 당혹스럽게 했다.

P-프로젝트의 경우만 해도 그랬다. 강욱은 안기부의 입장을 분명히 국방부에 전달했다. 그런데 자신이 의견은 검토조차 되지 않았다. 있을 수 없는 일이었다.

게다가 D전선-프로젝트의 경우는 그 대상이 공군 제품이 아닌 육군 제품이었다. 대북 감청을 위해 육상에서 운용될 차량을 구입하는 사업이었다. 그런데 육군이 쓸 무기를 공군 출신의 김성수가 고른다는 것이다. 공군 파일럿 출신으로 비행기 조종만 하던 그가, 도대체 군수 무기에 대해 무엇을 알고 있단 말인가. D전선-프로젝트 1차 평가에서 국방부는 이스라엘 I사에 높은 점수를 준 것으로 되어 있다. 그런데 이스라엘 I사 로비스트는 캐더린이었다. 김성수는 바로 그 캐더린의 손에 놀아나고 있었다.

여기까지였다. 여기까지가 안기부장 강욱이 참을 수 있는 한계였다. 더이상은 안 된다. 강욱은 사각을 이루고 있는 그의 턱이 아플 정도로 이를 앙다물었다.

강욱은 늘 그랬듯이 10분 전에 약속 장소에 도착했다.

프랑스 출신 로비스트 장은 정시에, 안기부가 한 층 전체를 빌려서 사용하고 있는 이 호텔 10층에서 엘리베이터를 내렸다.

장과 강욱은 이전 정권에서부터 인연이 깊었다. 그는 프랑스 국적 방산업체 몇 곳의 로비스트로 일하고 있을 뿐만 아니라, 프랑스 정치권에 영향력을 행사할 수 있는 거물이었다.

미테랑 정권에서 그는 대통령의 측근을 지원했었다. 말하자면 그는 대통령의 의지를 누구보다 잘 이해할 수 있고, 대통령이 무엇인가를 결정할 때 영향력을 행사할 수 있는 자리에 있었다.

강욱은 그를 통해, 세계 정치권력의 메커니즘은 비슷한 데가 있다는 것을 알게 되었다. 그것은 철저히 자국과 자기 정부의 이익에 따른다는 점이었다. 그런 점에서 강욱은 장을 100퍼센트 신뢰하지는 않았다.

장이 엘리베이터에서 내렸을 때, 강욱은 이례적으로 그 앞까지 마중을 나가서 그의 손을 마주잡았다. 장의 두툼한 손에도 역시 힘이 실렸다.

강욱은 복도 끝에 위치한 비즈니스 룸으로 그를 안내했다. 전반적으로 조도가 약간 낮은데다가, 와인빛의 카펫이 깔려 있는 호텔

내 안가의 복도는 음산한 분위기였다. 일행은 햇빛이 들어오는 복도 끝에 위치한 방을 향해 걸었다. 두 사람이 들어선 방은, 호텔 비즈니스 룸의 효과를 최대한 살리기 위한 의도로 마련된 방이었다. 두 사람은 모서리가 바로크풍으로 처리된 테이블에 마주 앉았다.

장은 윗도리를 벗어 의자 뒤에 건 뒤, 수건을 꺼내 땀부터 닦았다. 강욱은 그에게 얼음을 넣은 오렌지 주스 한 잔을 건넸다. 그가 열이 오르거나 더울 때면 오렌지 주스를 마신다는 사실까지 치밀하게 계산했던 것이다. 장은 짧은 감사의 미소를 짓고, 단숨에 주스를 들이켰다. 그러고 나서 특유의 느린 어투로 말을 시작했다.

"P-프로젝트 말입니다."

"예……."

강욱은 마른침을 꿀꺽 삼켰다. P-프로젝트에는, 그가 로비스트로 있는 프랑스 T사도 참여하고 있었다.

"우리 쪽 정보망을 통해 분석해본 결과, 이번 이차 평가는 참여하나마나라고 합니다."

강욱은 고개를 끄덕였다. TRW와 E시스템이 경합한 1차 평가에서 E시스템이 선정되었고, 2차 평가에서는 E시스템 사와 프랑스 T사, 독일의 L사가 경합할 예정이었다. 그러나 P-프로젝트의 감청 장비는 한미연합사에서 사용될 제품이라, 2차 평가는 미국에 유리할 수밖에 없었다. 게다가 미국은 FMS(Foreign Military Sales. 미국의 대외군사판매제도) 방식, 즉 정부가 선정된 제품을 보장하는 형식을 취하고 있어서, 그것 또한 미국에게 유리하게 작용할 터였다.

그러나 만의 하나 국방장관이 용단을 내렸다면 달라질 수도 있었다. 강욱이 이스라엘 제품을 밀었던 것 역시 국방장관이 용단을 내릴 것이라 믿었기 때문이었다. 헌데 국방장관 김성수는 이 부분에 관해 철저히 안기부장의 의견을 무시했다. 아니 아예 묵살했다.

"이기범 대통령이 우리나라를 방문했을 때 말입니다……."

잠시 다른 생각에 빠져 있던 강욱은 퍼득 정신을 차렸다. 지금 그런 감정적인 문제에 골몰하고 있을 때가 아니었다.

그는 상의 두터운 입술에 시선을 고정했다.

"귀국의 이기범 대통령이 프랑스를 방문했을 때, 미테랑 대통령이 노구를 이끌고 공항까지 영접을 나갔습니다. 외국의 국가 원수가 프랑스를 방문한다고 해서, 대통령이 공항까지 마중 나간다는 것은, 프랑스에서 그리 흔한 일이 아닙니다."

그는 잠시 호흡을 고르고 말을 이었다.

"왜 그랬는지 아십니까? 한국 사람들 가운데 상당수는 막연히 한국의 고속전철을 프랑스의 떼제베로 결정해달라는 의도로 그런 줄 알고 있겠지만……."

"그렇지요."

강욱이 추임새를 넣었다.

"물론 떼제베도 중요한 요인이었습니다만 또 하나, P-프로젝트 사업자 선정을 염두에 둔 것입니다."

아, 하는 일말의 신음이 강욱의 뱃속 깊은 곳에서 튀어나왔다. 그러나 그는 자신의 감정을 얼굴에 드러내지 않았다.

"비밀 회담을 하면서, 미테랑 대통령은 귀국의 대통령에게 이 문제를 원칙대로 공정하게 진행해달라고 강력히 요청했습니다."

강욱은 고개를 끄덕였다. 그들이 말하는 공정이란, 아마도 미국 군수업체와의 공정한 경쟁을 말하는 것이리라.

“그때 귀국의 대통령이 흔쾌히 약속을 한 것으로 알고 있습니다. 그런데 이후 사업이 진행되는 과정을 지켜보면서, 미테랑 대통령은 아주 불쾌해했습니다. 돌아가시기 직전까지도 말입니다.”

대한민국은 북한과 휴전 협상을 맺고 있는 상황이며, 휴전 협상의 당사자는 북한과 미국이다. 이 말은 대한민국이 군 문제에 관한한 미국의 영향력에서 완전히 자유로울 수 없다는 뜻이었다. 프랑스에서 그런 사실을 모를 리 없었다. 그럼에도 장이 이 문제를 강력히 항의하는 이유는 다음에 진행될 협상을 위한 포석이라는 사실을 강욱은 간파했다. 그래서 그는 적당히 머리를 주억거리는 선에서 동의를 표하며 계속 이이질 말을 기다렸다. 장의 다음말은, 강욱의 판단에서 크게 벗어나지 않는 것이었다.

“이번에 대한민국 국방부에서 D전선-프로젝트에서 사용될 전자전 장비를 들일 계획을 가지고 있다는 사실을, 저는 오래전부터 파악하고 있었습니다.”

이제 본론이었다. 강욱은 잠자코 귀를 기울었다.

“D전선-프로젝트에서 쓸 감청 장비를 탑재한 차량 구입 계획을 입수한 후, 저는 다각적인 방법으로 첩보를 모아왔습니다. 그동안 유력한 곳이 프랑스와 독일이었는데, 이스라엘이 갑자기 뛰어들었더군요.”

그 부분에서 강욱은 크게 고개를 끄덕였다. 본인도 진심으로 그렇게 생각하고 있다는 사실을, 강력히 암시하기 위한 행동이었다.

"그런데……."

장은 말하는 도중 방 안 구석구석을 살폈다. 혹시라도 있을지 모를 도청에 대한 염려 때문이었다. 강욱은 미소를 지으며 장을 안심시켰다.

"편하게 말씀하십시오. 이곳은 기밀이 보장되는 곳입니다."

"좋습니다. 그렇게 하지요. 사실 우리는 이번에 독일 제품하고만 경쟁하면 되는 것으로 알고 있었습니다. 그런데 일차 평가를 얼마 앞두고 대한민국 국방부에서 발표한 ROC(Requird operational Capability. 작전 요구 성능)가 갑자기 바뀌었습니다. 그 결과 이스라엘이 결정적으로 유리하게 되었고요…… 거기에는 모종의 로비가 있었다는 것이 우리의 판단입니다."

모종의 로비…… 말할 것도 없이 로비스트 캐더린이었다. 그녀가 국방장관을 움직였던 것이다.

"……아마도 국방장관을 움직이는 로비스트가 있을 겁니다."

안기부장의 단정적인 말에, 장의 입에서 짧은 미소가 떠올랐다.

"우리도 그렇게 파악하고 있습니다. 우리가 우려하고 있는 것은, 잘못하다가 또 불공정한 게임이 되지 않을까 하는 것입니다."

여기까지 말한 다음, 장은 입을 닫았다.

강욱의 의중을 떠보기 위한, 다분히 의도된 침묵이었다. 찰나라고 해도 좋을 짧은 시간 동안 강욱의 입가에 알 듯 모를 듯 한 미소가 번졌다.

"공정성에 문제가 없도록 처리될 겁니다. D전선-프로젝트 사업자 결정을 위한 평가가 앞으로 두 차례나 더 남아 있지 않습니까."

강욱은 앞으로 남은 두 차례의 평가에서는 캐더린이 로비스트로 있는 이스라엘의 개입을 최소화하겠다는 의도를 전달했다.

장은 안기부장의 의도를 헤아리며 두툼하게 지방질이 쌓인 그의 고개를 잠시 주억거렸다.

"대한민국의 안기부장님을 믿고 허심탄회하게 말하겠습니다. 미국을 제외한 여타 국가의 군수품들은, 특히 전투기의 경우는 한국 시장에 발을 들여놓기가 정말 힘듭니다. 한국과 미국의 특수한 상황을 감안해도 말입니다. 물건을 파는 것도 중요하지만, 우리에게 그것보다 더 중요한 것은, 일단 한국 시장에 발을 붙이는 겁니다."

그가 한국의 차세대 전투기 사업에 대해서 말하고 있다!

장은 어쩌면 프랑스 전투기 생산업체인 닷소 사와도 로비스트 계약을 맺고 있을지 모른다. 만약 그렇다면 그는 지금 차세대 전투기 사업에 뛰어들 사전 포석을 깔고 있는 것이리라.

잠시 강욱의 반응을 살피던 장이 다시 말을 이었다. 그의 어조는 은밀했다.

"저기…… 프랑스 닷소 사에서는 한국의 차세대 전투기 사업에 큰 관심을 가지고 있고…… 지난 P-프로젝트와 같은 경우가 다시 발생하는 일은 없어야 할 겁니다. 그래서……."

장이 잠시 말을 끊었다.

강욱은 그의 진의를 파악하기 위해 몸을 앞으로 기울이고 좀더 경청하는 듯한 태도를 취했다. 이 역시 의도된 행동이었다. 지금부터 장의 입에서 나올 말이 강욱이 오늘 그를 만난 목적이기도 했기 때문이었다.

"내년에 한국에서 대통령 선거가 있고…… 그 선거를 통해 탄생한 정부에서 차세대 전투기 사업권자가 결정될 겁니다. 저는 새 정부가, 차세대 전투기 사업을 공정하게 처리해 주었으면 하고 개인적으로 바라고 있습니다. 특히 미국과의 문제에서 말입니다."

강욱은 다시 고개를 주억거렸다. 장이 말을 이었다.

"그래서 말인데…… 한국 정부에서 안기부장님의 역할이 그 어느 때보다 중요한 때 아닙니까, 저는 D전선-프로젝트에서 발생한 저의 커미션…… 아니, 그 이상을 부장님께 지원할 용의가 있습니다!"

역시 그것이었다.

내년에 탄생될 새 정부에서는 단군 이래 최대 전투기 도입 사업이라고 하는 FX의 사업자를 결정하게 된다. 지금 장은 그것을 위한 장기 포석을 전개하고 있는 중이었다.

강욱의 입가에 슬며시 미소가 어렸다.

이런 제안은 현 대통령과 강욱의 관계를 파악하지 않고서는 나오기 어려운 것이었다. 강욱은 정보를 독점하고 있었다. 중요한 정보는 우선 1차적으로 강욱에 의해서 걸러진 후 대통령에게 전달되었다. 그것은 그가 대한민국 권력의 최고 핵심이며, 차기 정부 탄생에도 막대한 영향력을 가지고 있다는 뜻이었다.

장은 바로 그 점을 꿰뚫고 있었다.

"안기부장께서 제 말의 정확한 뜻을 파악하신 것 같습니다. 하하하."

말을 마친 장이 한바탕 웃었다.

강욱 역시 호방하게 웃었다.

"저기, 말입니다…… 그러기 위해서 사전 정지 작업이 좀 필요한데, 그 사업의 일차 평가 과정에서 말입니다…… 잡음이 좀 들리는데……."

강욱은 목소리를 낮추어 장에게 속삭였다. 강욱의 귀엣말을 들으며 장은 아주 오래 고개를 주억거렸다. 그리고 그의 입가에 알 듯 모를 듯한 미소가 스쳤다. 이것으로 두 사람 사이의 모종의 거래가 성사되었으며, 만남은 소기의 목적을 달성한 셈이었다. 대한민국 국방부는 이변이 없는 한 프랑스 T사 제품을 D전선-프로젝트의 제품으로 선정할 것이다. 그리고 엄청난 금액이 이쪽으로 지불될 것이다. 강욱의 얼굴에 또다시 미소가 번졌다.

장이 로비스트로 있는 프랑스의 T사가 D전선-프로젝트의 사업자로 선정되기 위해서는, 국방장관 김성수의 제거가 필수 과제였다.

그러나 강욱이 약속할 수 있는 것은 여기까지였다.

적어도 FX 사업에 관한 한, 누구에게 어떤 약속도 할 수 없는 일이었다. 상황은 여건에 따라 언제든 변하기 마련이기 때문이다.

프랑스 역시 예외는 아니다. 그리고 그 사실을 어느 누구보다, 강욱 자신이 잘 알고 있었다.

2

장과 만나고 얼마 후, 강욱은 이병렬을 호출했다.

그는 강욱이 국방장관이던 시절 군 정보기관 총책임자로 대통령에게 천거한 인물이었다. 이병렬은 강직하고 충성심이 높았으며, 국방장관 김성수와는 달리 강욱에게 절대적 신뢰를 안겨 주는 인물이었다. 강욱은 그를 통해 적잖은 군부 내 정보를 입수할 수 있었다.

이병렬을 부른 것은, 장과의 만남이 성공적이었다는 판단 아래 몇 가지 일들을 처리하기 위함이었다.

원래 국방부가 무기를 도입하는 과정에서 적잖은 투서들이 청와대로 들어가기 마련이다. 그 투서 가운데는 현재 진행 중인 거래와 관련된 것들도 적지 않다. 각국의 방산업체 관련자들은 경쟁에서 우위를 점하기 위해 은밀히 그런 수단을 사용하기도 한다. 그 가운데는 D전선-프로젝트나, 무기 로비스트 캐더린과 관련된 내용도 있을 것이다. 어쨌든 그런 투서가 접수되면, 청와대는 자체 조사를 하게 되어 있고, 군과 관련된 내용은 군 정보기관에 조사 명령이 떨어진다. 아마 이번에도 청와대의 지시를 받은 군 정보기관은 은밀히 조사를 벌였을 것이고, 김성수나 캐더린에 관한 적잖은 자료가 모였을 것이다.

강욱이 이병렬을 호출한 것은 바로 그 시점에서였다.

군 정보기관 총책임자 이병렬은 강욱의 예상대로 그에 대한 내용을 완벽히 파악하고 있었다. 완벽주의에 가까운 그의 성격 탓이기도 했다.

"D전선-프로젝트 사업자 선정 과정에서 일차 평가를 앞두고 이스라엘 I사를 방문한 한국 측 군인들에게, 그쪽 로비스트 캐더린이 제공한 향응과 금품의 내역입니다."

오랜 군 생활에서 채득한 일목요연함이, 군 정보기관 총책임자 이병렬에게서 묻어나왔다.

"먼저 로비스트 캐더린은 한국 측 군인들을 저녁식사에 초대해서 수백 달러짜리 식사를 제공했으며, 시중 가격으로 약 천만 원 상당의 다이아몬드 세트도 하나씩 선물했습니다. 그뿐만 아니라 대한민국 국방장관과 자신의 친분관계를 이스라엘 I사 측에 노골적으로 과시한 것으로 조사되었습니다."

강욱은 팔짱을 낀 채 한동안 눈을 감고 이병렬의 말을 경청했다.

이윽고 이병렬의 말이 끝나자, 그는 단호한 어투로 말했다.

"그 내용, 국방장관한테 그대로 보고해요."

"네?"

"국방장관 김성수한테 그대로 보고하라고. 그 새끼 된맛을 좀 봐야 돼."

"네, 알겠습니다. 그런데……."

이병렬이 잠시 강욱의 눈치를 살폈다.

"그런데, 뭔가?"

"청와대 민정실에서 내사 지시가 내려와 군 정보기관에서 은밀히 조사를 마친 내용을 당사자에게 보고하는 것은 적법한 절차입니다만…… 한 가지, 이스라엘 텔아비브에서 있었던 로비스트 캐더린의 불법적인 활동 이외의 것 말입니다. 개인적인 관계에 대한 것까지 당사자에게 고지할 의무가 있는 건지……."

"개인적인 관계?"

이병렬을 바라보는 강욱의 눈빛이 자못 날카로웠다.

"군 정보기관에서 파악한 지극히 사적인 관계까지 보고해야 합니까? 명색이 국방장관인데……."

"야, 이 새끼야! 한 나라의 국방장관한테 사생활이 어디 있어? 그걸 망각했다면 그건 국방장관의 자격이 없는 거야! 있는 그대로 다 말해!"

이병렬은 강욱의 의도를 간파했다. 강욱은 이미 국방장관 김성수 몰락의 전주곡을 띄우고 있는 것이다.

"알겠습니다. 그런데 이번에는 제가 개인적으로 궁금한 게 있습니다. 군 정보기관에서 국방장관의 비리에 관한 내사를 시작한 것은 청와대에 들어간 투서 때문인데……."

이병렬은 잠시 호흡을 고르며 강욱을 바라보았다. 그의 예상대로 강욱은 투서라는 단어가 나오자 긴장으로 약간 굳어지는 모습이었다.

"청와대 민정실에 접수된 투서 가운데, 사주에 의해 쓰인 게 아닌지 의심 가는 게 있었습니다."

"사주라…… 왜 그렇게 생각했나?"

"투서 작성자는, 한국 군 내부 상황에 대해 너무 잘 알고 있었습니다. 누군가 정보를 제공해 주지 않으면 알기 힘든 내용들도 있었을 뿐만 아니라 흔한 감정적 표현도 전무합니다. 지나치게 논리적이고, 그 논리를 뒷받침하는 증거들이 명확해서…… 혹시 군 내부의 누군가가 사주한 것은 아닌지……."

강욱은 그에 대해 입을 다물었고, 이병렬은 더이상 말을 잇지 않았다. 말을 잇지 않아도 그는 알 수 있었다. 프랑스 T사 관련 인사에게 투서를 사주한 당사자가, 다름 아닌 안기부장 강욱일지 모른다는 것을.

짧은 순간, 이병렬은 강욱의 용의주도함이 자신의 등줄기를 서늘하게 훑고 지나는 듯한 느낌을 받았다. 이병렬은 가볍게 진저리를 쳤다.

이병렬이 돌아간 직후, 강욱은 안기부 기조실의 조평채로부터 귀국 보고 전화를 받았다.

조평채는 대외적으로는 안기부 기조실 소속이었으나, 실질적 업무는 안기부장 강욱의 지령을 수행하는 일을 담당하고 있었다. 그리고 그 부분에 대해서 안기부 기조실장 역시 묵시적으로 동의하고 있었다.

군 정보기관 총책임자 이병렬이 군인으로서의 명예와 보신의 범위 내에서 강욱에게 충성한다면, 조평채의 충성은 맹목적이었다. 그는 흡사 주군을 섬기는 충견의 모습으로 강욱의 곁에 항상 머물러 있었다. 그렇다고 해서 위에서 명령이 떨어지기만을 기다리는 단순무식한 인물은 아니었다. 그는 매사에 기민하고 민첩하게 첩보를 물어오고, 그 첩보에 관한 적절한 처방을 내리곤 했다. 얼마 전 국방장관실에서 도청장치가 발견되어 은밀히 자체 조사에 들어갔다는 첩보를 입수하자마자, 그는 국방부 비서실에 근무하던 박은혜를 피신시켰다. 박은혜는 조평채의 지시에 따라 문제의 도청 장비를 설치한 장본인이었다.

그리고 이제 김성수의 몰락을 위해 강욱이 구상 중인 2단계 업무 수행을 위해 약 열흘 전에 출국했던 그가, 비장의 카드와 함께 입국했다는 보고를 해온 것이었다.

조평채가 데려온 비장의 카드, 그는 무기업자 은기호였다.

무기업자 은기호가 그들의 뜻대로만 움직여준다면, 대한민국에는 한바탕 거대한 회오리가 몰아칠 것이다. 그리고 바로 그 거센 바람에 국방장관 김성수가 날아갈 것이다. 김성수…… 그는 배신의 대가를 치르게 될 것이다. 아주 혹독하게…….

강욱의 입가에 회심의 미소가 떠올랐다.

3

이병렬 군 정보기관 총책임자의 방문은 말 그대로 전격적으로 단행되었다. 그는 통상적인 절차조차도 거치지 않았다. 이병렬은 노크도 없이 체리빛의 국방장관실 문을 열고 들어왔다. 며칠 전 현기문이 닫고 나갔던 바로 그 문이었다.

김성수는 한동안 어이없다는 듯 이병렬을 바라보다 물었다.

"무슨 일인가?"

김성수의 시선이 머문 곳은 이병렬의 허리 근처였다. 그는 두툼한 서류봉투를 들고 선 채, 김성수를 바라보고 있었다.

이병렬이 찾아왔다는 사실 자체만으로 김성수는 긴장했다. 어찌됐건 그는 자타가 공인하는 안기부장 강욱의 사람이 아닌가.

"무슨 일인지 몰라도 이리와 앉지 그래."

"네."

마치 기다렸다는 듯 이병렬은 장관실에 마련되어 있는 소파에 앉았다.

김성수는 적잖이 긴장되었다. 어떤 의미로 이병렬의 방문은 강욱의 방문이기도 했다. 강욱은 이병렬을 통해 군 정보기관을 통제하고 모든 정보를 파악하고 있었다.

김성수는 인터폰을 통해 비서실에다 커피를 주문한 뒤 이병렬과 마주앉았다.

차관실 여비서가 커피를 가지고 들어왔다. 장관실의 커피 심부름을 차관실 여비서가 하다니…… 김성수는 의아했다.

"비서실 박은혜 씨는?"

김성수가 물었다.

"결근했습니다."

김성수는 고개를 갸웃했다.

며칠 전부터 비서실의 박은혜가, 무단으로 결근 중이었던 것이다. 한 번도 그런 일이 없었는데…… 그러나 김성수는 그 사실을 심상히 흘려버렸다.

여비서가 방을 나가자, 김성수가 이병렬에게 본론을 물었다.

"무슨 일인가?"

"투서가 들어갔습니다. 청와대로."

"청와대? 투서라니?"

턱이 빠질 듯 경악하는 김성수에 비해, 이병렬은 담담한 표정으로 비교적 간결하게 말했다.

"D전선-프로젝트 사업자 선정을 앞두고 얼마 전 한국 군인들 몇 명이 이스라엘 텔아비브에 있는 방산업체 I사를 방문했습니다. 거기에서 이스라엘 I사 로비스트가, 과한 접대를 했더군요. 그 사실이 경쟁업체의 귀에 들어갔고 경쟁업체 관계자가 청와대로 투서를 넣은 것 같습니다. 그래서 군 정보기관에서는 은밀히 내사를 진행했습니다. 이것이 군 정보기관 내사 결과입니다."

이병렬은 준비해 간 서류봉투를 김성수에게 내밀었다.

김성수는 그것을 무시한 채 말했다.

"회사와 계약을 맺고 공식적으로 활동하는 로비스트가, 로비 대상 인물들에게 술이나 밥을 접대하는 것은 관례일 수도 있는데, 군이 그것을 문제 삼는 이유가 있나?"

캐더린에 대한 군 정보기관의 내사 배경은, 강욱의 의도일지도 모른다는 생각에 김성수는 군이 불쾌한 감정을 감추려하지 않았다.

"술을 대접하든 밥을 대접하든 정도의 문제 아니겠습니까. I사의 로비스트는 뇌물성 선물도 건넸습니다. 보고서를 자세히 보시면 아시겠지만, 일차 평가를 위해 이스라엘을 방문했던 군인들에게 약 천만 원 상당의 다이아몬드 세트를 하나씩 떠안겼습니다. 그리고……."

이병렬은 잠시 말을 끊고 김성수를 바라보았다. 김성수의 아랫입술이 말라 있었다.

"……그리고 이스라엘 I사 로비스트가, 자신은 대한민국 국방장관과 아주 친하며, 그가 자신의 말을 무조건 들어줄 거라고 말하고 다녔답니다."

이병렬은 안기부장 강욱을 떠올렸다. 강욱은 그에게 모든 것을 다 말하라고 했다. 그는 그 모든 것이 포함하는 의미를 곱씹으며, 말을 이었다.

"장관님, 그 여자가 말하는, 아주 친하다는 의미는 뭡니까?"

김성수의 얼굴이 붉게 달아올랐다. 이병렬은 국방장관의 얼굴을 보면서, 어릴 적 덮고 자던 이불 위에 그려진 목단회 색깔과 흡사한 원시적인 붉은빛을 떠올렸다.

김성수는 국방장관에 대한 이병렬의 무례한 태도에 화가 났다. 또 군 정보기관에 자신의 사생활이 낱낱이 까발려진 것도 참을 수 없는 모욕이었다.

"대한민국 군 정보기관에서는 개인의 사생활 조사도 하나?"

"사생활이라니요."

이병렬은, 국방장관에게는 사생활이 있을 수 없다던 강욱의 말을 기억하고는 공격적으로 받아쳤다.

"국가의 안보를 책임지고 있는 국방장관에게 사생활이 어디 있습니까. 장관님은 대한민국의 국방장관이고, 그 여자는 무기 로비스트입니다."

"그래서……?"

기 싸움으로만 보자면 김성수는 이미 이병렬에게 완전히 제압당하고 있었다. 국방장관 김성수는 더이상 허물어지지 않기 위해 안간힘을 썼다.

"이 투서는 이미 청와대에 접수됐습니다. 군 정보기관은 청와대 민정실의 지시에 따라 내사에 착수했고, 그 안에 내사 기록이 있습니다."

"나에 대한 내사…… 청와대의 지시가 아니라 강 안기부장 개인의 지시 아닌가?"

김성수가 자꾸 흔들리는 시선을 고정하기 위해 안간힘을 쓰며 물었다.

"군 정보기관은 안기부의 지휘를 받지 않습니다. 청와대의 지시입니다. 그리고 더이상 그 여자를 만나지 마십시오."

"지금 나를 협박하는 건가?"

"협박이 아니라 경고입니다."

명백했다. D전선-프로젝트에 강욱이 개입하기 시작한 것이다.

김성수는 떨리는 손으로 서류봉투를 열었다. A4 용지의 보고서들 사이에서 몇 장의 사진이 나왔다.

이른 새벽, 강남의 한 호텔 객실에서 캐더린을 만나고 나오던 그를 찍은 몇 장의 사진…….

그 가운데는 얼마 전 캐더린의 청담동 빌라 앞 사진도 있었다.

"……미행도 하나?"

"죄송합니다."

김성수는 등줄기가 오싹해지는 느낌이었다.

그러나 사건은 그것으로 끝나지 않았다. 이병렬이 돌아간 직후, 부관 윤태영 준장이 들어왔다. 그의 얼굴은 파랗게 질려 있었다. 여간해서 감정의 변화를 잘 드러내지 않는 사람인 탓에 김성수는 심상치 않은 일이 발생했음을 직감했다.

윤태영은 방금 이병렬이 앉아 있던 국방장관실 가죽 소파에 앉았다. 아직 이병렬의 온기가 채 걷히지 않은 자리였다.

"또 무슨 일인가?"

김성수 국방장관이 윤태영 준장 맞은편에 걸터앉으며 조심스레 물었다.

윤태영은 김성수의 얼굴을 한 번 본 뒤, 가져온 종이 백에서 뭔가를 꺼내 탁자 위에 올려놓았다. 놀랍게도 그것은 국방장관실 책상 안쪽에 설치되어 있던 것과 같은 도청 장비였다.

"이게…… 어디서 나왔나?"

김성수가 물었다.

"국방장관 비서실 박은혜의 책상 서랍 안에서 발견되었습니다."

김성수는 한동안 부관 윤태영 준장이 하는 말의 뜻을 파악하지 못했다. 아니, 왜 국방장관실에 설치되어 있는 도청 장비와 같은 것이 비서실 박은혜의 책상 서랍에서 나온단 말인가.

"장관님, 비서실 박은혜 씨가 무단 결근 중입니다. 오늘로 나흘째입니다."

"그런데 그것과 이것이 도대체 무슨 관련이 있다는 건가?"

김성수는 간담이 서늘하다는 표현을 떠올리며 물었다. 인정하고 싶지 않은 일이, 모르는 사이에 벌어지고 있었다는 사실이 그의 등줄기를 서늘하게 했다.

"박은혜 씨는 국방장관실에 올 때부터 저쪽에 매수되어 있었던 것 같습니다. 그동안 장관님의 일거수일투족이 그 여자를 통해 강욱 부장에게 보고되어 왔습니다."

"아니, 박은혜가 왜? 그 친구는 내가 총애하던 친군데…… 내가 여러모로 신경 써 주던 친군데…… 나한테 은혜를 입은 친군데, 그 친구가 왜!!"

김성수는 거의 울부짖고 있었다. 인간적인 배신감도 배신감이었지만, 자신의 턱밑까지 뻗쳐 있는 강욱의 날카로운 촉수에 대한 두려움 때문이었다.

반면 윤태영 준장은 차츰 냉정함을 되찾고 있었다.

"관계 기관의 협조를 받아 은밀히 박은혜 씨의 메일함을 조사했습니다. 분명합니다. 도청 장비 설치는 그 여자 짓입니다. 그리고 서랍에서 발견된 것은, 에러가 나자 지금 설치되어 있는 것으로 교체하고 숨겨두었던 것 같습니다."

김성수는 입안이 바싹 타는 듯했다.

"그 친구 지금 어디 있나?"

"잠적했습니다. 연락 두절 상태입니다."

김성수에 대한 강욱 안기부장의 감시와 경계는 이미 수위를 넘어서고 있었다.

"장관님……."

윤태영은 전에 없이 강한 어투로 말했다.

"언젠가 E시스템 사 로비스트가, 강욱 부장에 대한 파일을 만들어서 가지고 있다는 소리를 들었습니다만……."

"강욱 파일?"

강욱 파일은 Y-프로젝트 당시 군수 무기 도입과 관련된 강욱의 비리가 담긴 파일이었다.

캐더린은 정권이 바뀜과 동시에, 강욱의 비리들을 파일로 만들어 놓았다.

윤태영은 그것을 말하는 것이었다.

"이제 마지막까지 온 것 같습니다. 그것을 입수해서 터뜨리십시오."

"터뜨리다니, 어떻게?"

"언론이나 국회를 통하는 방법이 있을 겁니다."

"그런데 아직 자료가 미비한 것도 있고, 검증이 안 된 부분도 있어. 그렇기 때문에 잘못했다가는 역풍이 거셀 수도 있단 말이거든."

"하지만 이대로 있다가는 장관님이 먼저 당하게 됩니다. 장관님을 겨냥한 폭탄이 언제 어느 방향에서 날아올지도 모릅니다. 강욱 안기부장이 지금 무슨 일을 어떻게 꾸미고 있는지 도무지 알 수가 없지 않습니까. 그렇게 되느니 차라리 정면승부를 해보고 안 되면……."

"안 되면……."

"자폭하더라도……."

김성수는 윤태영의 생각이, 그가 아직 젊고, 지나치게 피가 뜨거운 데서 오는 격정이 아닌가 싶었다.

"글쎄…… 그런데 Y-프로젝트와 관련해서, 당시 국방부에서 일하던 강욱이 지난 정권에서 사업을 총괄했으니 도의적인 책임은 있겠지만…… 그러나 실질적으로 그가 관여했다는 확증이 없잖아."

"강욱의 친인척이 비리의 당사자입니다. 강욱의 친인척이 무기업자들에게 검은 돈을 받은 게 Y-프로젝트 비리의 큰 가지입니다. 그게 확증 아닙니까."

"글쎄……."

"E시스템 사 로비스트에게 말하십시오, 지원해달라고."

"글쎄……."

"제가 말할까요?"

김성수는 망설였다.

솔직히 말하면 어떤 경우에도 강욱과의 정면승부는 피하고 싶었다. 강욱은 확실히 두려운 존재였다. 모든 것이 막막했다. 강욱과의 전면전을 주장하는 부관 윤태영도 부담스러웠다. 백기를 들고 싶었다. 그러나 그럴 수는 없었다. 김성수는 낮게 읊조렸다. 캐더린…… 그녀가 자신을 강욱에게 대항할 대항마로 선택했다는 사실을, 그는 너무 늦게 깨달았다.

캐더린의 선택은 틀렸다. 김성수, 그는 강욱과 다르다. 그는 온순하며 평화주의자다. 그리고 명예심이 드높았다. 그것이 그의 아킬레스건이었다. 캐더린은 김성수의 바로 그 명예심을 자극했다.

무기 로비스트라고 자신의 신분을 밝힌 그녀는, 김성수에게 자신감에 찬 당당한 태도로 말했다.

지금 사조직을 처단한 군부는 강욱의 사람들로 채워지고 있다.

그런데 바로 그 군부에서 당신을 강욱의 허수아비라고 부르는 것을 아는가. 그 소문을 떨치기 위해서는 강욱에게 대항해야 한다. 그리고 장기적으로 육군에 대항해야 한다. 대한민국 국방부는 지금 육방부라 불린다. 현재 국방부에서 준장급 이상 장군 직위자의 90퍼센트 이상이 육군이다. 그러나 미국과 같은 선진 군사 대국들은 공군과 해군 위주로 급격히 재편된 지 오래다. 대한민국의 군도 시대 흐름에 발맞추어 최첨단화된 공군이 주도적 역할을 해야 한다. 당신은 공군 출신의 국방장관이다. 강욱과 절연해라. 그것이 당신을 구하는 길이고, 대한민국 군을 구하는 길이다. 대한민국 군의 미래는 공군 출신 국방장관인 당신의 어깨에 달려 있다.

아아…… 여자 앞에서, 그것도 아름다운 여자 앞에서 남자의 명예심은, 자신을 가두는 단단한 족쇄가 된다는 것을 그때는 왜 미처 알지 못했던가.

그러나 김성수는 후회로 가슴을 치는 그 순간까지도, 그녀 캐더린이 뼈저리게 그리웠다. 그에게 캐더린은, 이미 늪이었다.

4

캐더린의 강남 사무실.

한 사내가 들어서고 있었다. 큰 키에 약간 마른 체구로, 전체적으로 허청대는 느낌을 주는 남자였다. 그는 사무실 안으로 들어오자마자 낡은 프랜치 코트를 벗어들었다.

"어디서 오셨나요?"

여직원이 자리에서 일어나 물었다.

"사장님을 뵈러 왔습니다."

사내가 말했다.

"사전에 약속은 하셨나요?"

여직원의 태도는 지극히 사무적이었다. 그러나 그는 사무적인 것을 지나쳐 다소 무례하기까지 한 여직원의 태도에도 아랑곳하지 않았다.

"약속은 하지 않았지만, 내가 찾아왔다고 하면 만나자고 할 겁니다."

"누구신데요?"

"김기용이라고 합니다."

"김기용 씨요……."

남자는 공군 장교로 있다가 무기 로비스트로 한몫 잡아보겠다며 군을 떠난 인물, 김기용이었다. 캐더린이 P-프로젝트와 관련해 E시스템 사와 계약을 맺기 전, 전임자였던 그가 캐더린의 사무실을 찾아온 것이었다.

그의 호언대로 캐더린은 즉시 자신의 방에서 그를 맞았다.

사무실은 전반적으로 깔끔하면서 무척이나 세련되고 도시적인 느낌이었다.

캐더린이 앉아 있는 자리 왼편의 장식장에는 각 군수업체들의 항공기 모형이 잔뜩 전시되어 있었다. 그녀는 항공 장비와 관련된 군수무기 도입 사업에 관여할 채비를 하고 있는 게 분명했다.

김기용은 캐더린이 권하는 소파에 앉았다. 검은빛이 나는 가죽 소파였다.

소파에 앉아, 김기용은 무기 로비스트 캐더린을 찬찬히 살펴보았다. 그녀를 둘러싼 추저분한 소문과 달리 그녀의 모습은 단정했다. 풍성하고 숱 많은 머리는 뒤로 틀어 올려 단정하게 핀을 꽂았으며, 흰 와이셔츠 차림에 단정한 슈트 정장 바지를 입고 있었다. 캐더린은 김기용에게 잠시만 더 기다려달라는 양해를 구했다. 친절했지만, 사무적인 말투였다. 김기용은 두 손을 펼쳐 보이며, 아무래도 좋다는 제스처를 취했다.

캐더린은 자신이 보고 있는 서류에 시선을 박은 다음, 오래도록 그런 자세를 유지한 채였다. 김기용은 지금 캐더린이 자신을 시험하고 있다는 사실을 알아차렸다. 두 사람은 E시스템 사의 전·현직 로비스트였다. 그리고 한 사람은 승자였고 한 사람은 패자였다. 캐더린은 지금 그 엄연한 질서에 못을 박아두고자 하는 것이다. 김기용은 만약 캐더린이 그것을 원한다면 받아들이면 그뿐이라고 생각했다. 지금 상황이라면, 대한민국을 상대하는 군수 무기 도입 로비에서 캐더린을 능가할 사람은 없다는 게 김기용의 판단이었다.

김기용은 잠자코 앉아서 여직원이 가져온 뜨거운 커피를 천천히 마셨다.

마침내 캐더린이 읽고 있던 서류를 덮고 김기용 앞에 앉았다. 그가 이 방에 들어온 지 정확히 30분이 지나서였다. 그 시간 동안, 두 사람의 질서는 자연스레 결정되었다. 김기용은 이미 형성된 힘의 질서를 따르기로 했다.

"도와주십시오."

김기용은 처음부터 솔직했다. 필요하다면 무릎이라도 꿇을 수 있다, 아니 더 한 것이라도 할 수 있다. 지금 그는 모든 것을 잃었으니까.

그런 김기용을 바라보는 캐더린의 눈빛에는 특별한 감정의 동요가 없었다.

"도와달라니, 무슨 말입니까?"

"나는 E시스템 사의 P-프로젝트 로비스트였습니다."

"알고 있습니다."

통상적으로 세계 방산업체들은 하나의 거래를 성사시키기 위해 여러 명의 로비스트들을 고용하기도 한다. 그러나 거래의 성사 과정에서 승자는 한 명으로 압축된다. E시스템 사의 경우는 그 한 명이, 김기용에서 캐더린으로 바뀌었던 것이다.

"E시스템 사에서는 나나 다른 로비스트로는 역부족이라고 느꼈던 모양입니다. 핵폭탄을 준비하고 있다는 소문이 떠돌았는데…… 당신이더군요."

캐더린이 픽 하고 웃으며 필터가 가는 던힐을 피워 물었다.

"핵폭탄이라고 하던가요, 저를 두고?"

"네."

E시스템 사에서 캐더린을 핵폭탄이라고 여겼다면, 그것은 국방장관 김성수 때문일 것이다.

캐더린이 무시로 만날 수 있는 대한민국 국방장관 김성수는, 무기상들에게는 접촉이 아주 어려운 인물이었다.

"…… 무엇을 도와달라는 말씀입니까?"

캐더린은 여전히 웃음을 머금은 얼굴이었다. 참 집요하게도 웃는다고 생각하며 김기용은 말을 이었다.

"나는 이번 거래를 따내기 위해 지난 이 년 동안 오억 원이라는 거금을 들이부었습니다."

거래를 따내지 못한 로비스트는, 이 세계에서는 패배자였다. 아무리 많은 돈을 들였다고 해도 회사가 그것까지 보상해주지는 않는다.

"나도 돈만 쏟아 부은 거래가 적지 않습니다. 무기 로비스트들에게는 흔히 있는 일 아닙니까?"

캐더린은 여전히 웃는 얼굴이었다. 그러나 김기용은 그녀의 얼굴에서 웃고 있는 부분은 입뿐이라는 것을 간파했다.

김기용은 다시 한번, 말 그대로 간청했다.

"나는…… 완전히 망했습니다. 그러니 도와주십시오."

한동안 침묵이 흘렀다. 김기용은 한두 번 더 완전히 망했다는 말을 혼잣말처럼 되뇌었다. 그는 시선을 캐더린의 얼굴이 아닌 창밖의 하늘로 옮겼다. 거기, 작은 구름 하나가 공허하게 푸르디푸른 하늘을 흘러가고 있었다.

캐더린은 지금 그녀의 앞에 앉아 있는 김기용의 얼굴에서 완벽한 패배자의 모습을 읽었다.

그래서 물었다.

"내가 뭘 어떻게 도와주면 되겠어요?"

창밖으로 떠나 있던 시선을 황급히 캐더린의 얼굴에 고정시키며, 김기용이 말했다.

"가능하다면 저를 P-프로젝트 에이전트로 고용해주십시오."

뜻밖의 제안이었다. 에이전트라니……. 캐더린은 다시 한번 김기용의 진의를 파악할 필요성을 느꼈다.

"P-프로젝트 에이전트요?"

"어차피 P-프로젝트는 E시스템 사로 결정나게 되어 있지 않습니까? 사업자가 결정되면 국방부에서는 구체적으로 사업을 진행시켜 나갈 겁니다. 그렇게 되면 한국 국방부와 E시스템 사를 잇는 에이전트가 있어야 할 것이고, P-프로젝트 자체에 대해 아무 것도 모르는 사람보다는 내가 나을 겁니다."

"에이전트를…… 하실 수 있겠습니까?"

캐더린이 물었다.

"할 수 있습니다."

김기용이 대답했다.

로비스트가 눈에 보이지 않는 공중전을 치르는 일이라면 에이전트는 지상전에 비교될 수 있다. 물론 일의 경중을 따질 수는 없지만, 성격은 분명 달랐다. 로비스트가 은밀히 일하고 가격 단가가 높은 반면 에이전트는 합법적인 테두리 안에 행정상의 일 등을 모두 총괄해야 하며 대신 가격 단가가 낮았다.

"정말입니다. 할 수 있습니다."

캐더린을 바라보는 김기용의 얼굴은 무장해제당한 군인의 그것이었다. 캐더린은 그 얼굴에서, 절박함이 지나쳐서 이미 공허해진 그의 현실을 읽었다.

"좋습니다."

일단 거래가 성립이 되면, 다음은 서로에 대해 좀더 알 필요가 있다. 직접적으로 만난 적은 없지만, 캐더린은 김기용에 대해 어느 정도 알고 있었다.

"저는 장군님을 알고 있습니다."

김기용이 약간 놀란 눈으로 캐더린을 바라보았다.

그녀 밑으로 들어와 일하겠다는데, 캐더린은 자신을 장군님이라고 경칭하고 있지 않은가. 자신이 정한 질서 안에서 그에 대해 최대한의 예의를 차리겠다는 의도였다. 그녀는 사람을 다루는 수완을 아는 여자였다. 영악했다. 그 영악함에 김기용은 일말의 거부감을 느꼈다.

"저는 이제 장군이 아닙니다."

그럼에도 캐더린의 호칭은 여전히 장군이었다. 김기용의 감정 같은 것은 아무래도 좋다는 뜻이었다.

"장군님은 공군 파일럿 출신에다 별까지 달았던 분입니다. 게다가 외국어 실력도 뛰어나서 그대로 군에 남아 있었어도 장래를 기약할 수 있었을 겁니다. 그런데 왜 제대하셨나요?"

왜 제대했느냐…… 김기용이 헛헛하게 웃었다.

"이유는 간단합니다. 돈을 벌기 위해서 그랬습니다. 공군으로 군에 몸담고 있어봤자, 승진에도 한계가 있고…… 꼭대기는 죄다 육사 출신들 아닙니까."

김기용의 목소리가 자못 자조적이었다. 그리고 캐더린은 그 자조 속에 담겨 있는 비(非)육사 출신 군 인재들의 자괴감을 읽었다. 그녀는 때때로 그들의 그런 자괴감을 자신의 비즈니스에 활용하곤 했다.

"그 부분에 관해 저도 전적으로 동감합니다. 앞으로 한국 군은 최첨단화, 과학화가 되어야 하는데, 비대하고 방만한 육군 조직이 거기에 방해요소가 되고 있지요."

김기용 역시 공감하는 바였다.

"미국 군만 하더라도 지상군은 감축하고, 공군과 해군을 최첨단화하는 방향으로 가고 있는데, 한국 육군의 어떤 새끼들은 공군 파일럿을 두고, 비행기 운전사라서 무식하다고 그럽니다. 그런 마당에 군에 남아 있느니 차라리 돈이나 벌자해서 나온 겁니다."

캐더린은 적어도 김기용의 이 말만큼은 진실이라고 생각했다. 군인, 적어도 대한민국에서 군인이라는 직업은 명예를 담보하는 것이지, 경제적인 부분까지 보장해주지 않았다. 과거 군사 정권 시절에는 군 제대자들이 일반 기업에 취업할 수도 있었지만, 사회가 문민화되면서 그런 식의 통로도 점점 막히는 추세였다. 그래서 공사출신뿐만 아니라, 3군 사관학교로 진학한 수많은 엘리트 생도들도 제대 후의 생활에 대한 경제적 고민을 안고 있었다. 돈을 벌기 위해서 일찌감치 무기 로비스트 세계에 뛰어들었다는 김기용의 대답은 그래서 나름대로의 설득력을 가지고 있었던 것이다.

캐더린이 물었다.

"무기 로비스트가 되면 큰돈을 벌 수 있다고 생각하셨어요?"

"그건 캐더린 사장께서 잘 알고 계시지 않습니까. 무기 하나만 잘

들이면 평생 먹고 살 돈이 떨어집니다. 평생요."

그는 평생이라는 말을 한 번 더 강조한 다음, 나즈막이 말을 이어갔다.

"무기 로비스트로 큰돈을 벌 수 있다는 생각은 지금도 마찬가지입니다. 그러나 군을 제대하고 뛰어든 시기가 적절치 못했어요. 제 뒤를 봐줄 것으로 기대했던 동료들은 아무 결정권도 가지고 있지 못했습니다. 무기 구입의 결정권에 조그마한 영향이라도 미칠 수 있는 군 수뇌부들은 까마득한 선배들이었고요. 게다가 저는 공사 출신이에요. 대한민국 군의 주요 결정권자들은 죄다 육사 출신들 아닙니까."

캐더린은 공사 출신이라는 김기용의 말을 듣고 속으로 웃었다. 앞으로 예정된 대한민국의 초특급 프로젝트 FX 사업은 전투기를 들이는 일이었다.

"몇 번 실패하셨습니까?"

"몇 번인지 모르겠습니다. 처가 재산까지 다 끌어다 날렸으니까요."

"그래서 에이전트를 선택하신 겁니까?"

"배운 도둑질에다가, 저도 먹고는 살아야 하니까요."

김기용이 대답했다. 그러고는 잠시 그의 표정이 은밀하고 진지해졌다.

"내 지인 중에…… 미국 맥도널더글라스 사에서 근무하는 친구가 있는데…… 미국인 친굽니다. 그 친구 말이…… 한국 정부의 차세대 전투기 도입 사업인 에프엑스를 위해 은밀히 로비스트를 물색

중이라면서, 가운데 캐더린 사장도 있다고 하더군요.”

비로소 캐더린은 김기용이 자신 밑으로 들어오겠다고 한 이유를 정확히 알 수 있었다. 한국의 차세대 전투기 사업인 FX, 바로 그것이었다. FX 사업은 그녀의 목표였다. 이제 두 사람이 손을 잡으면 그것은 공동의 목표가 될 것이다.

김기용에게는 기왕 대한민국에서 로비스트로 성공할 수 없는 바에야, 거래의 성공률이 높은 로비스트와 손을 잡고 일하는 것이 실리적인 방법이었다. 이 바닥에서 발을 빼지 않고 그렇게라도 인맥을 넓히고 다져 놓으면, 차후를 기약할 수도 있는 일이었다.

최소한 한동안은, 두 사람은 서로에게 필요한 인물이 될 것이다.

“좋습니다. 내 입장에서도 마침 같이 일하던 분들 가운데 관계를 정리해야 할 분이 계십니다. 앞으로 잘 부탁드리겠습니다.”

그녀가 고개를 숙였다. 진심이었다.

캐더린은 일단 결정한 문제에 대해서는 신념을 가지고 밀어붙이는 장점이 있었다. 지금 김기용이 그녀에게 구체적 신념을 제공하고 있는 것이다.

5

그날 밤, 캐더린은 한 통의 전화를 받았다.

세계적인 무기 감청 장비업체인 미국 E시스템 사의 한국 담당자

마이크였다.

"캐더린, 이겼어. 결국 우리가 이겼다고!!"

예상했던 일이었지만, 예상했다고 해서 기쁨이 반감되는 것은 아니었다.

"정말요? 와우!!"

"기대했던 대로 P-프로젝트의 최종 사업자로, 대한민국 국방부에서 우리를 선정했어요. 내일 대한민국 대통령의 공식 발표가 있을 겁니다."

평소에는 중저음이던 그의 목소리가, 약간 들떠있었다.

마이크는 전형적인 켈트인이었다. 호전적인 민족성과 강력한 철기 문화를 바탕으로 기원전 8세기부터 프랑스와 영국에까지 진출했다던, 켈트족의 습성이 뼛속깊이 박힌 그를 보면서, 캐더린은 간혹 그가 영화 〈브레이브 하트〉의 멜 깁슨을 닮았다고 생각하곤 했다.

"수고 많았어요, 마이크."

"우리끼리라도 자축을 해야 하지 않을까 싶은데, 어때요?"

"좋지요."

일을 추진하는 파트너로서 마이크는 캐더린에게 최적격이었다.

두 사람이 처음 호흡을 맞춘 것은 사우디아라비아에 감청 장비 판매를 하면서였다. 아프가니스탄의 산악지역에서 활용될 그 장비는, 알카에다의 활동을 감청해내기 위한 것이었다.

당시 캐더린은 로비스트였고, 마이크는 감청 장비업체인 E시스템 사의 중간 간부였다.

그 마이크가 진급을 해서, 군수업체들 사이에서 중요한 시장으로 평가되는 한국을 담당하는 중역이 된 것이었다.

"그러면 자축연은 언제 할까요?"

마이크가 물었다.

"지금은 한국에서 내 스케줄이 빡빡해요. 곧 미국으로 갈 텐데, 미국에서 만나는 건 어때요?"

"미국? 나도 곧 나가야 되는데, 그럼 언제쯤 출국해요?"

"다음주쯤……."

"다음주? 우리 그럼 비행 스케줄을 맞추고 자축은 비행기 안에서 하는 게 어때요? 시간도 절약할 겸……."

"좋아요. 그런데 캐더린, 미국엔 왜 그렇게 급히 들어가요? 혹 다른 거래이라도……?"

마이크가 물었다.

"메이비……."

캐더린이 대답했다.

그러자 조금 전까지 들떠 있던 마이크의 목소리가 다시 중지음으로 가라앉았다.

"세인트루이스?"

세인트루이스는 맥도널더글라스 본사가 있는 곳이었다. 그리고 맥도널더글라스 사는 향후 한국 정부에서 추진하게 될 차세대 전투기 도입 사업인 FX에 대해서 강한 의지를 가지고 있었다.

"다음주부터 맥도널더글라스 사에서 한국 정부의 에프엑스와 관련한 로비스트들의 지원서를 받는다고 하던데, 그 때문이군요?"

마이크가 물었다.

"호호호. 귀신인데?"

캐더린이 웃었다.

"캐더린, 친구로서 충고 한 마디만 할게요."

왠지 심각해진 마이크의 목소리 탓에 캐더린의 얼굴에도 웃음기가 걷혔다.

"충고?"

"지금 업계에서는 대한민국의 모든 거래는 캐더린이 독식한다는 말들이 심심찮게 흘러나오고 있어요. 무슨 말인지 알아요?"

"무슨 말인데요?"

"최근 이삼 년 동안 캐더린은 많은 거래를 성사시켰어요. 특히 한국에서의 성공률이 높았지요. 내 말이 무슨 말이냐 하면, 적이 생기고 있다는 얘기예요."

적이라는 마이크의 말에 캐더린은 안기부장 강욱을 떠올렸다.

"대한민국 안에서 당신을 견제하는 세력들에 대해서 알고 있어요? 그 안에는 치명적인 세력도 있어요."

"치명적인 세력이라…… 내가 생각하고 있는 치명적인 세력이 하나 있긴 해요."

"강욱 안기부장?"

마이크 역시 자신과 같은 생각을 하고 있다고 판단하자, 캐더린이 속을 터놓았다.

"요즘 그 사람의 근황이 예사롭지 않아요. 국방장관실에다 도청 장비까지 설치해놓았더라고요. 그래서 부탁인데, 안기부장이 요즘 무슨 일을 꾸미고 있는지 좀 알아봐줘요."

“직접 알아보지 그래요? 그건 나한테도 다소 부담스러운 일인데…….”

“난 불가능해요. 지금 대한민국 군은 강욱 쪽 사람이 쫙 깔려 있어서, 나와 조금이라도 손발을 맞춘 사람이라면 접근 자체가 어려워요. 부탁해요.”

“오케이, 그럽시다!”

캐더린은 마이크와 함께 출국 날짜와 탑승 시간을 맞춘 후 전화를 끊었다.

기쁨과 함께, 가슴 한켠이 서늘해져왔다. 강욱이라는 이름이 주는 무게는 그러했다.

마이크는 대한민국 군부에 적잖은 정보통을 가지고 있었다. 그런 그가, 강욱의 근황에 대해 언급하며 캐더린에게 조심할 것을 당부하고 있지 않은가. 강욱의 견제가 가시화되고 있다는 보다 실질적인 증거였다. 국방장관실에 설치되어 있던 도청 장비 역시 같은 맥락일 것이다.

국방장관을 흔드는 안기부장의 의도는 노골적이었다. 그가 무슨 일을 어떻게 꾸미고 있는지 알 수 없어서 더욱 불안했다.

캐더린은 자신도 모르는 사이에, 턱밑까지 뻗쳐온 강욱의 차가운 촉수를 느끼고 있었다. 강욱, 그는 정말이지 만만치 않은 인물이었다.

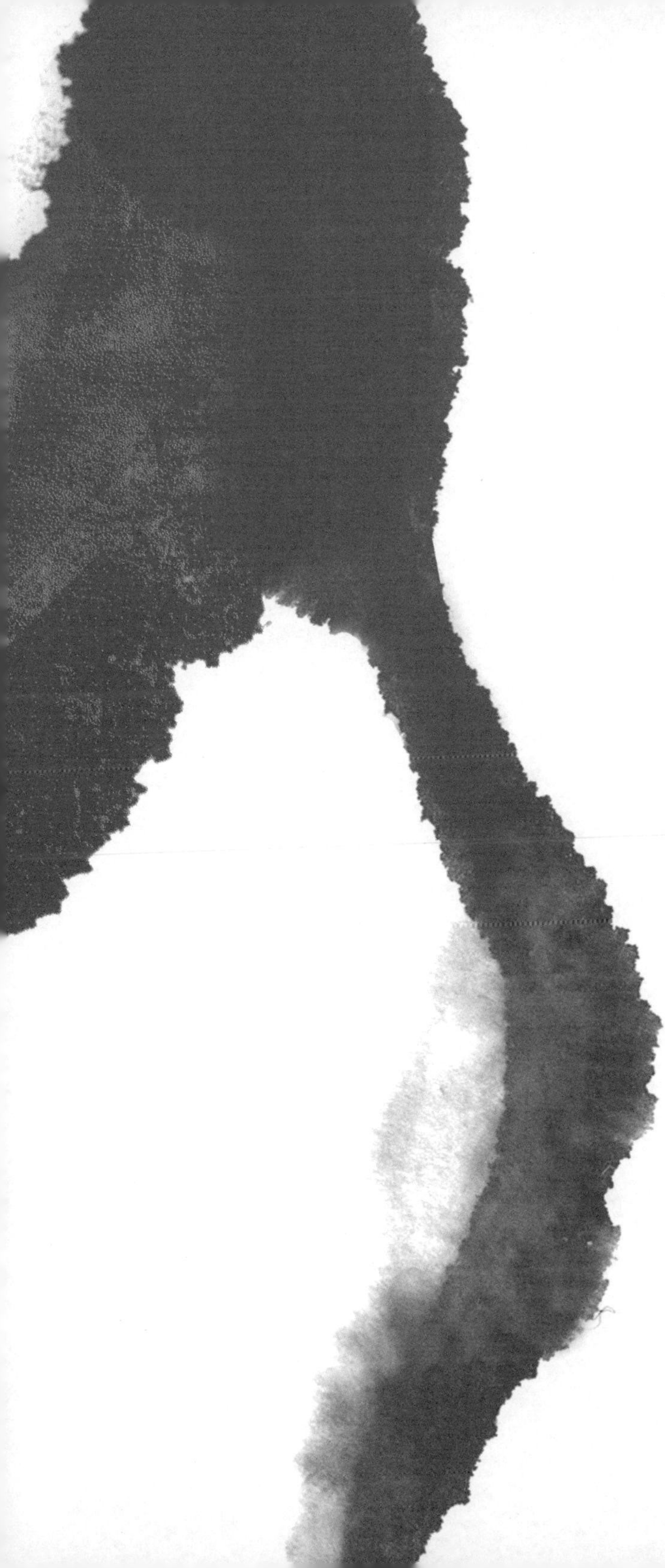

5장

음모

1

안기부장 강욱은 김성수 국방장관 제거를 위한 수순을 단계적으로 밟아나가고 있었다. 미국에 있는 무기상 은기호를 한국으로 불러들인 것 또한, 그 과정이었다. 안기부 기조실의 조평채는 정확히 약속한 시간에 무기상 은기호를 데리고 왔다. 그는 한국 출신으로 미국 국적을 가진 무기상이었다. 강욱의 지령을 받은 조평채가 은기호를 찾아 미국으로 왔을 때, 은기호는 자신에게 때가 왔음을 직감했다. 어쩌면 강욱은 그의 발에 채워져 있는 족쇄를 풀어줄 수 있을지도 모른다.

은기호는 과거 정권에서 경전투헬기 도입 문제와 관련해서 국내 기업으로부터 돈을 받은 적이 있었다. 물론 그때 그는, 당시 대통령과 특별한 친분을 유지하고 있던 터였다. 은기호에게 돈을 준 기업은 그가 경전투헬기 도입 문제와 관련해서 대통령을 충분히 움직일 수 있다고 믿었다.

그러나 그 일은 결국 성사되지 못하고 말았다.

그뿐만 아니라, 문제의 기업이 다른 일로 검찰 조사를 받던 중 그 일이 터지고 말았다. 검찰은 즉각 은기호를 수배했지만, 때마침 그는 운 좋게 일본으로 출국한 터였다. 검찰이 미처 그를 출국 금지자 명단에 올려놓지 못했던 것이다.

그럼에도 은기호는 입국을 감행했다. 만약의 경우, 검찰로 연행될 수도 있는 상황이었다. 안기부장 강욱의 부름이 아니었다면, 그는 한국에 다시 돌아오지 않았을 것이다. 그러나 그에게는 모든 위험을 무릅쓰고 강욱을 만나야 할 이유가 있었다.

자신을 태운 차가 안기부청사 안으로 들어갈 때, 은기호는 심호흡을 했다. 일말의 두려움 때문이었다. 지금부터 자신이 상대해야 하는 강욱도 강욱이었지만, 그보다 중앙정보부 시절부터 국가정보기관이 가지고 있던 특유의 분위기 때문이었다. 얼마나 많은 사람들이 고문을 받고, 얼마나 많은 사람들이 소리 한 번 내지 못 하고 죽어간 곳인가. 자신은 지금 바로 그런 곳의 수장을 만나야 하는 것이다.

그런 은기호의 마음을 읽었는지, 조평채가 툭하고 한 번 어깨를 쳐주었다. 힘을 빼라는 의미였다. 은기호는 그를 향해 웃어보였다. 그러나 그의 얼굴 근육은 파르르 떨리고 있었다.

똑똑똑.

정확히 세 번의 노크를 한 후 조평채는 안기부장실의 문을 열었다.

안기부장은 방 중앙에 마련된 응접용 소파에 앉아 두 사람을 기다리고 있었다. 안기부장 강욱은 풍채가 좋고 부드러운 인상을 주는 남자였다. 그러나 눈빛만은 날카로워서, 형형하게 빛나고 있었다.

은기호는 꾸벅 허리를 굽혔고, 강욱은 그런 은기호의 손을 잡아 자리에 앉게 했다.

"어서 오시오, 은 선생."

은기호는 그에게 손이 잡힌 채, 자리에 앉았다. 두툼한 손이었다.

강욱은 은기호를 자리에 앉게 한 뒤, 맞은편으로 가 앉았다. 은기호의 옆에는 조평채가 앉았다.

"허허허. 뭘 그렇게 긴장하고 있어요? 긴장하지 말아요."

"네."

은기호의 대답은, 마치 외마디 비명 같았다.

강욱은 비서가 가져온 차를 한 모금 마신 뒤, 본론을 꺼냈다. 그것은 은기호를 한국으로 불러들인 실질적 목적이기도 했다.

"오늘 여기서 우리 은기호 씨하고 나 하고 만난 사실은, 무덤에까지 가지고 들어가야 하는 겁니다. 알겠습니까?"

"여부가 있겠습니까."

"에…… 김성수 국방장관 잘 알지요?"

"과거에 잘 알았습니다."

은기호 역시 강욱의 입에서 지금부터 어떤 얘기가 나올지 짐작하고 있었다.

"그 사람이 말이오, 공군참모총장으로 있던 시절에 F16 전투기의 CDS(전투기 정기 점검 전산화 시스템) 도입 문제로 논란을 빚은 적이 있습니다."

사실 강욱은 이 내용을, 대통령에게 국방장관으로 김성수를 천거하면서 알게 되었다. 그러나 그때 강욱은 대통령에게 보고할 존안자료에서 그 부분을 삭제하라고 지시했다. 당시만 해도 그는 김성수를 자신의 사람이라 믿고 있었던 것이다.

강욱은 말을 이었다.

"일설에는 김성수가 특정 무기상에게 CDS를 수입하는 것으로 해서, 수입권 자체를 넘기려고 했다던데…… 그 무기업자가 우리 은기호 씨였지요?"

강욱은 은기호라는 이름 앞에, 의도적으로 우리라는 수식어를 달았다. 적어도 은기호에 대해서는 적의가 없다는 것을 강조하기 위함이었다.

"그렇습니다."

은기호 역시 그 점을 간파하며 대답했다.

은기호의 다짐을 듣고 다시 강욱이 말했다.

"김성수를 알게 된 게 언제입니까?"

은기호의 시선이 잠시 허공을 향했다. 김성수와의 인연을 떠올리기 위함이었다.

"그 분이 국방부 정보본부장이던 때이니까…… 십 년도 넘은 일인 것 같습니다. 그때 그 양반이 공군참모총장 승진을 앞두고 있었는데, 그때만 해도 TK가 득세하고 있을 때 아닙니까, 똥줄이 타서 이놈 저놈 만나고 다닐 때 나도 만났습니다."

"만나보니 어떻던가요?"

"순수하고 순진한 분이라고 생각했습니다."

너무도 간단명료한 답이었다.

"그게 답니까?"

"그게, 답니다."

은기호는 강욱이 원하는 바를 정확히 파악하기 전까지는 몸을 사렸다.

그래서 강욱은 좀더 이야기를 진전시키기 위해 바로 본론으로 들어갔다.

"좋습니다, 그럼…… CDS 도입과 관련해서 물어볼 게 있는데……."

은기호가 안기부장을 정시했다. 그의 눈은 역시 그것이었냐고 묻고 있었다.

"그때 김성수와 관련해서 잡음이 왜 나온 겁니까?"

"CDS 건은, 그 분이 국방부 정보본부장이던 시절부터 약속을 한 것이었습니다."

"약속을 하다니요, 사업권을 주겠다고 약속했다는 말입니까?"

"물론입니다."

너무도 확신에 찬 은기호의 답변에 강욱은 적잖이 의아했다. CDS는 구상 단계에서부터 국내기업이 개발하는 것으로 결정된 사업이었다. 그런데 그 사업권을 특정 무기상에게 주고 외국에서 CDS를 들여오기로 했다는 은기호의 말은, 상식적으로 납득되지 않는 것이었다.

국방장관 선에서 결정된 일을 당시 공군참모총장인 김성수가 뒤

집으려 했다면, 그가 미쳤거나 그게 아니면 분명 착오였을 것이다. 강욱은 그점부터 짚어나갔다.

"그 사업은 국내 한 업체가 개발하는 것으로 구상 단계에서부터……."

"아닙니다. 김성수가 공군참모총장이 되면 저한테 주기로 약속했습니다. 그런데 공군참모총장이 되더니 안면을 싹 바꿔버리더군요. 누구 덕택에 공참이 되었는데……."

강욱은 은기호의 얼굴에서 김성수에 대한 골 깊은 원망을 읽을 수 있었다.

강욱은 집요하게 캐나가기 시작했다.

"무슨 말입니까? 그럼 김성수가 우리 은 선생의 도움으로 공참이 되었다는 말입니까?"

"그렇지요."

은기호는 확신에 차 있었다.

"아니 어떻게요?"

"공군참모총장 인사를 얼마 앞두고 나를 찾아왔더군요."

정보기관에 몸담으면서 강욱이 채득한 진리가 하나 있었다. 어떤 일이든 파고들고 캐고들면, 필요한 정보나 물증을 반드시 확보하게 되더란 것이었다. 그것은 동물적 감이라면 감이었고, 노하우라면 노하우였다. 어쨌든 강욱은 그것을 믿었고, 그때문에 은기호를 바라보는 눈빛은 날카롭고도 집요했다.

"예전에 대통령의 딸이 LA로 유학 왔을 때, 우리집에 머물렀던 적이 있습니다. 그때만 해도 저는 그 친구의 아버지가 대통령이 될 거라고는 생각지 못했습니다만, 평소 인연도 있고 해서 우리집에 있을 때 성심성의껏 돌봐줬지요. 그런데 나중에 그 친구의 아버지가 떡하니 이 나라의 대통령이 됩디다, 세상일이라는 게 참…….”

은기호는 눈을 가느다랗게 뜨고 그때를 회상하는 듯했다.

그 시절, 한때 대통령의 딸을 돌봐주었다는 인연은 그에게 실질적인 힘이 되어 주었을 것이다.

“평소 친분이 있던 선배를 통해 김성수를 소개받았습니다. 나한테, 자신이 왜 공군참모총장에 적합한 인물인지를 누차에 걸쳐 설명을 했습니다. 그게 대통령 귀에 들어갔으면 하는 마음이었을 테지요. 그때 대통령 딸한테 꼭 전해달라고 하면서 메모지도 건네주었는데…….”

메모지! 바로 그거다! 강욱의 눈이 먹이를 노려보는 매처럼 빛났다.

은기호는 강욱의 그런 시선을 즐기는 듯 천천히 말을 이어나갔다.

“이번에 안기부장님이 김성수 일로 절 보자고 하셔서, 그 메모지도 가지고 나왔습니다.”

은기호, 그는 강욱과의 거래를 위해 확실한 미끼를 준비해왔던 것이다. 자신을 만나기를 원하는 고객의 입맛을 제대로 파악한 결과였다.

강욱의 입가에 만족스런 미소가 번졌다.

“어쨌든 그때 제가 맨입으로는 안 되고…… 선물이라도 해야하지 않겠느냐고 했고, 그 과정에서 대통령 딸에게 다이아몬드 목걸이를 선물하게 된 겁니다.”

한때 그런 소문이 있었다. 군내 누군가가 승진을 위해 대통령 딸에게 다이아몬드 목걸이를 선물했다는.

지금 강욱은 기대 이상의 대어를 낚는 중이었다. 적어도 정보기관에서 일하면서 단련된 그의 감은 틀리지 않았다.

"다이아몬드가 박힌 목걸이라…… 대통령 딸이 받던가요?"

"처음에는 뭔지 모르고 받았다가, 나중에 CDS 건과 관련해 말썽이 생기자, 김성수한테 다시 돌려줬습니다."

은기호는 잠시 말을 끊고, 앞에 놓여 있던 차를 마셨다. 차는 이미, 목을 축이려 한꺼번에 들이키기에 적당할 만큼 식어 있었다.

"그런데 그 사람 참 몹쓸 사람입디다, 결국 공군참모총장이 되었잖아요. 그러고는 입을 딱 닦아요. 그래서 그때 내가 약속을 지키라고 항의하면서 이 문제가 밖으로 알려졌던 겁니다."

강욱이 한동안 머리를 주억거렸다. 그의 말을 믿어서라기보다는, 상대의 말을 경청하고 있다는 표현이었다.

"그렇다면 당신은 CDS 수입권을 얻는 대가로, 김성수가 공참이 되도록 도왔다는 말이군요. 대통령의 가족을 움직이는 방식으로."

"그렇습니다."

"그럼, 그것을 입증할 만한 자료가 있습니까?"

"물론 있습니다. 김성수가 국방부에 요청한 공군의 CDS 구매계획을 제게 넘긴 내역이 있습니다만……."

"무기업자에게 군사기밀을 유출했구먼…… 좋습니다."

강욱은 고개를 끄덕거렸다.

그러나 그것으로는 부족했다. 김성수가 무기상에게 공군의 CDS

구매 계획을 개인적으로 넘긴 것은 문제가 될 수 있겠지만, 그것으로 뭔가 이익을 챙긴 증거가 없었다.

대통령의 딸에게 진급 로비를 하기 위해 다이아몬드 목걸이를 선물하려 했다고 했으나, 결국 돌려받았다면, 이 또한 그의 진급에 어떤 작용을 했다고 볼 수는 없다.

"그런데 왜 나를 부른 겁니까?"

여기까지 했으면 구체적 용건을 말하라는 은기호의 채근이었다.

"내가 왜 은 선생을 부른 것 같소?"

자신을 만나고 싶다는 강욱의 요청을 수락하면서, 이미 김성수는 그들의 공적(公敵)이었다. 은기호는 그렇게 생각했다.

"김성수 잡자고 그런 거 아닙니까? 나도 이 판이 어떻게 돌아가는지 정도는 알고 있습니다."

전임 국방장관 강욱과 현 국방장관 김성수의 사이가 매끄럽지 않다는 건, 군 내부에 알 만한 사람은 알고 있는 사실이었다. 그러니 김성수에 대한 강욱의 은밀한 공작 가능성을 추정하는 것은, 은기호로서도 어려운 일이 아니었다.

"맞소."

"제가 어떻게 하면 됩니까?"

"어떻게 하면 되는가…… 얼마 안 있으면 국정감사가 있어요. 그때 우리 은 선생이 대한민국 국민으로서, 양심에 입각해서 폭로해야겠지요."

폭로라는 말이 은기호는 적이 부담스러웠다. 폭로라니, 무엇을 폭로하라는 건가.

강욱은 은기호의 마음을 읽으며 천천히 이야기했다.

"김성수는 당신에게 국방부의 CDS 수입 내역을 넘겼어요. 군사기밀 유출이지. 또 대통령의 딸을 통해 진급 로비를 시도했고……."

"글쎄요……."

그것을 과연 양심선언이라는 이름으로 폭로를 했을 때, 파괴력이 있을 것인가…… 그 부분에 대해서 은기호는 자신이 없었다.

"당신, 경진투헬기 도입 때 말이오."

강욱이 은밀히 입을 열었다.

경전투헬기 도입 문제…… 은기호는 마른침을 꿀꺽 삼켰다. 이 문제로 그는 지금 검찰의 조사 대상에 올라 있지 않던가.

강욱은 말을 이었다.

"당신은 이 문제로 검찰의 기소 중지자 명단에 올라가 있어요. 당신의 입국 사실이 지금쯤은 검찰에 통보가 되었을 겁니다. 이런 상황에서 당신이 출국을 시도할 경우, 공항에서 바로 체포될 겁니다."

"그걸…… 강 부장님이 해결해주셔야 합니다."

이것이 은기호의 용건이었다. 무엇보다 은기호는 무기상이었다. 한국은 무기상들에게 아주 중요한 시장이다. 중요한 시장을 대상으로 활동하기 위해서는, 무엇보다도 우선 출입이 자유로워야 한다.

강욱이라면 할 수 있는 일이다.

"그 문제와 관련해서 나를 무혐의 처리해달라는 얘깁니다."

강욱이 웃었다.

"법은 말이오, 은 선생. 용서를 비는 사람한테 관대한 법입니다. 우리 은 선생이 과거 자신의 잘못을 뉘우치고, 국가에 사죄하는 뜻으로 양심선언을 하겠다는데…… 그 경전투헬기 도입 문제와 관련해서 말입니다…… 문제의 기업으로부터 받은 그 돈…….”

“삼억입니다.”

“좋습니다. 그 삼억…… 우리 은 선생이 모조리 인 마이 포켓 한 건 아니지요?”

“예?”

은기호는 처음으로 강욱이 하는 말의 진의를 파악하지 못했다.

강욱이 말을 이었다.

“그 돈 말입니다. 삼억…… 당시 김성수 하고 반반씩 나누지 않았어요? 그렇게 알고 있는 사람이 많은데…… 내 말은 그걸 폭로하라는 거지요.”

은기호는, 한국에 올 때 결심했다. 강욱이 원하는 모든 것을 들어주자. 그리고 그 대신 자신이 요구하는 바를 확실히 보장받자.

은기호는 아랫배에 힘을 주었다.

“부장님. 제가 폭로를 하면 저는 어떻게 되는 겁니까? 폭로는 폭로자의 신분이 세상으로 드러나는 걸 전제하는 행위 아닙니까.”

“당신의 신변은 국가안전기획부가 보장해줄 거요.”

“강 부장님. 저는 무기상입니다. 장사꾼이라는 말입니다. 경전투헬기 문제 말입니다. 그게 법적으로 아직 정리되지 않았습니다. 그것만 약속해주시면…….”

강욱이 웃었다.

은기호는 말을 이었다.

“원래 거래라는 건, 양쪽이 모두 만족할 만한 최적의 상태로 이뤄

져야 성공적인 거 아니겠습니까?"

은기호는 말하자면, 지금 강욱을 대상으로 일종의 거래를 진행하는 중이었다.

강욱이 호탕하게 웃었었다.

"하하하. 좋습니다."

은기호 역시 고개를 끄덕였다. 이제 그와 강욱은 공범자다.

공범이라는 게 뭔가, 서로가 서로의 약점을 가지고 있다는 말이다. 공범인 이상, 강욱은 은기호의 요구를 결국 들어주게 되리라.

강욱은 말을 이었다.

"국정감사가 얼마 남지 않았어요. 그것을 이용하면 안전할 겁니다. 여기 우리 조평채 씨가 자세한 것은 다 준비해줄 겁니다. 당신은 은밀히 이 내용을 제보하고, 바로 북경으로 가서 대기하면 됩니다."

"북경이요?"

"한국에서 이 문제가 터지면, 당연히 제보자에 대해 언론의 관심이 집중될 겁니다. 당신이 만약 한국에 있다면 여러모로 껄끄러워질 수 있으니…… 일단 북경에서 대기하란 겁니다. 필요하면, 거기서 당신의 폭로를 뒷받침할 만한 추가 기자회견을 해야 될 겁니다."

"알겠습니다."

공범자들이 나누는 은밀한 밀약과, 그 밀약이 가지고 올 과실에 두 사람은 조금씩 흥분하기 시작했다.

2

남산의 전경이 내려다 보이는 특급 호텔의 중식 레스토랑.

자신을 두고 무슨 음모가 진행되고 있는지 꿈에도 모르는 국방장관 김성수. 그는 무기 로비스트 캐더린과 호텔 중식당에 마주앉아 있었다.

캐더린이 마련한 자리였다. P-프로젝트 사업자로, 자신이 로비스트로 있던 E시스템 사가 선정된 데 대한 감사의 마음을 전한다는 게 이유였다. 명목은 그랬다.

캐더린은 며칠 만에 마주한 국방장관 김성수의 얼굴이 눈에 띄게 초췌하다고 생각했다. 안기부의 국방장관실 도청 사건은 물론이고, 김성수가 신뢰해온 여비서의 배신이 그에게 정신적으로 적잖은 타격을 주었으리라 캐더린은 어렵지 않게 유추할 수 있었다. 그러나 지금은 그런 시시콜콜한 것까지 헤아릴 여유가 없었다. 며칠 후 FX 사업 건으로 맥도널더글라스 사가 있는 세인트루이스로 날아가야 하기 때문이었다.

게다가 D전선-프로젝트를 위한 2차 평가 또한 얼마 남지 않은 시점인 데다가, 그 기간 동안 자신은 미국에 있어야 했다. 시간이 촉박했다. 적어도 D전선-프로젝트 건에 관한 한 국방장관에게 확답을 받아놓아야 했다. 그래서 그녀는 전에 없이 서둘렀다. 사업을 유리하게 진행시킬 수 있는 분위기가 마련되지 않은 상태에서, 사업 이야기를 꺼낸다는 것은 평소의 캐더린이라면 있을 수 없는 일이었다. 그럼에도 지금 그녀는, 술에 얼큰히 취한 김성수 앞에다 카달로그를 펼쳐 놓고 있었다.

그것은 자신의 여성성에 국방장관이 완전히 매료되어 있다는 자신감에서 나온 행동이기도 했다.

"한국 동부 전선의 지형지물이 험난하다는 것은 장관님이 누구보다 더 잘 아는 사실 아닙니까. 이스라엘 I사 제품은 한국보다 지형지불이 험난한 스위스에서도 인정을 받았습니다."

지금 이 여자가 대체 무엇을 하자는 말인가. 캐더린을 바라보고 있던 김성수는 짜증이 울컥 치밀었다.

그러나 그러거나 말거나 캐더린은 계속 말을 이어나갔다.

"이번에 P-프로젝트 사업자로 미국의 E시스템 사가 선정된 뒤, 강욱 안기부장이 밀었던 제품이 탈락하자, 그 사람이 사석에서 저를 죽이겠다고 했답니다."

접점을 향해 조밀해지는 캐더린의 눈동자와는 달리 국방장관 김성수의 동공은 웬일인지 커다란 공간을 가지고 있는 듯 허망해 보였다. 캐더린은 그런 김성수가 의아스러웠지만 하던 말을 멈추지는 않았다.

"장관님 D전선-프로젝트 장비 사업은 P-프로젝트 하고는 다릅니다. P-프로젝트는 대북 감청을 위한 정찰기 도입 사업이지만, D전선-프로젝트는 대북 감청을 위해 육상에서 운용될 차량을 구입하는 사업입니다. 육사 출신인 강욱 안기부장이 절대 가만있지 않을 겁니다."

"이봐, 군 정보기관 총책임자가 찾아와서 나하고 당신하고 어떤 관계인지 묻고 갔어."

불쑥, 그러나 오랫동안 망설이던 말이 마침내 김성수 국방장관의 입에서 터져 나왔다. 캐더린은 그제야 김성수가 보여준 불안감의 실체를 알 수 있었다.

군 정보기관 총책임자의 방문은, 사실상 그에 대한 강 안기부장의 선전포고였다. 그 사실을 간파하지 못할 캐더린이 아니었다.

아주 잠시 캐더린의 얼굴이 경직되었다. 그녀 역시 D전선-프로젝트와 관련해서 강 안기부장이 날을 세우고 있다는 사실을 알고 있었던 것이다.

그러나 지금 중요한 일은, 일단 국방장관 김성수의 의중을 묶어두는 일이었다.

"군 정보기관 총책임자가 와서 장관님과 저의 관계를 묻고 갔다면, 사랑하는 사이라고 사실대로 말하시지 그랬어요."

"사랑하는 사이? 한 나라의 국방장관과 무기 로비스트가?"

김성수는 군 정보기관 총책임자 이병렬의 서늘했던 일갈을 떠올리며 말했다.

"그게 어때서요? 제 말은, 국방장관님과 저의 사이가, 지극히 사적인 관계라는 얘깁니다. 미국처럼 정보전(情報戰)이 치열한 나라에서도 사생활은 보장이 됩니다. 우리가 미성년도 아니고, 우리 사이가 도대체 왜 문제가 되나요?"

캐더린은 김성수가 무엇을 두려워하는지 알고 있었다.

그는 평생을 군인으로 살아온 사람이었다. 그가 살아온 한국 사회는, 도덕적인 부분에 관한 한 굉장히 엄격한 기준이 적용되는 곳이다. 그에게 명예는 목숨 이상의 의미였다. 자신과의 관계가 세상으로 드러났을 때의 파장을, 그는 무엇보다 두려워하고 있을 것이다.

김성수는 불안하고 억울한 느낌을 떨칠 수가 없었다.

"군 정보기관 총책임자는 분명히 이 사실을 청와대에 보고할 거야."

청와대라는 말에, 아주 잠깐 캐더린이 움찔했다.

"청와대면, 대통령에게 보고된다는 말인가요?"

"모르지."

한순간 캐더린의 반응이 격렬해졌다. 그녀 특유의 기품과 차가운 이성이, 와해되는 순간이었다.

"참 말도 안 되는 일이군요. 이 나라의 대통령은 국방장관의 사생활까지 보고 받을 정도로 한가합니까?"

사생활이라는 캐더린의 단어 선택은 적절했다. 김성수는 그 부분에서 약간 안도의 빛을 보였다. 그렇다. 그런 것은 민정수석실에서 거르지 않겠는가. 아무리 대통령이라고 해도 개인의 사생활까지 보고 받는다고 해서야 말이 안 된다.

"장관님, 지난번에 말씀하신 국방부의 새 정기 인사안 말입니다. 가을 정기 인사안. 대통령께 미리 언질을 드렸는지요?"

가을에 있을 군 정기 인사에서 김성수는 대대적인 개편을 감행할 예정이었다. 골자는 군 내부에 포진해 있는 강욱의 촉수들을 모두 잘라내는 일이었다.

"아직 기회를 잡지 못했어. 요즘 같아서는 내 모든 일거수일투족이 강 부장한테 감시당하고 있는 것 같아서 말이오."

강욱에 대한 위기감은 캐더린 역시 느끼고 있었다.

"서두르세요. 그러지 않으면 지난번 같은 일이 또 생기지 말라는 법 없습니다."

"지난번?"

"지난봄 군 정기 인사요."

지난봄 군 정기 인사에서, 김성수는 국방부에 뻗친 강욱의 촉수를 잘라내는 데 주안점을 두었다. 그 결과 군 내부 강욱의 수족 몇 명을 잘라내는 데에는 어느 정도 성공을 했다. 그런데 문제는 국방부 인사국장이었다. 김성수는 자신이 아끼는 부하인, 부관 윤태영을 국방부 인사국장으로 앉히려고 했다. 그래야지만 향후 국방부 인사 문제에 대해 자신이 전권을 휘두를 수 있다고 판단했기 때문이다. 그러니 그의 계획은 육군참모본부의 반대로 무산되고 말았다. 자신의 생각을 분명히 전달했음에도 불구하고 그들은 김성수의 요청을 들어주지 않았다. 물론 그 뒤에는 강욱이 있었을 것이다.

지금 캐더린은 그 말을 하고 있는 중이었다.

"그러니, 이번 가을 정기 인사에서는 반드시 윤태영을 국방부 인사국장에 앉혀야 합니다."

김성수도 캐더린과 전적으로 같은 생각을 가지고 있었다.

캐더린 또한 대한민국에서 무기 로비스트로 살아남으려면 강욱의 제거는 필수 과업이었다.

"이번 가을 정기 인사안에 장관님께서 어떤 의중을 가지고 있는지를 예상치 못할 강 안기부장이 아닙니다. 그러니 장관님께서는 서둘러 대통령을 만나십시오."

"대통령을?"

대통령을 만나라는 캐더린의 말은, 일종의 파격이었다.

"대통령을 설득해 재가를 받으시면 됩니다. 대통령을 설득하는 일은 생각보다 어렵지 않을 겁니다. 제가 사이드에서 지원을 하지요."

김성수는 다시 한번 고개를 끄덕거렸다. 캐더린이 말하는 사이드 지원이란, 말하자면 대통령을 움직일 수 있는 인물들을 말하는 것이리라. 캐더린이 관리하고 있는 인맥에 대해서, 국방장관 김성수는 어느 정도 신뢰를 가지고 있었다.

"그리고……."

캐더린이 숄더백에서 은밀히 꺼낸 것은 노란색 컴퓨터 파일이었다.

"뭔가?"

김성수가 물었다

"강욱 파일입니다. 윤태영 준장이 연락해 와서 준비했습니다."

"윤태영이가?"

얼마 전 윤태영은, 강욱 파일을 터뜨려야한다고 했다. 당시 김성수는 일이 커지고 있는 데 대한 일말의 두려움을 느끼고 망설였다. 그런데 윤태영이 어느새 캐더린에게 지원을 요청한 모양이었다.

세상에서 일어나는 일들 가운데는, 딱히 자신의 의지와 상관없는 일이 벌어지기도 한다. 새삼스러운 자각이 김성수를 무기력한 포기의 상태로 몰아넣었다.

그때 캐더린이 정색을 하며 말했다.

"장관님."

잠시 호흡을 가다듬는 캐더린의 목소리는 결연했다. 이 여자가 또 무슨 말을 하려고 하나…… 김성수는 캐더린을 바라보았다.

공군사관학교에서 엘리트 코스를 밟아 국방장관까지 오른 김성수가 가장 분개해 하는 부분, 그리고 강욱 안기부장과 다른 길을 걸을 수밖에 없게 했던 치명적 이유. 그 이유를, 캐더린이 다시 한번 더 주지시켰다.

"장관님, 대한민국에 육군 출신이 아닌 국방장관이 장관님 말고 또 있었습니까? 건국 이래 대한민국 국방장관은 거의 대부분이라고 해도 좋을 만큼 육군에서 장악해왔습니다. 장관님이 국방장관이 될 수 있었던 건…… 죄송합니다, 장관님이 군 내부의 장악력이 없었기 때문 아닙니까? 강욱이 군부 내 사조직 멤버들을 숙청하면서, 자신의 뒤를 이을 만한 육군 출신의 군인들이 없었습니다. 그렇기 때문에 공사 출신인 장관님이 국방장관이 될 수 있었던 거고요…… 그러나 장관님이 국방장관이 되신 것을 계기로, 대한민국 군은 새로워져야 합니다."

대한민국 군이 새로워져야 한다는 대의에 김성수는 한동안 고개를 주억거렸다. 캐더린은 한껏 고양된, 김성수의 군인으로서의 자존심에 약간의 상처를 입힌다, 물론 의도적으로.

"강욱 안기부장이 지난번 술에 취해서, 장관님에 대해서 뭐라고 했는지 아십니까? 비행기만 운전하던 새끼라고 했습니다. 파일럿은 공군의 자랑이며 자존심입니다. 그런데 강욱이, 아니 육군 수뇌부들이 그렇게 짓밟았습니다."

김성수는 잠자코 고개를 끄덕였다.

캐더린은 마지막 쐐기를 막았다.

"향후 대한민국 군은 공군 중심으로 재편되어야 합니다. 그것은 시대적 요구입니다. 이런 점을 강조하며 인사안을 설명한다면, 대통령의 마음을 움직일 수 있을 겁니다."

참 이상한 일이었다.

오늘 김성수가 이 자리에 나온 것은, 자신의 불안감을 캐더린에게 전하고 앞으로 조심해야 한다는 얘기를 하기 위해서였다. 그런데 어느새 그는 캐더린이 원하는 대로 답을 하고 있지 않은가. 게다가 그런 김성수의 목소리는 자못 결의에 차 있기까지 했다.

"알겠소. 이미 그 사람하고 나는 돌아올 수 없는 다리를 건넌 거니까……."

캐더린의 입가에 엷은 미소가 번져나갔다. 김성수가 늘 그리워하던, 바로 그 미소였다.

"장관님 와인 조금 더 하시겠어요? 마침 프랑스에서 공수해 온 게 있는데?"

"좋지, 보르도 산인가?"

"네, 여기 프랑스 식당에 보관해두었어요. 제 룸으로 자리를 옮겨서 회와 함께 먹을까요?"

안락하고 안온한 두 사람만의 술자리…… 김성수가 바라던 바였다.

3

두 사람은 캐더린이 비즈니스 자리가 있을 때 자주 사용하는 룸으로 자리를 옮겼다.

자리를 옮기기 전, 룸서비스에 미리 언질을 해놓은 탓에 금세 주문한 음식들이 준비되었다. 보관해 놓은 보르도 산 화이트와인 한 병을 다 비운 후, 따끈하게 데운 정종까지 몇 순배 돌았다. 일단 룸으로 들어온데다가, 술기운이 서서히 오르자 김성수는 기분이 급격히 풀어졌다. 그는 목을 옥죄고 있던 넥타이부터 느슨하게 풀었다.

"캐더린, 이번 P-프로젝트로 벌어들인 돈이 한 칠십억쯤 되나?"

"호호호. 글쎄요……."

김성수는 소파에 비스듬히 기대 눈을 감고 셈을 하기 시작했다.

"P-프로젝트 전체 사업비가 이천 사백억 원이 넘으니까, 수수료를 삼 퍼센트만 잡아도 칠십억이잖아. 게다가 당신이 P-프로젝트만 한 것도 아니고."

"다 장관님께서 도와주신 덕분이지요."

캐더린이 수줍게 웃었다.

늘 화려해 보이는 여성이 짓는 수줍은 미소, 색다른 매력이었다. 캐더린, 그녀는 과연 팔색조였다.

김성수는 그녀의 마력에 다시 한번 취하고 있었다.

"그러면 말이오…… 잠시 쉬는 건 어떤가? 나가 있는 것도 좋고."

사실 국방장관의 입장에서 보자면, 대한민국 방위력 증강 사업에 해외 어느 방산업체가 선정되더라도 큰 차이는 없었다. 국방장관에게 떨어질 공식적인 커미션도 비슷했다. 국방장관은 다만, 국방부 내부에서 심사와 의견 조율을 거쳐 올라오는 제품을 결재하면 된다. 그럼에도 그가 일일이 관여하려 한 것은, 무기 로비스트 캐더린 때문이었다.

최근 들어 김성수는 그 점이 부담스러워지기 시작했다.

"요즘 대한민국의 모든 거래를 당신이 독식하고 있다고 말들이 많아."

"저도 알고 있어요, 적당한 기회에 미국으로 나가 있을 겁니다. 그 전에 한 가지 확인해두어야 할 게 있어요."

"무슨?"

"차기 정권에서 결정될 큰 프로젝트가 있는데, 그것 때문에 꼭 만나야 할 사람이 있어요."

"누구를 말하는 거요?"

캐더린은 말하지 않았다.

그녀는 자신에게 이롭지 않거나 빌미가 될 수 있는 일에는 철저히 입을 닫았다. 그것이 다시 김성수를 짜증나게 했다. 그의 말씨가 거칠고 퉁명스러워졌다.

"뭐 말이야, 에프엑스?"

캐더린은 또다시 미소로 답할 뿐이었다.

"거, 잘못하다가, 내가 죽게 생겼다니까……."

뜻밖의 말이었고, 뜬금없는 말이었다. 그러나 김성수의 가슴에 담겨 있던 말이었다. 그것도 아주 농밀하게.

캐더린은 놀란 눈으로 김성수를 바라보았다. 그제야 김성수가, 그녀가 생각하는 것보다 훨씬 더 많이, 또 훨씬 더 심각하게 강욱을 두려워하고 있다는 사실을 깨달았다.

그것은 캐더린에게 부담스러운 일이었다. 그래서 그녀는 다시 한 번 고삐를 죄었다.

"장관님, 이제 전쟁입니다. 전쟁에서는 이기지 않으면 지는 겁니다. 무승부란 없습니다. 전쟁에서 지면 장군은 목을 내놓아야 합니다."

김성수는 잠자코 캐더린의 말을 듣고 있었다.

"전쟁은 저쪽에서 먼저 시작한 겁니다. 안기부장이 장관님 방에 도청 장비까지 설치해 놓은 마당입니다. 이 전쟁에서 이기는 방법은 하나밖에 없습니다. 제가 드린 파일을 가지고 대통령을, 움직이세요……."

얼결에 캐더린이 준 파일을 받아 주머니에 넣기는 했지만, 김성수는 여전히 불안했다.

"그게 가능할까?"

"물론 가능해요."

대통령을 움직여라…… 김성수는 캐더린이 한 어마어마한 말을 되뇌며 앉아 있었고, 캐더린은 마치 폭발 직전처럼 이글이글 끓어오르는 눈으로 김성수를 바라보고 있었다.

바로 그때 캐더린의 휴대전화가 요동치기 시작했다.

"여보세요?"

박정호였다.

박정호. 한때 그녀와 손잡고 일하던 육군 출신의 무기 에이전트다.

그는 국방부 국제협력과에서 방산 전문가로 일했던 경력이 있는 인물로, 한때는 꽤 쓸 만한 정보를 물어오기도 했었다. 그러나 어느 순간부터 그의 정보는 낡고 쓸모없는 것들로 변했다. 그뿐만 아니라 최근 들어 프랑스 T사의 관계자와도 은밀히 접촉하고 있다는 사실이 감지되었다. 그것이 사실이라면 이중 플레이를 하고 있는 게 분명했다. 게다가 캐더린이 E시스템 사의 로비스트로 있던 김기용과 손을 잡으면서, 그는 더이상 효용 가치가 없었다. 김기용과 손을 잡으면서 캐더린은 그를 털어내기로 결심했고, 이미 통보를 해놓은 터였다. 그렇기 때문에 캐더린은 자신에게 전화를 걸어온 박정호의 용무가 무엇일까 헤아리고 있었다.

"지금 저, 강남 회장님 사무실에 와 있습니다."

수화기 너머로 들리는 박정호의 목소리에 알코올 기가 묻어났다.

"무슨 일이지요?"

"좀 만났으면 합니다."

캐더린은 시간을 확인했다. 자정이 넘어가고 있었다.

"지금요?"

그녀가 내키지 않는다는 뉘앙스로 물었다.

"지금 만나야 합니다."

박정호는 강경했다.

"좋아요, 내가 거기로 가지요."

언제 만나도 한 번은 만나야 할 인물이었다.

캐더린은 곧바로 가겠다고 약속한 뒤 전화를 끊었다. 그는 국방장관을 남겨놓고, 곧바로 강남 사무실로 달려갔다.

강남 사무실에서 혼자 캐더린을 기다리고 있는 박정호는 생각보다는 멀쩡했다.

그는 응접용 소파에 앉아 캐더린을 맞았다.

"사무실이 넓어서 그런지 꽤 어수선해요."

캐더린이 들어서자마자 대뜸 그렇게 말했다.

캐더린은 박정호 맞은편에 앉아 담배를 피워 물었다. 아닌 게 아니라, 왠지 사무실이 어수선해 보였다. 책상 위에는 채 정리되지 않은 서류들도 이리저리 흩어진 채 놓여 있었다. 그제야 캐더린은 그가 혼자 사무실에 있었다는 사실이, 마음에 걸렸다. 사무실 안에는 기밀 서류들이 적지 않았던 것이나. 캐더린은 계약 파기를 통보할 때 미리 그에게서 열쇠를 받아놓지 않은 사실을 뒤늦게 후회했다.

경솔히 일처리를 한 자신을 나무라며 그녀가 물었다.

"무슨 일이에요?"

박정호는 캐더린 앞에서 허리를 꼿꼿이 세워 앉기 위해 노력했다. 군인 출신으로 마지막 남은 명예심을 잃지 않기 위한 안간힘이었다.

"내가 말입니다. 전역할 때, 캐더린 회장님 말고도 오라는 데 많았습니다."

캐더린이 웃었다.

"웃지 마십쇼, 내 그때 다른 데로 가지 않고 당신과 손을 잡은 게 한이 됩니다."

꼿꼿이 허리를 지탱하던 긴장감이 서서히 분노로 돌변하고 있었다. 그의 척추는 싸움닭의 벼슬마냥 빳빳해졌다.

캐더린은 긴장했다.

"위로금은 회사 규정에 따라 지불될 겁니다."

캐더린은 이것으로 그와의 비즈니스는 끝내고 싶었다.

비즈니스를 끝내기 위해 이 시각에 달려온 것만도 큰 배려였다. 비즈니스의 이유가 없는 사람과 마주앉아, 그의 넋두리를 들어줄 인내력이 그녀에게는 없었다. 그녀는 김성수 건으로 이미 피곤한 상태였다.

"단물 다 빨아먹고 필요 없으니 버리겠다?"

박정호가 아래턱을 치켜들었다.

깎지 않은 턱수염 탓에 박정호는 초라해 보였다. 캐더린은 그 초라한 안간힘을 어느 정도 즐기며 말했다.

"자신의 상품성은 끊임없이 개발해야 하는 겁니다, 아시겠어요? 당신은 그 부분에서는 아마추어였다고!"

상품성 운운하는 로비스트 캐더린의 말이 박정호의 자존심에 상처를 입혔다. 그래서 그는 협상 테이블에서 마지막에 꺼내 놓아야 할 카드를 성급하게 꺼내 들고 말았다.

"뭐야!! 내가 말이야, P-프로젝트 전 과정을 다 기록해 놓았어."

P-프로젝트의 전 과정을 다 기록해놓다니, 무슨 말인가. 캐더린은 의아스러운 눈으로 박정호를 응시했다.

"당신하고, 국방부 장관 그 새끼하고 그렇고 그런 관계라는 거, 내가 다 적어놓았어. 이거 왜 이래!!"

지저분했다. 캐더린은 발끝에 있던 피까지 머리 위로 한꺼번에 솟구치는 느낌이었다.

"이 새끼 이거 취했구나! 나가!"

캐더린이 거침없이 자리에서 일어나 소리쳤다. 그리고 그런 행동은 박정호를 떼어내기 위한, 다분히 의도된 것이었다.

"내가 당신하고 장관하고 호텔에서 나오는 거 사진도 다 찍어놨다고, 언론에다 확 뿌려버릴 거야!"

캐더린은 헛웃음을 내뱉었다.

"야, 이 새끼야, 그거하고 P-프로젝트 하고 무슨 상관이야? 그건 내 사생활이야!"

"너 아니었으면 P-프로젝트 사업자로 E시스템 패키지가 아닌, TRW 패키지가 선정되었겠지. 운용부대가 원하는 제품이었으니까. 그런데 니년이 국방장관을 움직여서 막판에 뒤집었잖아!"

"니년? 그래서?"

캐더린의 반격은 격렬했다. 그리고 박정호가 호흡을 고르는 순간,

"잘 들어, 대한민국 국방부에서 P-프로젝트를 선정할 때, 최종적으로 고려한 것은 가격이었어. 나는 국방장관과 그 부분을 잘 절충해 거래를 딴 거였고. 그러니 무슨 개소리를 해봤자, 다들 니 말을 헛소리로 들을 거야."

"가격? 개좆같은 소리 하고 있네."

"개좆같은 소리? 그게 뭔지 내가 가르쳐줄까? 사람이 말이야 쥐도 새도 모르게 죽었다는 소리, 들어봤어?"

잠시 박정호의 눈빛이 흔들렸다. 그의 앞에서 캐더린이 악마처럼

싸늘히 웃고 있었다.

"내가 박 장군님, 박 장군님. 그래 주니까 눈에 뵈는 게 없는 모양인데, 너 말이야 앞으로 밤길 다닐 때 차 조심해. 쥐도 새도 모르게 죽는 수가 있어."

캐더린은 충분히 그런 짓을 할 수 있는 여자였다. 박정호는 술기가 한꺼번에 싹 가실만큼 가슴이 서늘해졌다. 두려움 때문에 혀끝에서부터 말이 꼬였다.

"나…… 나…… 내 친구들한테 만, 만약 내가 죽거든 숨겨 놓은 자료가 있으니 그걸 언론에다 확 불어라…… 이, 이렇게 말해놨어."

캐더린이 싸늘히 웃었다.

"오호, 그랬어? 그러면 우리 한번 해볼까? 나 하고 국방장관은 개쪽 팔리고, 너는 개죽음 당하고…… 누가 더 손해일까?"

캐더린의 싸늘한 시선이 그에게 고정되었다. 소름끼치는 눈빛이었다.

박정호는 다리에 힘이 풀려 일어날 수가 없었다. 말 그대로 오금이 저렸다.

4

1990년대 초. 이기범이 정권을 잡으면서 권준은 적지 않은 고초의 시간을 보내야만 했다.

그러나 권준의 아내는 그의 추락에 냉담했다. 그녀는 남편과 함께 추락하기를 원치 않았다. 그 외로웠던 그 시간을 함께 버텨준 사람이 바로 캐더린이었다.

캐더린은 끊임없이 그를 자극했다. 당신이 잘난 남자라면 그것을 증명해보이라고. 캐더린은 진심으로 남자를 다룰 줄 아는 여자였다.

젊은 시절 한때, 권준은 캐더린을 진심으로 마음에 담았지만 그가 계획하고 있는 미래의 동반자로서는 아니었다. 그런 그의 사랑이 비겁했을까. 아니, 오히려 현실을 직시한 냉정한 사랑이었을 뿐이다. 그래서 오래 지속될 수 있는 사랑이었다.

그런데 캐더린은 그 사랑마저 미안하게 만들었다.

권준이 자신의 야망을 실현시켜야 하는 이유 중에, 어느새 캐더린이 불쑥 들어와 있었던 것이다.

곡절을 겪기는 했지만, 그가 정치 무대에 복귀했을 때, 그리고 재기에 성공했을 때 사람들은 기적이라고 말했다. 또한 그녀 캐더린이 무기 로비스트로서 한국에 왔을 때, 권준은 실질적인 힘이 되어주었다. 캐더린의 다양하고 막강한 정치권 인맥을 만들어준 장본인도 권준이었다. 권준은 캐더린을 위해서 그가 할 수 있는 모든 일을 해주었다.

바로 그 캐더린이 국방장관 김성수와 특별한 관계라는 소문이 정치권으로 흘러 들어왔다.

특히 권준은, 율사(律師) 출신이었지만 상임위가 국방위였다. 그래서 캐더린이나 김성수 두 사람과 관련된 소문은 모두 권준의 귀로 흘러들어왔다. 사랑하는 여자를 독차지할 수 없다는 데서 오는 근원적인 괴로움은 있었지만, 그들의 관계는 처음부터 그렇게 설정된 것이었다. 그것을 바꾸기에는, 두 사람 모두 세상 사는 기술에 이미 능란해져 있었다. 그렇다면 남은 것은 하나, 깨끗하게 인정하는 것밖에는 없었다.

바로 그런 상황에서 국방장관 김성수에 대한 비리를 제보하겠다는 인물이 나타났다.

국정감사를 얼마 앞둔 어느 날이었다.

이번 국정감사는 그에게 매우 중요했다. 국민들에게 자신의 건재함을 알릴 수 있는 절호의 기회였다. 그래서 국정감사를 준비하는 그나, 보좌관들은 마치 전쟁에 임하는 장수처럼 결연했다.

그런데 때마침 국방장관 김성수의 비리를 제보하겠다는 인물이 나타난 것이다. 자신의 사무실로 찾아온 그는 약간 머리가 벗겨진 형형한 눈빛을 가진 재미 교포였다. 긴장감 때문인지 목둘레에는 땀이 맺혀 있었지만, 뭔가 결의에 차 보이는 인물. 그는 얼마 전 강욱 안기부장과 은밀히 만났던 은기호였다. 은기호가 앉아 있는 테이블 위에는 진갈색 서류봉투가 하나 놓여 있었다.

은기호는 그것을 권준 앞으로 내밀며 말했다.

"제가 의원님 보좌관께 미리 말씀드렸던 제보 건과 관련된 자료입니다. 복사본입니다."

권준은 봉투의 내용물을 천천히 꺼내들었다.

매번 국정감사를 앞두고는 한두 건 폭로를 위해 찾아오는 인물들이 있었다. 그러나 대부분의 폭로는 지극히 개인적인 것을 정치적인 방법으로 풀려는 것들이었다. 또한 국정감사장에서 폭로해야 하는 국회의원 당사자가 일정 정도 데미지를 감수해야 하는 내용들이 많았다.

보좌관으로부터 보고를 받을 때만 해도, 권준은 자신 앞에 앉아 있는 이 인물의 용건도 그와 같은 종류일 것이라고 막연히 짐작했었다. 그런데 막상 만나 보니, 왠지 분위기가 심상치 않았다. 무엇보다 제보자가 은기호였던 것이다.

은기호는 예전에 CDS 도입사건과 관련해서, 김성수 당시 공군참모총장과 마찰을 빚은 적이 있는 문제의 인물이었다. 또한 경전투헬기 도입 문제와 관련해 국내 한 기업으로부터 돈을 받았으며, 검찰 수사 전 이미 출국해, 현재는 기소중지 상태였다.

그런 그가, 김성수에 대해 은밀히 제보할 것이 있다고 찾아온 것이었다.

권준은 긴장하지 않을 수 없었다.

은기호가 내민 서류봉투 안에는 몇 장의 복사물과 사진이 들어 있었다.

권준은 찬찬히 그 복사물들을 읽었다.

'한국공군(ROKAF)이 CDS(F16 전투기 점검 전산화 시스템) 구매계획을 국방부에 제출했다. 반영을 요청한 연도 별 예산 내역은 다음과 같다. 97년 4백 50만 달러, 1998년에서 2000년까지 매년 2백 20만 달러, 국방부는 이 계획을 검토할 것이다.'

권준은 터질 듯한 눈으로 은기호를 바라보았다. 그러자 은기호가 조용하다 못해 고즈넉한 중저음으로 말했다.

"그 분이 공군참모총장으로 있을 때, 저한테 주신 메모입니다."

"이걸, 김 장관이 당신한테 주었다는 거요?"

"그렇습니다. 거기 김 장관님의 영문 사인도 있지 않습니까?"

권준은 국방위 소속 의원이었다. 국방장관의 친필 사인을 모를 리 없었다.

"공군참모총장이 무기상에게 이런 정보를 유출했다는 건 있을 수 없는 일이긴 합니다. 하지만 CDS 건은 국산 장비 충당으로 오래전에 결정이 나 있던 겁니다. 그러니 무기상인 당신한테 이 내용을 공개했다고 해도, 큰 무리는 없을 듯싶소. 그리고 여기 이 내용은 국방부가 단순히 검토하겠다는 것이지, 외국산 장비를 들이겠다는 뜻은 아닌 것 같고."

권준은, 자신 앞에 앉아 있는 이 제보자의 의도가 의심스러웠다. 그래서 제보에 대한 상품성을 따지기 전에, 은기호의 제보가, 특별한 가치가 없을 수도 있다는 가능성에 대해서 짚었다.

그러나 은기호는 한 치도 밀리지 않았다.

"아닙니다. 원래 그것은 외국산으로 들일 계획이었습니다."

"당신이 로비스트로 있던 외국 회사 제품을 선정해달라고 압박한 건 아니고?"

"그게 무슨 말입니까?"

"당신이 CDS 수입 사업을 하려고 국방부 여기저기를 쑤시고 다녔던 사실을, 나는 이미 알고 있어요. 그런데 내 누차 말하지만, 당신이 쑤시고 다니던 그 당시에 CDS는 국내 한 기업이 충당하는 것으로 국방부 자체 결론이 나 있었다는 말이오. 그러니 내 말은, 김성수한테 당신이 건네받은 건 단순히 국방부의 검토 내용이지, 기밀이 아니라는 말이지."

권준다운 치밀함이었다.

그러나 은기호도 만만히 물러서지 않았다. 아니, 만만히 물러설 것 같으면, 애초 위험을 무릅쓰고 한국에 오지도 않았을 것이다.

은기호는 두근거리는 가슴을 억누르며 마지막 처방을 내렸다. 강욱으로부터 사주 받은 그 마지막 처방이었다.

은기호는 침착했다.

"일리 있는 지적입니다. 그러나 국방장관에 대해 드릴 제보가 이게 다는 아닙니다. 의원님도 국회에서 국방위 소속으로 일하고 계시니 잘 아시겠지만, 대한민국 국방부는 경전투헬기 도입 사업을 추진해왔습니다. 이와 관련해서 저는 국내 한 기업을 접촉해서 삼억 원을 받아썼습니다. 당시 공군참모총장이던 김성수한테 잘 말해서, 경전투헬기 사업자로 선정되도록 해주겠다는 대가였습니다."

예상대로 냉정히 웃던 권준의 얼굴에서 웃음기가 걷혔다.

은기호는 말을 이었다.

"김성수와 제가 경전투헬기 사업을 그 기업에 넘기는 대가로 받기로 한 돈은 전부 십육억 원입니다. 그리고 미리 받은 삼억 원의 반을 김성수한테 건넸습니다."

메가톤급이었다.

"그 사실을 폭로한다면 검찰 조사가 불가피한데, 증거가 있소?"

"하하하. 증거요. 여기……."

은기호는 권준 앞에 한 장의 사진을 내밀었다. 조평채가 준비해 준 사진이었다.

"김성수에게 돈 가방을 건넬 때의 사진입니다. 김성수의 집을 뒤져보십시오. 아마 어렵지 않게 찾으실 수 있을 겁니다. 그 가방을 건네받을 당시 김성수는 식목일 행사에 참여하고 오는 길이라 트레이닝복 차림이었습니다. 그날 오후 다섯시 경, 일억 오천만 원이 든 바로 이 돈 가방을 김성수의 차 트렁크에 실었습니다."

권준은 한동안 묵묵히 그 사진을 바라보았다.

사진 속의 김성수는 트레이닝복 차림이었고, 차 트렁크는 열려 있었으며, 얼굴이 사진에 드러나지 않은 누군가가 문제의 가방을 싣고 있었다. 근처에서 망원렌즈를 이용해 촬영한 것이 틀림없었다.

정부의 도덕성에 치명타를 가할 수 있는, 핵폭풍 같은 첩보였다. 그리고 야당에게는 놓치기 아까운, 특히 정치인 권준에게는 국민에게 자신의 존재를 각인시키기에 더할 나위 없는 호재였다.

그러나 권준은 되도록 감정의 동요를 최소화했다. 신중해야 했다.

"이 정보는 김성수도 김성수지만 당신한테도 치명적인 내용인데, 나한테 왜 이런 정보를 제공하는 겁니까?"

은기호는 미국식으로 어깨를 한번 으쓱해 보이며 말했다.

"……인간에 대한 환멸 때문입니다."

"인간에 대한…… 환멸?"

특급 정보를 제공한 동기 치고는, 너무도 추상적이고 고차원적인 의도였다. 그래서 권준은 은기호의 의도가 더욱 의심스러웠다. 도대체 이 사람이 원하는 것은 무엇인가.

"인간에 대한 환멸?"

"제가 김성수를 처음 만난 것은 경기도의 한 골프장에서였습니다. 1990년대 초반이었는데, 인상이 아주 깨끗하고 순수해 보여서 좋은 감정을 가지고 있었습니다. 그런데 얼마 후 중간에 사람을 끼워서 인사 청탁을 해왔습니다. 제가 대통령의 딸과 특별한 친분 관계가 있다는 것을, 어디서 들었던 모양입니다. 저는 그 분을 위해 최선을 다해 노력했고, 그 분은 승승장구했습니다. 그러다 어느 시점이 되니 사람이 딱 안면을 바꿔버리더군요. 제가 도와달라는 것을 도와주지도 않고……."

그가 도와달라고 한 것은 분명 CDS 도입과 관련된 내용일 것이다. 은기호는 자신의 파워를 이용해 김성수를 군 수뇌부로 밀어 넣은 다음, 그를 통해 무기 도입의 이권을 얻으려 했던 게 분명했다.

권준이 물었다.

"도와달라고 했던 건 물론 CDS 건일 거고……."

"그건 제가 오랫동안 공을 들인 거였습니다."

비교적 담담함을 유지하던 은기호도 어느 순간이 되자 목이 타는 모양이었다. 물 한 잔을 급히 들이킨 다음 말을 이었다.

"CDS 건도 그렇지만 제가 결정적으로 마음이 돌아서게 된 것은, 그 분의 생활이 사치스럽고 향락에 빠져 있다는 소문을 듣고서였습니다. 최근에는 여성 로비스트와 놀아나면서, 우리나라 군수 도입 사업의 전권을 그 여자한테 주고 있다고 하더군요."

권준은 입을 닫았다. 그가 말하는 로비스트가 누구인지 그건 말하지 않아도 알 수 있었다.

대신 냉정하고 냉혹하게, 이 제보를 자신의 정치적 도약의 발판으로 어떻게 활용할 수 있는가에만 집중했다. 캐더린 건은 그 다음에 생각해도 늦지 않을 것이다.

지금 권준이 궁금한 것은, 은기호가 이런 제보를 함으로써 대체 무엇을 얻는가 하는 점이었다. 은기호가 겨누고 있는 대상은 분명 국방장관이다. 아니, 국방장관이라기보다는 그를 지원하는 무기 로비스트 캐더린일 것이다. 그런데 적어도 한국을 대상으로 하는 무기 로비스트업계에서 두 사람은 상대가 되지 않는다. 그럼에도 상대가 되지 않는 싸움을, 무모하게 감행한다면 그의 뒤에 얼굴을 감추고 있는 누군가가 있을 것이다.

은기호는 그 부분에 대해서는 철저히 입을 닫았다. 그리고 밖으로 알려지면 온 나라가 한바탕 회오리바람에 휩싸일, 특급 정보를 제공한 사람치고는 아무 것도 요구하지 않았다. 그의 이런 행동은, 권준에게 은기호를 움직이는 실체가 있다는 확신을 가지게 했다.

은기호는 언제쯤 폭로할 생각인지를 재차 물은 다음, 자신은 상황을 지켜본 후 바로 출국할 거라고만 했다.

제보자의 의도는 의심스러웠지만, 정치적 도약을 노리는 권준에게 은기호의 제보는 너무도 유혹적인 것이었다.

5

캐더린은 한동안 아무 말도 하지 않았다. 그녀의 시선은 오래도록 호텔 아래로 보이는 신호등에 머물고 있었다. 빨간불, 초록불…… 많은 사람들이 신호등을 따라 이쪽에서 저쪽으로, 다시 저쪽에서 이쪽으로 움직이고 있었다.

준비한 이야기를 모두 마친 권준은 더이상 입을 열지 않았다. 지금 상황에서 정확한 사실 이상의 말을 한다는 것 자체가 구차스러운 일이었다. 입을 열지 않는 권준의 마음을 모를 캐더린이 아니었다. 그동안 또 몇 번 신호등이 깜빡거렸고, 사람들이 몰려갔다가 몰려왔다.

마침내 캐더린이 입을 열었다.

"어쨌든 나는 내일 아침 세인트루이스로 가게 돼 있어요."

캐더린의 말은, 김성수를 둘러싼 정치권의 파워게임에서 자신은 철저히 방관자의 입장으로 머물겠다는 의미였다. 또 김성수의 일이 어떻게 처리되든 전혀 개입할 의도가 없다는 뜻이기도 했다.

캐더린은 힘의 흐름에 대한 감이 빨랐고, 그런 만큼 자신이 어떤 입장을 취하는 것이 유리한지에 대한 판단도 빨랐다. 그녀의 감으로 이미 김성수는 힘을 잃었다. 그는 머지않아 정치적 격랑에 휩쓸려가게 될지도 모른다. 격랑에 한번 휩쓸린 그가, 부활할 수 있을까. 쉽지 않은 일일 것이다.

이렇게 된 이상, 김성수가 가을 군 정기 인사안을 들고 청와대를 찾는다 하더라도 특별히 달라질 것은 없을 것이다. 그녀가 지원한 강욱에 관한 파일 역시 용도폐기될 것이다.

이제 김성수는 더이상 효용가치가 없는 인물이다. 캐더린은 마음 속에서 그를 비워냈다. 완벽하게. 그렇다면 남은 일은 다음 대안을 찾는 것이다. 신중해야 했다.

"대선 전에, 후원금을 좀 내고 싶은데…… 누구한테 얼마나 해야 할지 알 수가 없어요."

권준의 얼굴에 슬며시 웃음기가 묻어났다. 그녀다웠다. 그녀에게 이제 김성수는 없다.

"글쎄…… 우리 당 총재가 유력하다고 하기는 하는데…… 결과야 알 수 없지. 아직 뭐 시간은 남았잖아."

"서서히 준비를 해야지요. 얼마나 하면 좋을까요?"

"글쎄…… 중앙당 후원회하고 시도지부 후원회하고 합쳐서, 법이 정한 한도금액이 아마 이억 원 정도일 거야……."

"그 정도 가지고 표나 나겠어요?"

"그럼 편법을 써야할 텐데……."

"방법을 알려주세요."

"방법이라…… CD(양도성 예금증서)로 하면 깨끗하고 좋긴 한데……."

권준은 잠시 생각하더니 말했다.

"현금이 가장 좋지. 확실하게 세탁된 거라면. 그걸 직접 전해주면 확실히 표도 나고……."

"누구 선을 타야 하나요?"

"총재 측근 가운데, 김방이라고 있어요. 총재의 돈주머니는 모두 그 사람이 관장해왔으니까 그쪽을 이용하면 될 거요."

"배달사고 같은 거 없나요?"

"하하하. 배달사고 부분까지 배려를 해주면 더 좋고……."

캐더린은 한동안 고개를 주억거렸다. 그리고 말을 이었다.

"다음 정권에서 FX 사업이 결정되잖아요."

"FX라……."

역시 캐더린의 야망은 컸다. FX는 단군 이래 최대의 전투기 도입 사업으로, 수조 원 대의 사업비가 들어간다. 미국의 F15, 프랑스의 라팔, 유럽 4개국 컨소시엄인 유로파이터, 러시아의 수호이가 경쟁을 벌이고 있는, 말 그대로 무기상들이 사활을 걸고 달려드는 사업이었다.

"그거 쉽지 않을 거요. 거기에 지금 목을 매고 있는 무기상들이 한둘이 아닌데…… 우리 총재 측근 중에 장도춘이라고 있어요. 그쪽에서 이미 다각도로 접근을 하고 있던 모양이던데……."

"그 사람이, 총재와 밀접한 관계인가요?"

"그 친구한테 팔로스버디스에 고급 주택이 하나 있는 모양인데, 우리당 총재의 아들이 지금 거기 살잖아."

팔로스버디스라면 비버리힐즈를 능가하는 LA 근교 신흥 부촌이었다. 지폐를 태워 난방을 한다는 농담이 나올 정도의 마을이었다.

"총재의 아들이 왜?"

"우리 총재한테, 특히 총재 부인한테 그 아들은…… 뭐랄까 좀 아픈 아들이지. 아버지가 반독재 투쟁한다고 고초도 많이 입었고,

사랑도 못 받았고…… 지금 미국에서 유학 중인데, 장도춘은 그 아들을 끼고 다음 정권을 대비하는 모양이더라고."

장도춘…… 캐더린은 천천히 그의 이름을 되뇌었다.

만약 새 정권이 탄생한다면, 그는 캐더린에게 제2의 강욱이 될지도 모른다. 아니 더욱 지능적인 인물이 될지도 모른다.

캐더린은 이번 세인트루이스의 맥도널더글라스 사 방문을 통해, FX에 관해서 그가 어느 정도 손을 써놓았는지 자세히 알아볼 필요가 있다고 생각했다.

6장

대결

1

다음날 새벽, 캐더린은 공항으로 나갔다. 오전 7시 발 UA항공이었다.

여권을 꺼내들고, 출국심사대 앞에 섰을 때였다. 주변의 기운이 뭔가 심상치 않았다.

"미국 영주권자이시군요."

공항검색대 직원이 한동안 그녀의 얼굴과 컴퓨터 화면을 번갈아 보다 미심쩍다는 투로 말했다.

"네."

"고객님께서는 출국하실 수가 없겠는데요?"

"출국을 할 수가 없다니요? 뭔가 착오가 있는 거 아닙니까?"

간혹 믿기지 않는 일이 벌어질 때 자신의 귀를 의심한다는 표현을 쓰곤 한다. 지금 캐더린이 그랬다.

"고객님께 출국금지령이 내렸습니다. 일단 재심 사무실까지 함께 가주셔야겠습니다."

이미 짐은 붙인 후였다. 게다가 비행기 안에서 마이크와 만나기로 약속까지 되어 있었다.

"짐을 이미 붙였는데요?"

부당한 출국 금지 조치에 대한 반응치고는 너무도 초라한 항의였다.

캐더린은 그런 자신이 우습게 느껴졌다. 게다가 여기서 이런 식으로 항의해보았자 별로 효과가 있을 것 같지도 않았다. 캐더린은 일단 재심 사무실까지 가기로 했다.

공항 재심 사무실은 출국심사대에서 멀지 않은 곳에 위치해 있었다.

사무실 분위기는 전반적으로 한산했다.

캐더린이 들어서자 몇몇 직원의 시선이 그녀에게 쏠렸다. 그녀는 그들의 눈빛에 위축되지 않으려고 아랫배에 힘을 주고 꼿꼿하게 걸었다. 그러나 허리 한쪽이 떨리는 느낌이 가시지 않았다. 도대체 어디란 말인가, 출국 금지조치를 내린 곳이.

캐더린을 재심 사무실로 데리고온 직원은, 그곳에 상주하는 것으로 보이는 다른 직원에게 캐더린을 인계한 후 돌아갔다.

30대 초반으로 보이는 직원이 다시 한번 컴퓨터로 캐더린의 신원을 조회했다.

"출국 금지가 맞습니다. 고객님께서는 오늘 미국행 비행기를 타실 수가 없습니다."

캐더린은 피우고 있던 던힐을 신경질적으로 비벼 껐다.

"대체 나한테 출국 금지 조치를 내린 데가 어딥니까?"

공항 직원은 주저하지 않고 대답했다.

"국가안전기획부입니다. 보십시오, 여기 이 날입니다."

캐더린은 컴퓨터 모니터를 들여다보았다. 출국 금지 조치가 내려진 날짜는 군 정보기관에서 김 국방장관을 찾았다는 그 즈음이었다.

그 즈음, 군 정보기관은 D전선-프로젝트 장비 사업과 관련한 내사를 진행하는 중이었다. 그런데 안기부에서 왜 출국 금지를 내린단 말인가.

분명했다. 안기부장 강욱이었다. 그가 조직적으로 캐더린을 압박해오고 있는 것이다.

그는 아마도 FX 사업에 참여할 계획인, 맥도널더글라스 사에서 현재 로비스트 제안서를 받고 있다는 사실을 알고 있을 것이다.

그래서 출국 금지로 자신을 묶어두려 한 것인지도 모른다고 캐더린은 생각했다.

"고객님, 여권을 주시겠습니까?"

공항 직원은 한술 더 떠서 그녀에게 여권을 달라고 요구했다.

"여권은 왜요?"

여권을 달라는 공항 직원의 말이, 캐더린을 당혹스럽게 했다.

"출국 금지 대상자들은 여권을 회수해 저희가 보관합니다. 그리고 다시 출국이 허가되면 돌려드리고 있습니다."

캐더린은 일단 그녀의 숄더백 안에 들어 있던 여권을 꺼내주었다. 초록색 대한민국 여권이었다.

"이제 돌아가셔도 됩니다. 출국 금지가 해제되면 따로 통보가 될 겁니다. 그때 여권을 돌려드리지요."

순순히 물러설 수 있는 상황이 아니었다. 맥도널더글라스 사의 제안서 마감일도 얼마 남지 않았을 뿐만 아니라, 장도춘에 대해서도 알아봐야 했다.

캐더린은 극약처방을 내리기로 했다.

"아니오, 잠깐…… 전화 한 통화만 할게요."

캐더린은 공항 직원이 보는 앞에서 휴대전화를 꺼내 버튼을 눌렀다.

그런 그녀를 공항 직원이 의아스러운 눈으로 바라보았다. 전화라면 사무실 밖, 복도에서도 얼마든지 할 수 있다.

"여보세요?"

캐더린의 휴대폰 너머로 들리는, 억양이 진한 허스키 보이스. 그는 현직 대통령 이기범이었다!

"안녕하세요, 저 캐더린입니다."

대통령은 어렵지 않게 그녀의 목소리는 알아들었다.

"격조하네…… 한번 전화 안 주나 했지."

최근 그는 정치적으로 곤경에 처해 있었다. 취임 초 80퍼센트대에 육박하던 지지율이 거의 바닥으로 떨어졌다. 공명심이 많기로 정평이 나 있는 그여서 심하게 의기소침해 있을 터였지만, 캐더린의 전화를 받는 목소리만은 여전히 호방했다. 역시 그다웠다.

"한번 찾아뵈려고 했는데…… 요즘 어려우신데 저까지 번거롭게 하는 건 아닌가 싶어서…… 다음 기회로 미뤘습니다."

캐더린은 약간 멍해진 표정으로 자신을 바라보고 있는 공항 직원을 향해 뜻 모를 웃음을 지어보였다.

공항 직원은 잠자코 캐더린의 통화 내용을 듣고 있었다.

"제가 지금 급히 출국을 해야 하는데 출국 금지 조치가 내려져 있더군요. 안기부랍니다. 제가 공안사범이나 산업스파이도 아닌데 왜 그런 조처가 내려졌는지 모르겠습니다. 무슨 착오가 있는 것 같은데…… 네, 네…… 큰 건이 있어서 되도록 빨리 미국 세인트루이스에 있는 본사에 들어가 봐야 할 것 같거든요. 호호호. 아니, 그러실 필요까지는 없고요, 그냥 여기서 기다리지요. 여기 공항 재심 사무실이라는 곳입니다. 다음에 한국 오면 잊지 않고 인사 드릴게요. 네…… 네……."

캐더린은 전화를 끊었다. 그리고 10분 후.

법질서 준수가 민주주의의 기본 원칙이라고 했을 때, 도저히 있을 수 없는 초법적인 사건이 벌어졌다.

공항공단의 출입국 관리소 소장이 재심 사무실로 헐레벌떡 뛰어 들어온 것이다. 그는 일단 캐더린을 한 번 쳐다보았다. 검은색 아르마니 정장 차림에 와인과 카키가 적당히 배합된 에스까다 제품의 스카프를 두른 여자가, 던힐을 피워 문 채 그를 바라보고 있었다.

그는 캐더린의 시선을 의식하며, 재심 사무실 직원에게 귀엣말을 했다.

"저 여자, 출금 해제야."

"네?"

재심 사무실 직원은 턱이 빠질 것처럼 입을 벌린 채 그를 쳐다보았다.

"확인해봐!"

그는 캐더린의 여권을 펼쳐들고 컴퓨터에 51로 시작하는 그녀의 주민등록 번호를 두드렸다.

세상에! 그녀가 어디론가 전화를 건지 10분도 채 되지 않았다. 그 짧은 시간에 도대체 무슨 일이 있었던 것인지 그녀의 출금이 해제되어 있었다! 출입국 업무를 맡은 지 10년이 다 되어가지만, 이런 황당한 경우는 그에게도 처음이었다. 게다가 그녀에게 출국 금지 조치를 내린 곳은 국가안전기획부였다. 어떻게 전화 한 통화로 안기부의 출국 금지 조치를 풀어버릴 수 있다는 말인가. 그렇다면 도대체 저 여자는 누구란 말인가!

"제 출금이 해제되었나보지요?"

또각또각 하이힐 소리를 내며 캐더린이 다가와서 물었다.

"네. 방금 해제되었습니다."

공항 관리공단의 직원이 여전히 머릿속이 진공상태인 채로 대답했다.

"그럼, 제 여권 돌려주시겠어요?"

"여기 있습니다."

캐더린은 손목시계를 들여다보았다. 예정된 비행기를 탈 수 있는 시간은 충분했다.

그녀는 여권을 돌려받은 다음, 쾌활한 걸음으로 사무실을 빠져나갔다. 그녀가 걸음을 옮길 때마다 스카프가 경쾌하게 나부꼈다.

그녀의 뒷모습을 보며, 출입국 관리소장이 공허한 듯 한 마디를 했다.

"청와대에서…… 뭐더라, 민정수석실에서 손을 썼다는 것 같던데…… 그러면 도대체 저 여자는 누구란 말이야?"

캐더린이 탄 UA항공이 태평양 쪽으로 기수를 돌리고 있는 바로 그 시각, 강욱은 깊은 상념에 빠져 있었다. 조금 전 청와대 민정수석실에서 전화가 걸려왔고, 각하의 뜻이라고 했다. 그러면서 캐더린의 출국 금지 조치를 해제하라는 게 아닌가!

도저히 있을 수 없는 일이라 잠시 어안이 벙벙했지만, 우선 각하의 뜻이라고 하니 따를 수밖에 없었다. 윗분을 모시는 아랫사람으로서 일의 전후를 따지는 것은 차후의 문제였다.

요원의 보고에 의하면, 캐더린은 공항 재심 사무실에서 어디론가 한 통의 전화를 걸었다고 했다. 그러고 나서 약 5분 뒤, 안기부장인 자신의 책상 위 전화벨이 울었다. 청와대 민정수석실이었다.

'청와대 민정수석실이라면 각하의 뜻이라는 말인데, 누군가…… 각하의 의중을 움직이는 사람이…….'

강욱의 머릿속에 몇몇 인물이 떠올랐다. 그들은 모두 대통령 주변인물로 캐더린과 돈독한 친분을 유지해온 사람들이었다. 그러나 결정적으로 그들일리가 없었다. 무엇보다 그 사람들은 대통령과 직접 연락이 가능한 핫라인의 번호를 몰랐다.

강욱은 미간을 찌푸린 채 오래도록 깊은 생각에 사로잡혀 있었다.

현 정부에서 누군가를 거치지 않고 대통령과 직접 통화할 수 있는 사람은 다섯 손가락 안쪽이다. 그리고 그 가운데 캐더린의 출국 금지 조치 해제를 대통령에게 구명할 사람은…… 없다. 그렇다면!

강욱은 순간, 그의 목덜미에서 솟아오른 서늘한 피가 손끝까지 퍼지는 느낌에 사로잡혔다. 비로소 캐더린에 대해 자신이 모르는 부분이 있었다는 것을 알아차린 것이다.

안기부장의 깊게 그늘진 얼굴에 미세한 경련이 일었다. 그것이 만약 사실이라면…… 그는 떨리는 손으로 청와대 민정수석을 찾았다.

마침 민정수석과 쉽게 통화가 이루어졌다.

"강 부장, 내 아까는 경황이 없어서 제대로 말도 못했네요, 어떻게 출국 금지 건은 잘 해결이 되었습니까?"

"네, 분부하신 대로 처리했습니다. 그런데 그게 각하의 의중이라는 게 전 도무지 납득이 가질 않습니다. 그 여자는 D전선-프로젝트와 관련해서, 이스라엘에 파견나가 있던 한국 군인들에게 뇌물을 공여한 혐의를 받고 있습니다. 그래서 군 정보기관은 물론이고 우리 안기부에서 은밀히 내사 중이라 출국 금지 조치가 불가피했었는데……."

"그 부분에 대해서는 저도 납득이 되질 않습니다. 그 어른의 깊은 뜻이 무엇인지 우리가 일일이 다 알 수 있겠습니까만, 어쨌든 각하께서 특별히 지시하신 것만은 사실입니다."

권 부장은 마른침을 꿀꺽 삼켰다.

"그럼 말입니다, 저기 그럼…… 전화로 이럴 게 아니라 만나서 얘길 좀 했으면 합니다."

민정수석은 흔쾌히 응했다.

"좋습니다. 그런데 오늘은 일본 하시모토 총리 방한 의전 준비 때문에 좀 바쁠 것 같고, 내일 볼까요? 마침 토요일이기도 하고……."

"좋습니다. 그러면 제가 여의도 63빌딩 와꼬에 예약을 해놓겠습니다."

"허허허."

시내 유명 호텔 몇 곳에는 안전가옥이 마련되어 있었다.

호텔 객실에 마련되어 있는 안가는 일반 객실과 하나도 다를 바가 없었다. 그 객실의 비즈니스 룸은 누구를 만나기에도 부담이 없었고, 제공되는 음식도 괜찮은 편이었다.

그러나 강욱은 굳이 63빌딩 안에 있는 일식당을 선택했다. 좀더 풀어진 분위기가 필요했던 것이다.

2

캐더린이 비행기에 탑승한 것은 이륙 직전이었다. E시스템 사의 마이크가 불안한 눈으로 그녀를 바라보고 있었다.

자리를 잡고 비행기가 땅을 박차고 올랐을 때, 캐더린의 머릿속에 떠오른 얼굴은 안기부장 강욱이었다. 자신의 출국에, 그가 목숨을 바쳐 충성하는 이기범이 영향을 미쳤다는 사실을 알면 어떤 표정을 지을까.

캐더린이 자신의 출국과 관련해 굳이 대통령 이기범의 도움을 받은 것은, 말 그대로 강욱을 의식해서였다. 그에게 자신의 힘이 어디까지 미치고 있는지 경고해둘 필요가 있었다. 은기호를 한국으로 불러들인 것은, 짐작하건데 강욱이었다. 강욱은 이미 김성수 국방장관을 거세시켰다. 캐더린은 그런 그에게 김성수가 없어도 자신이 건재하며, 건재함의 바탕이 무엇인지 똑똑히 인식시켜주고 싶었던 것이다.

비행기가 안전고도로 접어들었을 때, 마이크가 스카치위스키 두 잔을 들고 캐더린의 옆자리로 왔다. 마침 그녀의 옆자리는 비어 있었다.

"P-프로젝트 사업자로 우리 E시스템이 선정된 것에 대해서, 건배해야지!"

캐더린은 그가 내미는 스카치위스키 한 잔을 받아들고 건배했다.

위스키가 담겨 있는 크리스털 잔의 섬세한 차가움이, 캐더린의 손끝에 상쾌한 느낌을 전해주었다.

"나 하마터면 이 비행기 못 탈 뻔했어요!"

캐더린은 출국 과정에 있었던 한바탕의 소란에 대해서 말해주었다.

그녀의 이야기를 다 듣고 난 후, 마이크가 신중히 고개를 끄덕였다.

"대한민국 안기부에서 노골적으로 당신을 견제하고 있어요. 지난번에 나한테 알아봐 달라고 부탁했던 문제 말이요, 무기상 은기호와 관련한……."

캐더린은 호흡을 멈추고 마이크의 말에 집중했다.

"그 문젠데…… 국방장관과 관련해서 놀라운 첩보가 있어요!"

캐더린이 고개를 끄덕였다. 국방장관 건이라면 얼마전 권준에게 귀띔 받은 바로 그 문제일 것이다.

"나도 대강은 알고 있어요. 국방장관이 공군참모총장으로 있을 때, 경전투헬기 도입 문제로 어떤 무기상한테 일억 오천만 원을 수뢰했다는 거지요?"

"그래! 그런데 그 무기상 말이오, 미국 시민권자예요. 그 사람 예전 Y-프로젝트에도 손을 댔던 모양이고, 또 경전투헬기 도입 문제와 관련해서는 국내 기업으로부터 뇌물도 받았어요. 그런데 그게 문제가 돼서 검찰 수사가 진행될 때, 그 사람은 한국에 없었어요. 그래서 대한민국 검찰은 그를 기소중지자 명단에 올려놓았다고. 그런 상황에서 이번에 굳이 한국에 왔단 말이지. 입국 사실이 통보됨과 동시에 출국 금지자 명단에 오르고 검찰 수사가 재개될지도 모르는 위험한 입장인데, 왜 그랬을까?"

"왜 그랬는데요?"

마이크는 컴퓨터 게임을 즐기듯 흥미진진한 표정이었다.

"우리 회사 자체 첩보망에 의하면, 은기호를 한국으로 불러들인 사람은 강욱이오!"

역시 예상대로였다. 그러나 그 예상이 막상 현실로 확인되었을 때, 캐더린이 느낀 것은 무서움이었다. 어쩌면 자신에 대한 강욱의 압박은 그녀의 상상을 초월하는 것인지도 모른다.

캐더린은 처음으로 강욱이 두렵다는 생각을 했다.

"강욱하고, 은기호하고 모종의 거래가 진행되고 있다는 말인데…… 그게 뭘까?"

마이크의 눈에 가득한 호기심이 잔인할 정도로 빛을 발했다.

캐더린은 사실 어느 정도 예상하고 있던 바였다. 그녀는 마이크의 눈을 마주보며 말했다.

"국방장관의 낙마?"

"댓츠 라이트!! 바로 그거요. 그래서 우리 E시스템에서도 촉각을 곤두세우고 강욱의 행동을 주시하고 있었던 거요. 현 국방장관은 P-프로젝트 감청 장비업체로 우리를 결정한 장본인이니, 향후 사업 진행 과정에서도 그의 도움이 필요하다고 판단했었거든요."

그건 캐더린도 마찬가지였다. 그러나 캐더린에게 김성수는 이미 버린 카드였다. 아마 E시스템 사의 판단 역시 크게 다르지 않을 것이다.

마이크가 말을 이었다.

"야당은 분명히 이 문제를 가지고 여당과 대통령에게 파상 공세를 펼칠 거요. 내년에 대선이 있으니, 얼마나 좋은 호재요. 문제는 대한민국 대통령의 결단인데……."

그는 흘끗 캐더린을 보았다.

캐더린의 판단에 따르면, 적어도 대한민국 대통령은 도덕적으로 만신창이가 된 참모를 곁에 두려하지 않을 게 뻔했다.

"대통령도 결국은……."

"그렇지!! 국방장관의 낙마는 정해진 수순이에요."

그제야 캐더린은 하나의 또렷한 그림이 그려지는 듯했다.

최근 강욱은 눈에 띄게 김성수를 압박하고 있었다. 그에 대한 군 정보기관의 감시가 그러했고, 국방장관실의 도청 또한 같은 맥락이었다. 그리고 그 마지막 수순은 국방장관의 낙마였다.

그러나 그게 끝이 아니었다. 강욱은 국내 무기 도입 문제와 관련해서, 본인이 절대적인 힘을 행사하기를 원한다. 그리고 그 과정에 걸림돌이 되는 인물이 있다면 잘라낼 것이다. 당장 눈앞에 있는 D 전선-프로젝트를 위해 김성수를 잘라내는 중이 아닌가. 만약 김성수가 잘려나간다면, 캐더린은 맨손으로 강욱에 대항해야 한다.

골똘히 생각에 잠겨 있는 캐더린과는 달리, 마이크의 입은 마치 제어장치가 풀린 것 같았다.

"야당이 현 정권을 흠집 내는데, 이 스캔들은 호재중의 호재요. 한 나라의 국방장관이 국방에 쓸 군수품을 집행하는 과정에서 무기업자한테 금전을 받았단 말이거든."

캐더린은 은근히 그런 마이크가 밉살스럽게 느껴졌다.

"관행적 리베이트일 수도 있잖아요!"

"노! 경전투헬기 도입 사업권을 한국의 모 기업에게 주는 조건으로 돈을 받았다는 게 무기상 은기호의 주장이오. 그렇게 본다면, 그건 뇌물이지. 게다가 물증까지 있다는 얘기가 흘러나오고 있거든."

마이크, 아니 미 군수업체의 정보력은 놀랄 만하다. 더구나 그 정보를 흥미진진하게 분석해내는 마이크는 또 어떠한가. 그는 마치 게임을 즐기듯 말하고 있지 않은가.

어쨌거나 결국 마이크의 판단이 옳을 것이다. 함께 사우디아라비아를 대상으로 감청 장비를 판매하면서, 캐더린은 단 한 번도 그의 판단이 틀리는 것을 본 일이 없었다.

"마이크, 김성수 국방장관이 무기상으로부터 금전을 받았다는 게, 정확한 사실이에요? 아직 사실로 확인된 건 아니잖아……."

"지금은 사실인지 아닌지 그게 중요한 게 아니오. 중요한 것은 무기상 은기호가 그렇게 주장하고 있고, 그것이 야당 쪽에 제보되었다는 거지. 그런데 캐더린, 대한민국 안기부는 정말 희한한 곳이에요. 국방장관이 무기상으로부터 뇌물을 받았다면 현 정권에게는 치명석 사건이에요. 더구나 내년 대선을 앞두고 있잖아요? 그런데 강욱은 그 사실을 넌지시 야당에 흘렸어요. 어떻게 생각해요?"

강욱이라면 가능하다, 그라면. 캐더린은 마이크가 지금 강욱라는 인간을 이해하지 못하고 있다고 생각했다.

"강욱은 충분히 그럴 수 있는 인물이에요."

마이크는 글쎄 하는 뜻으로 고개를 한번 갸웃한 다음, 말을 이었다.

"나는 지금 너무 흥미진진하게 사건의 추이를 지켜보고 있어요. 이 문제를 대한민국 안기부와 대통령이 어떻게 돌파해나갈지……."

캐더린은, 아침에 있었던 대통령과의 통화를 떠올렸다.

대한민국 대통령…… 그는 자신이 이끄는 정부에 흠집이 날만한 이 사건을, 과연 어떻게 돌파해나갈까. 강욱이 은밀히 일을 꾸미는 것이라면, 결국은 대통령도 넘어가게 될 것이다. 강욱은 그런 사람이니까.

캐더린은 갑자기 오한이 드는 듯했다. 담요로 어깨를 감싸 안으며 그녀는, 조심해야 한다고 생각했다.

3

청와대 민정수석과 약속한 토요일.

강욱은 올림픽대로가 막힐 것을 예상하고 서초구 청사에서 예정보다 빨리 출발했다. 그는 약속시간 훨씬 이전에 왔지만, 민정수석은 아직 도착 전이었다. 민정수석은 양화대교 위에서 몇 번이나 양해를 구하는 전화를 한 뒤, 만나기로 한 시간에서 정확히 25분이 지난 뒤 도착했다.

"좀 늦었습니다. 강 부장이 칼 같은 분이라는 것을 알면서도…… 뭐, 아시겠지만 대통령의 인척 문제로 여론에서 주목하고 있고…… 아유, 요새 같아서는 무슨 신경 쓸 일이 그리도 많은지……."

대통령의 최측근 가족이 여론의 도마 위에 오른다는 것은 강 안기부장으로서도 부담스러운 일이었다. 대통령에게 직접 말하기 곤란한 사안인 경우, 그 역시도 간혹 그 라인을 거치곤 했으니까.

민정수석은 테이블 위에 놓여 있던 차가운 물수건으로 벌겋게 달아오른 얼굴과 목덜미를 연신 훔쳐냈다. 빠듯한 시간에 쫓겨 전전긍긍하며 달려왔을 것이다.

강욱은 차가운 청주를 한 잔 따른 뒤, 주문한 음식을 바로 가져오게 했다.

술이 예닐곱 순배 돌아 민정수석의 얼굴이 불콰하게 달아오르고 회 접시가 반 정도 비워졌을 때, 안기부장이 본론을 끄집어냈다.

"우리 안기부에서 캐더린에 대해 출금 조치를 내려두었습니다."

"잘 알지요."

민어 한 점을 고추냉이 간장에 찍으며 민정수석은 고개를 끄덕거렸다.

"안기부에서 그 여자한테 출금 조치를 내린 이유는, D전선-프로젝트 때문이 아닙니까. 그 여자가 지난번 텔아비브에서 어떻게 했습니까. 나는 국방장관하고 친하다, 대한민국 국방장관이 나를 밀어준다, 이러면서 한국 군인들한테 향응을 베풀고 여자들을 붙여주고, 다이아 반지까지 떡하니 하나씩 안겼다고 합디다. 그것이 군 정보기관 첩보에 걸려가지고 유능한 대령 몇 명이 옷을 벗었다고요. 자기 때문에 앞날이 창창한 군인들이 옷을 벗었으면 창피한 줄이나 알고 가만히 있어야지, 요새 어쩌고 다녔는지 아십니까?"

"허허허……."

술기운 때문인지 민정수석의 눈꺼풀이 무거워지고 있었다. 바야흐로 긴장이 풀어지고 있었다. 물론 그것은 강욱의 의도였다.

"보소, 김 수석. 지난번에 그것말이오. 각하께 보고했습니까?"

그것이라면 군 정보기관 총책임자인 이병렬을 통해 보고한 내용이었다.

"아예, 군 정보기관에서 올라온 것 말씀이지요? D전선-프로젝트 장비 사업 때문에 이스라엘 I사를 방문한 우리 군인들이 교포 로비스트한테 향응과 접대를 받았다는 거…… 그거 보고했으니 육사 몇 기입니까? 한 이십 몇 기 되지요? 대령 몇 사람이 처벌 받았잖아요."

강욱이 단도직입적으로 물었다.

"그때 어디까지 보고하셨습니까? 국방장관 사생활까지 보고하셨습니까?"

"국방장관 사생활이요? 캐더린이라는 그 여자와의……?"

"네."

민정수석이 묘하게 웃으며 말했다.

"그거는…… 그거는 보고 못했습니다. 아니, 안 했습니다. 김 국방장관은 강 부장이 추천하셨으니까 더 잘 아실 것 아닙니까, 공직생활을 사십 년이나 하면서도 한 번도 이렇다 할 문제를 일으킨 적이 없는 분이고, 더구나 이제 정년퇴직할 나이인데…… 그런 것 때문에 불명예를 주기도 그렇고…… 또 무엇보다 그건 배꼽 아래 얘기 아닙니까. 특히 이 바닥에서는 배꼽 아래 얘기는 되도록 안 하는 게…… 하하하."

"사생활 보호 차원에서 보고를 안 드렸다는 말씀입니까?"

"뭐, 딴은 그렇지요. 그런 거는…… 참 뭐 어디다 얘기하기도 남세스러운 거 아닙니까?"

강욱의 얼굴이 달아오르기 시작했다. 가슴 저 밑바닥에서 치미는 무언가가 있었지만, 그는 억지로 그것을 씹어 삼켰다.

분명했다. 대통령은 적어도 캐더린이라는 여자의 실체에 대해서 모르고 있었다. 캐더린은 어떤 방식인지, 또는 누구를 통해서인지 알 수는 없지만, 분명히 대통령까지도 통하고 있었다. 그렇다면 혹시? 강욱은 고개를 흔들었다. 그럴 리는 절대 없다. 대통령이 그녀와?

안기부장 강욱이 박정호를 만난 것은, 청와대 민정수석을 만난 다음날이었다.

조평채를 통해 전해 들은 정보를 조합해보면, 최근 박정호는 캐더린과 갈라섰다. 캐더린이 김기용을 끌어들이면서, 그에게 일방적으로 관계 청산을 통보했다는 것이다. 강욱은 캐더린에 대한 박정호의 증오와 분노가 상상을 초월할 것이라고 짐작했다. 그것이 그가 박정호를 만나는 이유이기도 했다.

강욱이 국방부차관으로 있던 시절, 그는 국방부 국제협력과에서 방위산업전문가로 활동 중이었다. 각국 방산업체들에서 생산되는 제품에 대해 탁월한 식견을 가지고 있었을 뿐 아니라, 외국어 능력 또한 뛰어난 인재였다. 자존심도 강했다.

그가 국방부를 그만두고 캐더린과 손을 잡았다고 했을 때, 강욱은 아쉬움과 함께 캐더린에 대해 일말의 부러움까지 느꼈을 정도였다. 박정호는 그런 인물이었다, 적어도 강욱에게는. 그래서 강욱은 박정호에 대한 관심을 접지 않았고, 최근의 근황까지도 체크하고 있었다. 그러던 중에 박정호가 강욱을 찾아온 것이다. 그것도 캐더린과 절연한 상태로. 캐더린과의 대결이 운명이라면 그 운명은 자신의 편이라고 강욱은 생각했다.

안기부장 강욱의 방으로 찾아온 박정호는, 그가 기억하고 있는 것보다 훨씬 더 늙고 초췌한 모습이었다. 만일 용도 폐기 당한 인간의 전형이라는 것이 있다면, 바로 이런 모습일 거라고 강욱은 생각했다.

"자네가 나를 만나고 싶다고 했을 때, 뭔가 특별히 할 말이 있을 거라는 생각을 했었는데…… 무슨 일인가?"

박정호는 강욱과 눈을 맞추지 않은 채, 낮게 읊조렸다.

"D전선-프로젝트 때문에 프랑스 쪽과 접촉했습니다. 저를 프랑스 T사의 에이전트로 써 주십시오."

강욱이 웃었다.

"허허허. 그런 일을 왜 안기부장을 찾아와서 얘기 하나?"

"비록 안기부장으로 나와 계시지만, 대한민국 군이 지금 누구의 통제 하에 있는지 알 만한 사람은 다 알지 않습니까."

"국방부는 당연히 국방장관의 통제 하에 있는 거지."

"저도 판은 읽을 줄 압니다. 부장님께서, 국방장관을 그대로 장관 자리에 두실 거라고 생각하지 않습니다."

강욱은 본능적인 방어 태세를 취했다.

"그건 대통령 권한이야."

"부장님은 대통령을 움직이는 분 아닙니까."

한동안 눈을 내리깔고 이야기하던 박정호가 다분히 도전적인 눈빛으로 강욱을 바라보고 있었다.

"자네, 많이 변했구먼."

"변했습니다."

변했다는 그의 말에 처절한 비감이 서려 있었다.

"왜 변했나……?"

"그동안 너무 많이 밟혔으니까요."

"누구한테, 캐더린한테?"

박정호는 대답하지 않았다. 그 대신,

"부장님. 저는 개인 라인을 통해 프랑스 T사 측과 접촉했습니다. 그리고 부장님이 그쪽과 접촉하고 있다는 사실을, 잘 알고 있습니다. 명목상이 되겠지만, 저를 T사 에이전트로 써 주십시오."

"자네는 캐더린과 함께 일해 온 것으로 아는데, 그럼 배신하겠다는 말인가?"

순간 박정호의 눈에 스미는 싸늘한 증오를, 강욱은 놓치지 않았다.

"저를 먼저 배신한 건 캐더린입니다. 저는 그저 제 갈 길을 가겠다는 겁니다."

"그걸 어떻게 믿나?"

그럴 줄 알았다는 표정으로 박정호는 두툼한 서류봉투 하나를 내밀었다.

거기에는 캐더린과 김성수가 호텔의 객실에 나란히 들어가는 사진이 들어 있었다. 그뿐만 아니라 P-프로젝트 진행 당시 운용부대가 원했던 감청 장비가 TRW 사에서 E시스템 사의 것으로 바뀌기까지 로비스트 캐더린이 어떤 활동과 역할을 했는지가 상세히 기록되어 있었다.

"사진은 그밖에도 결정적인 몇 컷이 더 있습니다. 그리고 P-프로젝트 분석 자료는, 복사본입니다. 원본은 따로 있습니다."

박정호가 내놓은 정도의 사진은 강욱도 확보하고 있었다.

"이 정도의 자료는, 나도 확보하고 있는데……?"

"그렇습니까? 그럼 이건……."

박정호는 안주머니에서 노란 빛깔의 봉투 하나를 꺼냈다.

"보십시오."

강욱은 잠자코 박정호가 꺼내 놓은 노란색 서류봉투를 열어보았다.

서류봉투에서 나온 A4용지 10장 분량의 내용물을 읽으면서, 강욱의 얼굴에는 서서히 핏기가 가시기 시작했다.

그것은 Y-프로젝트에 강욱 자신이 어떤 식으로 연계되어 있으며, 어떤 비리를 저질렀는지에 관해 조목조목 기록해 놓은 문서였다. 특히 강욱이 그의 인척을 통해 편법으로 도입한 무기의 내막과 그로 인해 받은 리베이트의 사용처도 상세히 적혀 있었다. 그 돈의 대부분은 지난 총선 막바지에 여당 지구당에 총알로 지급된 바 있었다.

어찌 되었던 간에 검찰 조사에서조차 드러나지 않은 사실이, 누군가에 의해서 이처럼 면밀히 기록되었으며 더군다나 그것이 캐더린에게서 나왔다는 사실은, 강욱을 몹시 긴장시켰다. 주변의 누군가가 돈을 받고 정보를 팔지 않았다면, 결코 드러나지 않았을 기밀이었던 것이다. 그런데 왜 그 기밀을 박정호가 가지고 있는 것인가.

"이걸 왜 당신이 가지고 있어? 자료 수집한 장본인이 당신인가?"

"자료를 모아 이 내용을 작성한 사람은 캐더린입니다. 아마 김성수 국방장관 측에 전달되었을 겁니다."

캐더린이라는 말에, 강욱은 고개를 끄덕였다. 충분히 예상할 수 있는 일이었다.

"이것을 내게 주는 이유는?"

"제가 캐더린과 완전히 끝났다는 것을 증명하기 위해서입니다."

강욱은 잠자코 문제의 서류를 차곡차곡 접어 다시 노란 봉투 안에 넣었다. 어느새 그는 냉정을 되찾고 있었다.

그 모습을 바라보며 박정호가 말했다.

"아마 김성수는 곧 그것을 들고 대통령을 만날 겁니다."

"뭐라고! 대통령을?"

거기까지는 정말 생각지도 않은 일이었다.

"캐더린의 의도입니다."

"캐더린이 김성수를 통해 이것을 대통령에게 전달하려 했다?"

"그렇습니다."

"이걸 캐더린이 직접 작성한 거란 말이지?"

"예. 그걸 제가 복사한 겁니다."

"어디서?"

"캐더린의 강남 사무실입니다."

"그런데 이게 확실히 캐더린의 계획인지 내가 어떻게 믿나?"

강욱은 이미 박정호를 믿고 있었다. 그 믿음의 근거는, 박정호의 온몸에서 풍겨 나오는 패배감이었다. 그럼에도 강욱은 한 번 더, 박정호에게 물었다. 자신의 감에만 의지할 수 없는, 말하자면 섣불리 판단할 수 없는 중요한 사안이었기 때문이다.

강욱의 물음에 박정호가 대답했다.

"그 여자는 자잘한 것까지 메모하는 습관이 있습니다. 부장님께서 그 서랍을 뒤져보면 상당히 많은 기밀 메모를 발견하실 수 있을 겁니다."

캐더린의 사무실 서랍에 상당량의 기밀 메모가 들어 있다는 것은, 뜻밖의 정보였다. 강욱은 언젠가 그 메모를 꼭 입수하리라 마음먹었다.

"좋아, 김성수가 청와대엘 간다고 해서 대통령을 바로 만날 수 있는 건 아니고……."

강욱은 그 즉시 조평채에게, 김성수를 밀착 감시하라고 하달했다. 만의 하나 청와대로 들어가는 기미가 보인다면 적절히 따돌리면 될 일이었다.

그런 다음, 제법 느긋한 눈빛을 박정호에게 보냈다. 그가 완전히 자신의 수하로 들어왔다는 확신 때문이었다.

"오늘 우리 박 선생이 좋은 정보를 주셨는데, 이유나 들어보지. 왜 캐더린하고 틀어졌는지."

박정호는 떨리는 손으로 초췌히 담배를 찾아 물었다.

"가장 큰 이유는, 생명의 위협을 느꼈기 때문입니다."

"생명의 위협?"

"그렇습니다. 그 여자가 쥐도 새도 모르게 저를 죽일 수 있다고 했습니다. 충분히 그럴 수 있는 여잡니다."

그 점에 대해서는 일부분 강욱도 공감을 했다.

"저는 그 여자가 두렵습니다."

"뭐가 두려운가?"

"그 여자는 제가 잘 압니다. 마음먹은 일은 무엇이든 할 수 있는 여잡니다. 그 여자…… 만약 이 자료가 나한테서 샜다는 사실을 알게 되면, 제 가족까지 해칠 수 있는 여잡니다."

강욱은 고개를 끄덕였다.

"그래서?"

"저는 복수하고 싶습니다. 제가 T사 에이전트가 되면, 그 여자의 비리가 담긴 자료를 들고 관계자들을 은밀히 만날 겁니다. 만나서 왜 그녀가 로비스트로 있는 이스라엘 제품은 안 되는지 설득시킬 겁니다."

"그리고, 무엇보다 돈도 필요할 거고……."

"그렇습니다."

강욱은 한동안 박정호를 바라보았다. 두려움과 분노에 찌든 얼굴이었다.

강욱은 일단 박정호가 내민 서류봉투를 받아들였다. 그것은 그의 제안을 받아들인다는 의미이기도 했다.

이제 남은 것은 어떻게 이 자료를 이용해 캐더린을 파멸시킬 것인가 하는 문제였다. 그렇게 따져볼 때 박정호는 정말 적절한 시점에 자신을 찾아와 주었다고 강욱은 생각했다.

다음날 강욱은 박정호로부터 받은 사진 몇 장을 챙겨 들고 청와대로 향했다.

그에게서 입수한 사진은 군 정보기관이 국방장관의 사생활이나 뒤쫓느냐는 비판이나 군 정보기관 총책임자가 왜 안기부장에게 그런 사진을 제공하느냐는 의혹에서 강욱을 자유롭게 했다. 적어도 강욱이 군 정보기관을 통해, 국방장관의 사생활을 캤다는 비난을 피해갈 수 있다는 점에서, 박정호의 사진은 매우 유용했다.

게다가 강욱에게는 더이상 지체할 시간이 없었다. 김성수가 Y-프로젝트에 관한 자료를 들고 대통령을 만나기 전에 먼저 그를 제거해야 했다. 김성수가 그 자료를 대통령에게 제시한다고 해서, 대통령이 그의 말을 100퍼센트 신임할 리는 없다. 왜냐하면 대통령은 그동안 강욱을 통해서 김성수를 이해해왔기 때문이다. 그렇다고 해서 이로울 것도 없는 일이었다.

게다가 무엇보다 강욱에게는 캐더린과 관련해 확인해두지 않으면 안 될 일이 있었다.

4

대통령 이기범은 집무실에서 심각한 표정으로 강욱의 보고를 경청했다.

강욱은 그동안 일주일에 세 번 정도 대통령과 독대를 가져왔다. 대통령은 정해진 독대시간을 앞서 찾아온 강욱을 보고 뭔가 화급을 다투는 일이 있을 거라고 짐작했다.

그만큼 강욱에 대한 대통령 이기범의 신임은 절대적이었다.

"김성수 국방장관이 경전투헬기 도입 문제로 무기상 은기호한테 돈을 받은 것은, 공군참모총장으로 재직하던 시절이었습니다."

보고시간은 길지 않았다. 강욱은 평소처럼 핵심이 되는 사실과 예상되는 결과에 대해서만 간략히 보고했다.

강욱의 보고를 듣고 있던 대통령의 표정에 깊은 그늘이 졌다. 특히 이 사실이 야당 측에 들어갔고, 야당이 적절한 시점에 폭로할 것이라는 부분에서는 더욱 그랬다.

"이런 미친……."

대통령의 얼굴이 서서히 달아오르고 있었다. 열을 받기 시작한 것이다.

강욱은 대통령을 격분시키기 위한 시점을 놓치지 않았다.

"그 사실을 접하게 된 것은, 최근이었습니다. 안기부에서는 국회의원 몇 명이 남파 간첩과 접촉해왔다는 첩보를 입수하고, 해당 인물에 대한 도감청을 실시해왔습니다. 그 과정에서 이 사실을 알게 된 겁니다. 야당에서는 정기 국정감사를 이용해 국방장관 건을 터뜨릴 것 같습니다. 야당 입장에서 보면 호재 중의 호재 아닙니까."

대통령은 흥분했다. 너무 흥분한 나머지 국회의원에 대한 안기부의 도감청이 자칫 잘못되면, 정치권에서 문제가 될 수 있는 사안이라는 점까지도 간과했다.

"내 그 친구 그렇게 안 봤는데…… 지금 강 부장의 말대로라면 야당에서 폭로를 하는 거, 그게 문제라고."

"그렇습니다. 대선이 약 일 년 앞으로 다가온 시점입니다. 분명 야당은 정치적으로 파상 공세를 해올 겁니다. 경질이 불가피합니다."

대통령은 고개를 끄덕였다.

하지만 강욱은 대통령의 그런 반응이 국방장관을 경질을 하겠다는 뜻인지 아니면 강욱의 설명을 알아들었다는 뜻인지 정확한 판단이 서지 않았다. 그래서 마지막으로 쐐기를 박아둘 필요가 있었다. 그것은, 두 사람을 한꺼번에 제거해버릴 수 있는, 강욱에게는 그야말로 회심의 카드였다.

"D전선-프로젝트 장비 사업과 관련해서 김 장관은 차마 입에 담기도 민망한 잡음을 일으키기도 했습니다."

"잡음?"

대통령이 흔들리는 시선으로 강욱을 바라보았다.

강욱은 박정호로부터 받은 사진들을 대통령 앞에 내밀었다. 순간 대통령의 동공이 터질 듯 커졌다.

"이게, 뭔가?"

"군 정보기관의 추적 결과 김성수 장관은 이스라엘 I사 로비스트와 내연의 관계인 것으로 밝혀졌습니다. 그래서 일차 평가를 앞두고 ROC를 임의대로 변경했던 겁니다. 물론 내연녀인 로비스트에게 유리하게 하기 위해서였습니다."

"국방장관하고 이 여자가……?"

"민정수석한테 자세한 보고를 받지 않으셨습니까?"

대통령은 강욱과 얽혔던 시선을, 황급히 사진 위로 떨어뜨렸다.

그 사진에는 캐더린, 분명 그녀가 환하게 웃고 있었다. 그것도 자신이 아닌 김성수를 향해.

이기범의 가슴 속에서 끓어오르는 감정, 그것은 분명 질투였다.

"……대강은 받았지. 이스라엘에 갔던 우리 군인들이 거기서 뇌물과 향응을 대접받아서 그에 합당한 조치를 취했다는 것까지만 받았지. 로비스트에 대한 얘기는 내 못 들었다고."

강욱은 초지일관 침착했다.

"이스라엘 I사 로비스트는 교포 여성입니다. 그 여성은 김성수와 내연의 관계였고, 그걸 이용해 국방부의 각종 이권에 개입해 막대한 부당 이득을 챙겼습니다."

강욱은 김성수 국방장관과 로비스트 캐더린의 관계, 정확히는 두 사람의 불륜이 국가 이익에 얼마나 엄청난 손실을 입혔는지를 정확한 데이터와 함께 구체적으로 설명했다. 그것은 박정호가 가져온 자료에 근거한 내용이었다.

대통령은 얼마 전 자신에게 전화를 걸어왔던 캐더린의 목소리를 떠올리며, 가슴 저 밑바닥에서부터 뜨겁게 달아오르는 감정을 느꼈다. 질투와 함께 격심한 배신감이었다.

그녀가 김성수와 내연의 관계였다니…….

"각하……."

강욱은 대통령의 표정 변화를 세심하게 살폈다.

대통령의 얼굴은 시뻘겋게, 정말이지 시뻘겋게 달아올랐다. 대통령 이기범은 약간 대춧빛의 피부라 여간해서는 얼굴빛이 변하는 게 표나지 않는 사람이었다. 그런데 지금은 뒷목덜미까지 붉게 달아오르고 있지 않은가.

캐더린…… 그녀는 대통령과 특별한 관계였던 것이다.

강욱은 자신의 판단이 옳다고 확신했다. 아마도 그가 띄운 마지막 승부수는 파괴적 위력을 발휘할 것이다. 이제 이 정권에서 무기 로비스트 캐더린은 더이상 없다. 강욱의 입가에 승리를 예감하는 미소가 어렸다.

5

"아니! 이게 뭔가?"

부관 윤태영이 전해준 국회 국방위 소속 국회의원 권준의 질의내용을 받아든, 김성수는 한동안 숨을 쉴 수가 없었다.

"국감 중에 이걸 폭로한다는 건가?"

"그렇습니다."

"권준 의원이?"

"예."

"그런데 권준 의원이 하필 이 내용을 왜 국감에서 폭로한다는 건가. 아니…… 그보다 이 내용을 제보한 사람은 누군가?"

"무기상 은기호가 제보한 것 같습니다."

"은기호가 한국에 왔단 말인가?"

"예."

은기호가 한국에 왔다면, 안기부장 강욱의 짓이리라.

김성수는 한동안 말이 없었다. 두려움이 한계에 이르면, 사람은 오히려 마음의 평정을 얻게 된다. 그 평온해진 감정으로, 김성수는 살아날 구멍을 찾았다.

결론은 하나였다. 대통령을 만나야 했다.

김성수는 청와대로 달려가는 내내 입안이 바싹바싹 말랐다.

국방부 내부 문제가 아닌, 안기부장의 비리를 대통령에게 고하기 위해 독대를 요청한다. 아무래도 모양새가 좋지 않았다. 그래도 그에게는 이제 시간이 없었다.

안기부장이 자신에게 가하고 있는 위협이, 구체적인 실체를 드러내고 있었던 것이다.

야당의 권준 의원이 자신에게 보낸 공개 질의서. 거기에는 자신이 CDS 건과 관련해서 교포 출신의 한 무기업자에게 사업권을 넘기기로 약속을 했고, 특히 경선투헬기 도입 문제와 관련해서 그로부터 뇌물을 수뢰했을 가능성이 높다는 의혹이 명시되어 있었다.

결론부터 말하자면, 결단코 그런 일은 없었다. 그렇다면 이건 공작이다. 이런 공작을 꾸밀 사람은 강욱밖에 없다는 것이 김성수의 결론이었다. 자신이 수족처럼 부리던 여비서를 회유해 자신을 도청한 것이 그 증거였다.

그렇기 때문에 공식 라인을 통해 이 보고가 대통령에게 가기 전에, 그가 먼저 알려야했다.

강욱의 미행을 따돌리기 위해, 그는 국방장관의 관용차가 아닌 부관 윤태영 부인 소유의 차를 이용했다. 장관 비서실에서조차 그가 청와대로 가고 있다는 사실을 몰랐다.

예고도 없이 청와대로 들어온 김성수 장관을, 비서실장은 뜨악한 눈으로 바라보았다.

"무슨 일이십니까? 각하를 면담하실 예정이었다면 비서실로 미리 연락을 하셨어야지요."

그가 대통령을 독대하려는 명목상의 이유는 군의 가을 정기 인사안이었다.

"국방부 내부 문제입니다. 급박한 일입니다."

"급박한 일이요? 잠깐만 여기서 기다리십시오. 마침 다른 보고가 있어서 집무실에 들어가던 참인데, 각하의 의중을 여쭤보겠습니다."

비서실장이 대통령 집무실에서 돌아온 것은, 약 30분이 지난 후였다.

"들어가 보십시오."

마침 대통령은 비서실장이 올린 자료를 검토 중이었다.

"무슨 일이오?"

김성수는 대통령이 무척 피곤해보인다고 생각했다. 대통령의 심신이 편치 못한 상황에서, 군 정기 인사안을 확정 받아야 하고, 또 강욱에 관한 보고를 해야 한다는 사실이 다시금 그를 부담스럽게 했다. 그러나 그는 지금 생과 사의 기로에 서 있었다.

"보고드릴 일이 있어서……."

"무슨?"

"국방부 정기 인사 안입니다."

"국방부 정기 인사 안?"

김성수는 자신을 바라보는 대통령의 눈에서 싸늘한 분노를 읽을 수 있었다. 그러나 그 원인을 알 수 없었다. 김성수는 불안했다.

"거 놓고 가시오. 때가 되면 말 안 해도 내가 부를 텐데 그게 그래 급했어요?"

전혀 예상치 못한 반응이었다. 적어도 가을 정기 인사안을 내놓으면, 대통령은 듣기라도 해야 했다. 그러면 자연스레 군 정기 인사안에 거론된 인물들의 면면에 대해 보고하고, 그 다음 안기부장 강욱의 국방부에 대한 인사 전횡에 대해서 설명할 생각이었다.

김성수는 당황했다.

"저기 그게 아니라…… 사안의 급박성 때문에……."

"놓고 나가라니까!"

대통령의 목소리에 서슬 퍼런 날이 서 있었다. 한 번도 접해보지 못한 통렬한 분노였다.

뭔가 있다. 그런데 그것이 대체 뭐란 말인가. 아니, 지금 대통령은 그냥 나가라고 하지 않는가. 그렇다면 지금 이대로 물러나야 한단 말인가. 이대로 물러나면 끝인데…… 채 정리되지 않은 생각들이 중구난방으로 튀어나와 김성수의 머릿속을 어지럽혔다.

김성수는 다시 한번 더 주춤거리는 자세로, 대통령을 바라보았다.

자신을 바라보는 대통령의 눈빛은, 어린 시절 발바닥의 피를 철철 흘리게 만들었던 해변에 버려진 유리 파편처럼 날카롭고, 아팠고, 섬뜩했다.

김성수의 손끝으로 뭔가가 스르르 빠져나갔다. 김성수는 허리를 굽혀 대통령에게 인사한 다음, 황망히 집무실을 빠져나올 수밖에 없었다. 그의 가슴속으로 허탈함이 밀려들었다. 그리고 그 허탈함은 그의 무릎 관절에서 힘을 앗아가버렸다. 그는 어디든 주저앉고 싶었다. 나중에야 자신이 추천할 인사들의 면면에 대해서 대통령에게 전혀 설명하지 못했다는 생각이 들었다. 김성수는 파도와도 같은 음모가, 이미 자신에게 몰려오고 있음을 그 순간 직감했다.

한편 김성수가 청와대를 다녀갔다는 소리를 전해들은 강욱은 만족스러운 미소를 지었다. 적절한 타이밍이었다. 자신이 청와대를 다녀간 지 채 1시간도 지나지 않은 때였다. 아직 대통령의 진노가 시퍼렇게 살아있었을 것이다. 신기하게도 대통령은 그런 와중에도 김성수를 면담했다. 대통령으로서, 아니 남자로서 대단한 인내심이 필요한 시간이었을 것이다.

강욱이 그렇게 깊은 상념에 빠져 있는 동안 속보가 나왔다. 내용은 '국방장관 김성수 경질'이었다.

김성수에 대한 폭로는 국회 국방위의 국방부에 대한 국정 감사 과정에서 터졌다.

얼마 전 경질된 김성수 국방장관이 공군참모총장으로 있던 시절, F16 전투기 부품 구매 기밀을 미국 시민권자인 교포 무기상에게 유출했던 사실을 국방부에서는 파악하고 있는가, 만약 파악하지 못하고 있었다면, 이제라도 검찰에 사건을 전면적으로 의뢰할 용의가 있는가 하는 질문들이 이어졌다.

율사 출신인 권준의 지적은 매서웠다. 일제히 그를 향해 플래시를 터뜨리는 국정 감사장의 카메라들을 바라보는 권준의 표정은 단호하고 엄정했다. 정치적 재기를 노리는 그의 눈빛은 카리스마로 번들거렸다.

정부 여당에 타격을 가할 수 있다는 정치적 호재 외에도 이 건은 그에게 적지 않은 의미가 있었다. 그가 아직 건재하다는 사실, 즉 성공적인 정치적 재기를 국민들에게 알릴 수 있는 절호의 기회였다. 그러나 한계는 분명 있었다. 이미 대통령 이기범은 국방장관을 전격 해임한 뒤였다. 그 때문에 이기범의 매서운 공세는 확실히 맥이 빠져보였다.

강욱은 오랜만에 이병렬 군 정보기관 총책임자를 만나 점심을 했다. 메뉴는 서초동 일대에서 유명한 복지리였다.

평소 낮술을 거의 하지 않는 강욱이지만, 이날만은 달랐다.

"신임 국방장관이 올린 인사안에 대통령께서 재가를 하셨다고요?"

이병렬이 정종을 한 잔 따르며 나즈막이 물었다.

"신임 장관이 올린 인사 안이야, 대한민국 군에서 필요한 사람을 필요한 자리에 천거한 거니까."

"김성수 쪽 인맥이 완전히 청산되었더군요."

강욱이 이번에는 이병렬에게 잔을 권했다.

"당연히 그래야겠지……."

강욱은 만감이 교차했다.

사조직 출신이 아니라는 이유로 전 정권에서 철저히 소외받던 그에게 김성수는 비교적 우호적인 군 인사였다. 게다가 그는 군 내부에 개인 인맥도 없었다. 새 정부가 들어서고 국방장관 자리에서 물러나면서, 강욱이 후임으로 그를 강력하게 추천한 것은 그런 이유에서였다.

그런데 김성수는 국방장관이 된 후, 철저히 강욱을 배반했다. 군부 내 강욱의 사람들을 잘라내고, 거기에 자기 사람을 심어서 독자적인 길을 가려 했다. 그리고 김성수가 그렇게 자신을 배반하게 된 배후에는 무기 로비스트 캐더린이 있었다.

"D전선-프로젝트 이차 평가가 얼마 남지 않았는데…… 적절한 시기인 셈이군요."

이병렬이 웃었다. 강욱도 따라 웃었다. 두 사람은 말은 하지 않았지만, 같은 생각을 하고 있었던 것이다.

D전선-프로젝트의 2차 평가를 얼마 남겨놓지 않은 시점에 김 국방장관이 경질되었다. 그것은 D전선-프로젝트 사업체 선정 과정에, 김 국방장관의 의중이 전혀 반영될 수 없다는 뜻이었다. 그리고 D전선-프로젝트 사업체 선정을 위한 2차 평가가 강욱의 의중대로 이루어지리라는 의미이기도 했다.

이제 이것으로 캐더린은 더이상 대한민국 군의 무기 도입 사업에 참여할 수 없게 될 것이다.

"이스라엘은 애초부터 자격이 없었어. 그걸 김성수가 억지로 밀어붙였으니, 탈락이 당연한 거지."

잠시 고개를 끄덕이던 이병렬이 화제를 바꾸었다.

"참, 이번에 야당에서 꽤나 세게 나오던데, 검찰에서 김성수에 대한 수사에 들어가는 거지요?"

"대검 중수부에서 하게 되겠지."

대검중수부장. 특별히 사석에서 우의를 다진 적은 없지만, 성향으로 볼 때 그는 강욱과 같은 코드를 가진 인물이었다.

"대검중수부장이 누굽니까, 천하의 불도그 아닙니까, 불도그."

"하하하. 그 친구 별명이 불도그였지, 참."

중수부장의 양 볼은 불도그처럼 축 늘어져 있었다. 그래서 검찰에서 붙여진 별명이 불도그였다. 하지만 그에게 그런 별명이 붙은 이유는 따로 있었다. 서울지검 특수부에서 근무하던 시절부터 그는 한 번 문 사건이면 여간해서 놓지 않는 것으로 유명했다. 사건을 끝까지 파헤치고 그 뼈가 드러날 때까지 물고 늘어졌다. 그래서 붙은 별명이 바로 불도그였던 것이다.

김성수 사건은 아마 대검 중수부에서 맡게 될 것이다. 그리고 있는 비리 없는 비리 모두 드러나, 결국은 뼛속까지 발겨지게 될 것이다. 이것으로 김성수는 끝이다.

강욱은 슬쩍 손목에 차고 있던 시계를 들여다보았다.

같은 시간, 김포공항에서는 사건을 터뜨린 당사자인 은기호가, 유유히 북경 행 비행기에 몸을 싣고 있었다. 그가 기소중지자 신분이라는 점에 주목하는 사람은 아무도 없었다.

7장

진검승부

1

맥도널더글라스 사. 1939년에 설립된 맥도널 에어크래프트 사(McDonncll Aircraft Company)와 1921년에 설립된 더글러스 사(Douglas Company)가 1967년 합병하여 탄생한 방산업체다. 캐더린은 맥도널더글라스 본사가 있는 세인트루이스를 방문, 군수산업 분야 담당자인 폴을 만나고 있었다.

예전에 캐더린은 맥도널더글라스의 로비스트로 중동 쪽에 항공장비를 판매한 적이 있었다. 그때 함께 일을 진행했던 폴은, 이제 맥도널더글라스 사의 중역이 되어 있었다. 그는 캐더린에게는 중요한 인물이었다.

"대단한 일이군요. 맥도널더글라스와 보잉이 합병한다니……."

그 즈음 세계 항공업계는 일대 지각변동을 맞이하고 있었다. 민간 항공 부분의 선두주자인 보잉 사가 군수 전문 업체인 맥도널더글라스 사에 대한 인수 계획을 가지고 있다는 사실이 외부로 알려지기 시작한 것이다.

"전략적 제휴라고 봐도 되고…… 어쨌든 우리로서도 생존을 위한 거니까. EU 4개국이 연합한 에어버스의 추격이 사실은 부담스러운 일이고…… 컨티넨탈이나 델타, TWA…… 이런 곳에서도 이제 에어버스 제품의 항공기를 수입합니다. 결과적으로 미국 항공 시장의 삼분의 일을 유럽에 뺏기는 게 되니까 뭔가 돌파구를 마련해야 할 시점이 된 거지요."

"두 회사가 합치게 되면 잉여 인력만도 엄청나겠군요. 보잉만 해도 종업원 수가 이십만 명이 넘어간다고 하던데?"

"합병 이후에도 특별한 감원 계획은 없습니다. 아마 대외적으로 보잉이라는 이름을 쓰겠지만, 맥도널더글라스는 지금처럼 군수산업 분야의 핵심 역할을 계속 맡게 될 겁니다."

"그럼 한국의 FX와 관련해서는……?"

"지금까지 해온 대로 하면 되겠지요. 합병이 되서 보잉 사가 된다고 하더라도, 당분간 맥도널더글라스 사의 시스템은 그대로 유지가 될 겁니다. 지금 계획으로는 맥도널이란 명칭은 군수산업에, 더글라스라는 명칭은 일부 여객기에 계속 남아 있게 될 것 같습니다. 캐더린 당신은 종전처럼 군수산업 담당자인 나를 상대하면 됩니다."

폴이 웃었다.

"그럼 한국 정부의 FX 건에 관한 한, 기존 시스템이 그대로 유지된다는 뜻으로 이해해도 되나요?"

"그렇다고 봐야겠지요."

캐더린은 고개를 끄덕였다.

"그리고 저 한 가지만 더 여쭤볼게요. 만약 맥도널더글라스와 보잉이 합병된다고 하면, 본사를 보잉 사가 있는 시애틀로 옮기게 되나요?"

"글쎄요. 그건 아직 모르겠습니다."

"만약 시애틀로 옮기게 된다면, 여기 세인트루이스에 있는 맥도널더글러스 사의 생산 라인은 어떻게 되는 건가요?"

"글쎄요……."

폴이 생끗 웃었다. 그가 말을 아끼는 이유를 캐더린이 모를 리 없었다.

"미 의회에서도 F15 전투기의 조기 도태 문제가 심각하게 거론되고 있지 않습니까. 만약 미 공군이 추가 주문을 하지 않는다면……?"

폴은 입을 닫았다. 그렇게 된다면 아마도 F15 전투기의 생산 라인은 고철더미가 될 것이다. 캐더린은 말을 이었다.

"제가 파악하기로 미 공군은 2010년까지는 F15E의 전력을 유지하기는 할 겁니다. 그러나 그 이후부터는 단계적으로 F15E를 F22랩터와 JSF로 대체해 나가게 되고, 결국 2018년이 되면 F15E는 미 공군에서 더이상 필요 없는 전투기가 될 겁니다. 그렇게 되면 부품 생산은 중단되는 건데…… 그럼 한국은 어떻게 되는 겁니까? 한국이 F15 전투기를 들여가면 적어도 2035년까지는 주력 기종이 될 텐데…… 2018년 미국이 부품 생산을 중단한다면……."

폴이 웃었다.

캐더린은 그를 잘 알고 있었다. 폴은 E시스템 사의 마이크와는 달리 섬세한 면이 있는 남자였다. 한때는 첼리스트가 꿈이었다고 들었다. 몇 년 전, 캐더린은 그와 함께 로마의 아크로폴리스 광장에서 있었던 야니의 공연에 함께 갔었다. 그때 그는 눈물을 흘렸다. 그런 그가, 세계적인 방산업체에서 무기 판매를 담당하고 있다. 음악과 무기…… 그는 극단의 아이러니를 무난히 소화해 높은 성공률을 올리는 인물이었다.

그의 성공률이 높은 이유는, 모든 거래에서 윈-윈의 전략을 기본으로 하기 때문이었다. 그는 냉철하지만, 동시에 섬세했다. 그리고 그것이 캐더린과 잘 통했다.

지금 캐더린과 폴, 두 사람은 같은 생각을 하고 있었다.

캐더린이 말했다.

"시애틀에서 고철더미의 운명을 맞게 될는지도 모를 F15의 생산 라인을 한국 측에 넘기십시오. 그럼 한국이 F15를 들이는데 부담이 되는 부품 문제를 해결할 수 있을 거고, 보잉 측은 이 생산 라인에 대해서 한국 측으로부터 제값을 받을 수 있을 겁니다."

"건의해보겠소."

폴이 손을 내밀었다. 캐더린은 그의 손을 마주잡았다.

좋은 조건이 될 수도 있었다. 캐더린은 FX사업의 로비스트가 되면 그 문제에 주력해볼 생각이었다.

"현재 FX와 관련해서, 맥도널더글러스에서 접촉하고 있는 한국 측 로비스트는 대략 몇 명 쯤 됩니까?"

폴이 웃었다.

"그건 대외비인데……."

"열 명 넘나요?"

"대략 그 선으로 보면 될 겁니다."

"그 안에…… 혹시 장도춘이라고 있습니까?"

"글쎄요."

"있는지 없는지만 확실히 말해주세요!"

"없습니다. 그런 이름은……."

장도춘이 없다. 이상했다. 분명히 권준은 장도춘이 움직인다고 했다. 그런데 없다니…… 권준이 그녀에게 잘못된 정보를 전해주었을 리는 없다. 그렇다면 장도춘은 다른 누군가와 연합했거나 다른 이름을 쓰고 있을지도 모른다.

그러나 한국 측의 로비스트 지원자가 누구인지, 지금 모두 알아낸다는 것은 불가능한 일이었다.

"그렇다면 맥도널더글러스 사에서는 누구를 로비스트로 선정하면 유리할지 저울질하는 중이겠군요."

"허허허."

폴이 다시 웃었다. 긍정의 의미였다.

"한국은 얼마 뒤 대통령 선거가 있을 예정입니다. 누가 정권을 잡는가에 따라 달라지기는 하겠지만, 우리는 캐더린 당신의 가능성에 대해서도 크게 주목하고 있습니다."

이번에는 캐더린이 웃었다. 폴은 간접적으로 그녀에게 가능성이 있음을 시사한 것이다.

캐더린이 세인트루이스에서 LA로 돌아온 얼마 뒤였다.

김기용이 이메일을 보내왔다.

D전선-프로젝트의 사업자로 프랑스 T사가 유력하다는 내용이었다. 특히 국방부는 2차 평가를 앞두고 ROC를 대폭 수정했는데, 그것이 결정적으로 프랑스 T사에게 유리하게 작용했다는 것이다. 1차 평가에서 우수한 성적을 거두었던 이스라엘은 아예 2차 평가에 제외되었다고 했다.

캐더린은, 적어도 D전선-프로젝트에서는 강욱에게 졌다는 사실을 인정해야 했다. 강욱이 은기호를 불러들이면서 어느 정도 예견된 일이었다. 그것은 캐더린에게 뼈아픈 일이었다.

국방장관이 바뀌었고, D전선-프로젝트의 2차 평가 ROC가 바뀌었다. 그리고 그 바뀐 ROC는 강욱과 관련된 프랑스 T사에 결정적으로 유리했다.

그녀의 온몸에 퍼져 있는 세포들이 승부욕으로 가닥가닥 일어났다. 강욱에 대한 원천적 승부욕. 그것은 거의 살의에 가까웠다.

2

캐더린이 다시 한국으로 돌아온 것은 이듬해 초였다.

경기도 오산에서 열리는 세계 에어쇼에 참석하기 위해서였다.

일반적으로 에어쇼 장에는 세계 유수 방산업체들이 부스를 설치해 놓고 자사 제품 홍보에 열을 올리기 마련이었다. 그리고 그 자리에는 주최국의 국방부 주요 인사들은 물론이고, 무기 로비스트, 에이전트 등 무기와 조금이라도 관련된 사람들은 거의 다 모이게 된다.

캐더린 역시 정식 초청장을 받았다. 그러나 캐더린이 귀국 직후 찾아가기로 마음먹은 곳은, 뜻밖에도 대전에 있는 계룡대였다. 나름의 꿍꿍이가 있었던 것이다.

캐더린이 계룡대에 가겠다고 하자, 김기용은 펄쩍 뛰었다. 캐더린의 의도를 간파했던 것이다.

"이미 그 문제는 결판이 난 겁니다. 이제 와서 거길 가봐야 아무 소용도 없다고요."

D전선-프로젝트 사업자로, 이미 프랑스 T사가 결정되었다. 그런 마당에 계룡대에 가서 무엇을 어쩌자는 건가. 이득 될 게 하나도 없는 일이라는 게 김기용의 판단이었다. 그리고 그 판단은 합리적이었다. 그 점은 캐더린도 잘 알았다. 영리한 로비스트는 포기해야 할 것은 깨끗이 포기할 줄 알아야 한다. 그러나 이 일만은 그것이 말처럼 쉽지 않았다.

그녀는 잔뜩 독이 오른, 검푸른색의 가느다란 독사와도 같았다. 누군가를 물지 않으면 그 독으로 자신이 죽을지도 모르는.

"김 장군님. 내가 예상 못 한 것은 아닙니다. 그런데도 도무지 참을 수가 없어요. 보세요, 지금 프랑스로 결정된 건 뭡니까. 강욱의 의도대로 된 거 아닙니까?"

김기용이 한 호흡 낮추었다.

"그건 그렇지만, 지금 계룡대에 가서 뭘 어쩌겠다는 겁니까? 이미 다 끝난 것을요."

"T사 제품에 어떤 문제가 있는지 김 장군님이 몰라서 그런 겁니까? 세상에 자기들 입맛에 맞게 ROC를 바꾸는 개 같은 경우가 어디 있습니까? 내가 계룡대에 가서, 담당 실무자를 만날 겁니다. 만나서 도대체 너희가 무기 시스템에 대해서 뭘 아느냐, 뭘 알기에 ROC에 이런저런 게 들어가야 한다고 건의를 올렸냐고 물을 겁니다, 내가!!"

"담당 실무자가 그런 건의를 올린 건, 다 위에서 누르니까……."

"국방장관도 아닌 새끼가 내리누른다고 그런 결정을 합니까? 그것도 좆 달고 있는 새끼가!"

금방이라도 실핏줄이 터져 나올 것 같은 캐더린의 동공을 마주보며, 김기용은 포기했다. 이쯤하면 누구도 막을 수 없다는 것을, 그는 캐더린과 함께 일한 길지 않은 시간 동안 체득했다.

이런 강한 승부욕과 독한 근성이 오늘의 그녀를 만들었을 것이다. 그러나 김기용은 씁쓸했다. 지금 그녀가 진행 중인 거래가 비단 D전선-프로젝트만은 아니었던 것이다.

현재 제품을 만드는 일로 P-프로젝트 운용부대와 E시스템 사 사이에는 마찰이 있었다. P-프로젝트 사업단 쪽에서 원하는 제품의 수준을, E시스템 사에서 보장해주지 못하겠다고 한 것이다. 최악의 경우, 사업단 쪽에서는 사업 중단을 건의할 수도 있다는 말까지 흘러나왔다.

로비스트인 캐더린은 끝난 거래에 대해 손을 떼겠다고 하면 그뿐이지만, 김기용은 실무를 맡고 있는 에이전트였다. 만약 P-프로젝트가 중단되기라도 한다면, 경제적인 손실이 있을지도 모른다. 경제적 손실은, E시스템 사 로비스트로 일하는 동안에도 충분히 입었다. 김기용은 그것을 피하고 싶었다. 그 때문에 김기용은 초조했다. 그러나 캐더린은 무슨 생각에서인지 그의 초조함을 무시했다. 아마도 그녀는 어떤 형태로든 강욱을 응징하려 할 것이다. 그리고 그것이 끝나야 비로소 자신이 해야 할 일에 눈을 돌릴 것이다.

캐더린은 지금, 상처받은 승부근성 때문에 동물처럼 울부짖고 있는 거라고 김기용은 생각했다.

계룡대로 출발하기 전, 캐더린이 제일 먼저 한 일은 의상을 갈아입는 것이었다.

그녀는 집 근처에 있는 청담동 아르마니 매장의 담장 매니저에게 연락해, 지금 들어와 있는 정장 가운데 가장 길이가 짧은 미니스커트를 가져오게 했다. 캐더린을 담당하고 있는 매니저는 그녀의 치수를 정확히 알고 있었다. 고객의 치수를 정확히 안다는 것은 달리 말하면 고객의 취향을 정확히 이해한다는 뜻이기도 했다.

매니저는 채 한 시간도 지나지 않아서 검정색 정장을 가져왔다. 상의는 몸매의 굴곡을 드러낸 고전적 스타일이었지만, 치마는 몹시 짧았다. 엉덩이 하단으로부터 20센티미터 정도 길이에 왼쪽 치마 끝은 한 뼘 정도 위로 트여 있었다.

캐더린은 의상에 맞추어 검은색 그물 스타킹을 신고 거울을 봤다.

전체적으로 검은빛이 도는 탄력 있는 피부에 새빨간 입술, 풍성한 긴 머리가 캐더린의 외향적 특징이었다. 그 머리에 장미라도 한 송이 꽂으면, 마치 영화에서 집시 춤이라도 추다가 금방 뛰쳐나온 무어 풍의 여인 같았다.

그런 분위기를 지닌 그녀가 모던한 느낌의 검은색 초미니스커트 정장을 입은 모습은 독특했다.

캐더린은 펄이 잔뜩 들어간 아이섀도를 이용해 눈 화장을 했다. 전체적으로 연두색을 펴 바르고 짙은 초록으로 눈 꼬리 부분을 마무리했다. 그리고 눈 화장에 맞추어 와인빛 볼터치로 광대뼈를 강조했다. 캐디린의 화장은 어딘지 모르게 어색했고, 뭐라고 이상한 부분을 딱 꼬집어낼 수 없을 만큼 독특했고, 요란했다.

요란한 화장을 마친 캐더린은, 물결처럼 출렁이는 검은색 퍼머머리를 휘날리며 계룡대로 향했다.

캐더린이 계룡대에 도착한 시간은, 오후 5시가 조금 지나서였다.

검은색 초미니스커트 차림의 중년 여성이, 적의가 이글거리는 눈빛으로 계룡대의 복도를 지나자, 적잖은 군인들이 그녀를 주시했다.

캐더린은 거침없는 걸음걸이로 곧바로 김 중령의 방으로 향했다. 대대장인 그는 상부의 명령을 수행하는 입장이었지만, 실무선에서 그가 가지고 있는 상징적 의미는 분명 존재했다.

그녀가 사무실의 문을 열었을 때, 관련 사무를 보는 행정병이 황당하다는 표정으로 자리에서 발딱 일어났다. 그는 무기 로비스트 캐더린을 알고 있었다. 에어쇼를 비롯한 국방부의 이런저런 행사에 대대장을 수행하면서 안면을 익혀두었던 것이다.

캐더린이 곧장 다가와서 물었다.

"대대장님, 지금 안에 계시죠?"

행정병은 대단한 기세로 서 있는 캐더린 앞에서 약간 주눅 든 모습이었다.

"그렇습니다만, 사전에 약속이 있으셨습니까? 저는 지시받은 바가 없어서 그럽니다."

너무도 당당한 캐더린의 태도에, 그는 자신이 파악하지 못한 뭔가가 있는 것은 아닌가 하는 생각을 했다.

"사전에 아무 약속도 하지 않았습니다."

"아, 그렇습니까."

사전에 아무런 약속도 하지 않은 무기 로비스트가 대대장을 찾아온다는 것은, 아무래도 께름칙한 일이었다. 그래서 행정병은 일단 그녀를 제지했다.

"사전 약속은 없었지만, 오늘 꼭 만나야 합니다. 안에 계시죠?"

캐더린은 밀고 들어갈 기세였다.

행정병은 일단 그녀를 진정시켰다. 보고 없이 그녀를 안으로 들일 수도 없었고, 더구나 대대장은 중대장인 김 대위와 면담 중이었다.

"안에서 중대장님과 면담 중이십니다."

"그래요? 언제 끝나나요?"

"한 시간 정도 걸릴 것 같습니다. 그리고 그밖에 다른 일정이 잡혀 있는데…… 대대장님과 사전 약속 없이 이렇게 불쑥 찾아오셔서 면담을 요청하는 건 곤란합니다."

행정병은 난감한 표정이었다.

캐더린이 이미 예상했던 반응이었다. 그녀는 사무실 한쪽에 마련되어 있는 소파에 주저앉았다. 그런 다음 숄더백 안에서 필터가 가느다란 던힐을 꺼내 피우기 시작했다.

"일정이 정 바쁘시면, 오늘 대대장님 일정이 끝날 때까지 여기서 기다리지요. 퇴근은 하실 것 아닙니까."

사무실 안에 있는 다른 직원들이 캐더린을 힐끔거리기 시작했다. 캐더린은 그들의 시선을 의식하며, 왼쪽 다리를 오른쪽 다리 위에 포갰다. 그러자 스커트 왼쪽의 한 뼘 정도 터진 부분으로 그녀의 허벅지가 훤히 들여다보였다. 대대장 면담을 위해 그 방에 들어온 다른 군인들도 그녀를 흘끔거리기 시작했다. 사무실 안에 묘하고 약간은 우스꽝스러운 긴장감이 흐르기 시작했다. 군에서는 여간해서 찾아보기 힘든 캐더린의 기상천외한 모습에, 군인들은 시선 둘 곳을 몰라 하면서도, 호기심 어린 끈끈한 눈빛들을 굳이 감추려 하지 않았다. 캐더린은 그런 시선들을 전혀 개의치 않았을 뿐 아니라, 오히려 즐기고 있었다. 그녀가 선택한 대한민국 국방부에 대한 조롱의 방법이었다. 그녀는 비서실 한쪽에 마련된 의자에 고집스럽게 앉아, 줄담배를 피우기 시작했다.

행정병은 난감했다. 하는 수 없는 일이었다. 그는 캐더린이 밖에 와서 기다린다는 메모를 써서 대대장의 방 안으로 들어갈 수밖에 없었다.

대대장은 행정병이 내민 메모를 읽어보고는, 정말 의외라는 눈빛으로 말했다.

"그 여자가 웬일이래?"

"저도 잘은 모르겠습니다만, 지금 밖에서 기다리고 있습니다."

"나는 그 여자 만날 일이 없는데? 무슨 일이지?"

"무슨 용무인지 말하지는 않았습니다만, 오늘 꼭 대대장님을 만나야겠다고 버티고 있습니다."

대대장은 아무리 생각해도 짚이는 게 없었다. 그 여자가, 무기 로비스트 캐더린이 왜 대전 계룡대까지 내려와 자신을 찾는단 말인가.

"기다리라고 해."

대대장은 심상히 말했다.

대대장과 중대장의 면담은 그 이후에도 한 시간가량 계속됐다. 그동안 비서실 소파에 앉아 있는 캐더린은 전혀 미동이 없었다. 다리가 저릴 법도 한데 여전히 왼쪽 다리를 오른쪽 다리 위에 포갠 채, 줄기차게 담배를 피우고 있었다. 볼 일이 있어서 그 방에 들렀던 군인들은 여전히 그녀를 흘끔거렸고, 개중에는 캐더린을 대대장의 외상값을 받으러 온 술집 마담쯤으로 생각하는 사람도 있었다. 호기심을 이기지 못한 사람들 가운데 몇 명이 은근슬쩍 행정병에게 캐더린에 대해서 물어오기 시작했다.

그는 더이상 그녀를 비서실 소파에서 기다리게 할 수 없었다. 사태가 예상치 못한 방향으로 돌아가고 있었던 것이다. 마침내 행정병은 다시 메모를 써서 대대장의 방으로 들어갔다. 메모에는 '캐더린이 벌써 두 시간째 기다리고 있습니다. 옷차림 문제도 있고, 그만 해결하시는 게 좋을 것 같습니다'라고 씌어 있었다.

대대장은 행정병이 내민 메모를 한동안 들여다보았다. 옷차림의 문제가 있다는 글귀가 도무지 이해되지 않았다.

"이봐, 이게 무슨 소리야?"

그가 물었다.

"짧은…… 초미니스커트를 입고 왔는데, 오가는 사람들의 눈도 있고……."

중년 여성이 초미니스커트를? 게다가 계룡대에 대대장을 면담하러 오면서 초미니 스커트를 입고 오다니! 그리고 치마가 얼마나 짧기에 부관이 옷차림의 문제가 있다고까지 한단 말인가. 대대장은 그제야 자리에서 일어났다.

자신의 방을 나선 대대장은 너무 놀란 나머지 턱이 빠질 것 같았다.

캐더린이, 그것도 사십대 중반을 훌쩍 넘긴 여자가 손수건만한 미니스커트를 입고 비서실 한구석에 앉아 담배를 피우고 있지 않은가. 게다가 그녀가 신고 있는 성긴 그물 스타킹 사이사이로 허연 허벅지가 적나라하게 드러나 있었다. 그뿐이던가. 이쪽을 보며 손을 들어 웃어 보이는 그녀. 시퍼런 눈두덩과 검은 아이라인, 붉디붉은 입술.

대대장은 얼굴이 화끈 달아오르는 것을 느꼈다.

"언, 언제 나오셨습니까?"

캐더린은 대대장을 발견하고 자리에서 일어났다.

장시간 같은 자세로 앉아 있었던 탓에 그녀는 일어나면서 약간 삐끗했지만, 이내 허리를 곧추세우며 말했다.

"얼마 안 되었어요. 한 두어 시간 기다렸는데…… 급한 일은 다 보셨습니까?"

대대장과 마주 선 캐더린의 모습은, 누가 봐도 밀린 외상값을 받으러 온 술집 마담이었다. 그리고 벼슬을 잔뜩 세운 싸움닭의 기세였다.

대대장은 몹시 당황했다.

"네, 네. 많이 기다리게 해서 죄송합니다. 일이 좀 남아 있기는 합니다만, 여기서 잠시 기다리시겠습니까. 안의 일이 끝나면 바로……."

대대장은 훠이훠이 안으로 들어간 뒤, 일단 면담 중인 중대장을 돌려보냈다.

중대장이 돌아가자마자 캐더린은 대대장의 방으로 들어와 앉았다.

가까이서 보니, 캐더린의 모습이 정말 가관이었다. 사십대 중반 여성의 차림이라고는 도저히 믿기지 않는 모습이었다. 대대장은 캐더린의 이런 모습은 처음이었다. 국방부 공식 석상에서 안면을 익혔던 그녀는 항상 단정한 정장 차림의 단아한 모습이었다. 장소에 따라서 화려한 실크 원피스를 입은 모습을 보기도 했지만, 그렇다고 의상이 그녀의 품위를 손상시키는 일은 없었다. 간혹 나이에 걸맞지 않게 굵게 웨이브가 들어간 긴 머리를 늘어뜨릴 때도 있었지만, 풍성한 굴곡을 가진 그녀의 몸매와 어울려 오히려 특별한 매력을 발산하곤 했었다. 그래서 이런 모습의 캐더린은 대대장에게는 생소하고 더 나아가 황당했다.

"D전선-프로젝트와 관련해서 말인데요, 이차 평가를 얼마 앞두고 ROC가 바뀌었더군요. 프랑스 T사를 위해서 그런 거죠?"

옷차림만 보자면, 지난번에 처먹은 외상값 언제 갚을 거야, 새끼야 정도는 나와 줘야 할 것만 같았다. 그런데 짧은 치마가 주는 도발적 이미지와는 달리, 그녀의 목소리는 차분하고 이성적이었다. 목소리 톤과는 상관없이 대대장은 도무지 캐더린과의 대화에 집중할 수가 없었다.

"그것 때문이라면……."

황망한 와중에, 대대장은 캐더린이 자신을 찾아온 이유를 짐작할 수 있었다.

D전선-프로젝트의 2차 평가를 얼마 앞둔 시점에 ROC가 바뀌었다. 그리고 그것이 프랑스 T사에게 결정적으로 유리하게 작용했다는 것은, 국방부 안에서 알 만한 사람은 다 아는 사실이었다.

지금 캐더린은 책임자인 자신에게 그것을 따지러 온 게 분명했다. ROC만 중간에 바뀌지 않았다면, 그녀가 로비스트로 있던 이스라엘 제품이 최종 사업자로 선정될 확률이 높았을 테니 말이다.

"대대장님, 도대체 프랑스 T사의 그 제품이 어떤 건지, 그 성능 말입니다. 알고는 있으신가요?"

캐더린이 정색을 하고 또박또박 물었다.

대대장은 곤혹스러웠다. D전선-프로젝트와 관련한 이야기를 하기에는, 캐더린의 복장이 너무 신경 쓰였다.

캐더린의 허연 허벅지로 자꾸 내려가는 시선을 겨우 붙잡으며, 대대장이 말했다.

"그것은 국방부 안에서 충분한 토의와 합의를 거쳐서 나온 겁니다."

한쪽 입술만 잡아당겨 웃는 특유의 냉소적인 웃음이, 그녀의 입가에 잠시 머물렀다.

"국방부 안의 토의? 허! 그건 말입니다. 강욱 안기부장의 작품이에요. 토의니 뭐니 그건 다 요식 행위란 말입니다, 아시겠어요? 도대체 한 국가의 감청 장비와 그것을 탑재할 차량을 구입하는 일인데, 성능이 검증되지도 않은 제품을 들인다는 게 말이나 됩니까?"

캐더린의 공격은 신랄하고 집요했다. 그녀의 말 가운데는 인정할 수밖에 없는 부분도 많았다. 대대장은 답변이 곤궁했다.

게다가 대대장을 노려보며 엄청난 말을 쏟아내는 그녀의 말은 논리적으로도 완벽했다. 그뿐만 아니라 강욱 안기부장에 대한 그녀의 적의는 섬뜩하기까지 했다.

대대장은 그녀와 논쟁해야 한다는 사실이 일단은 난감했다. 신경 쓰이는 옷차림 때문에 무엇보다 시선을 어디에 두어야 할지 곤혹스러운데다, 자신의 주장을 뒷받침할 만한 이론적 근거 또한 빈약했다. 솔직히 고백하자면 D전선-프로젝트 사업자 결정 과정에, 강욱 안기부장의 의도가 개입되지 않았다고 떳떳하게 이야기할 수 있는 국방부 내 인사는 없었다. 그렇기 때문에 대대장은 흥분해서 길길이 날뛰는 한 여인의 목울대를, 그저 멍한 얼굴로 바라보고 있을 수밖에 없었다.

3

캐더린의 입국 소식은 안기부장 강욱에게 즉각 보고되었다.

오산 에어쇼의 초대장을 받았다고 해도, 지금의 상황이 그녀에게 유리하진 않았다. 전 국방장관 김성수는 검찰 조사를 받았고 불구속 기소 상태였다.

김성수 사건은, 국방부 내의 적잖은 인사들을 움츠러들게 했다. 김성수의 인맥들은 일소되었고, 정치권에서도 그는 기피 인물이었다. 그렇다면 그녀는 대통령을 믿는 것일까.

그러니 대통령과의 개별 접촉도 쉽지는 않을 것이다. 지난해 그녀가 안기부에서 내린 출국 금지 조치를 무력화시킨 이후, 대통령의 개인전화 역시 안기부의 도청 대상이 되었다.

한국에 돌아온 후, 그녀는 계룡대를 방문해 소란을 피운 것 이외에 일체 외부와의 접촉을 삼가고 있었다. 게다가 도청이 힘든 휴대전화만을 이용했다. 그녀가 어떤 일을 꾸미고 있는지 궁금하긴 했지만, 현실적으로 대한민국 국방부에서 그녀에게 우호적인 인물은 별로 없었다. 앞으로 캐더린은 대한민국에서 무기 로비스트로 활동하기가 그리 쉽지는 않을 것이다.

그런 마당에 그녀가 귀국을 해서 에어쇼 장에 모습을 드러냈다. 여전히 화려했고, 유혹적이었다.

그런 캐더린을 보며 강욱은 그녀의 대범한 배포를 인정하지 않을 수 없었다.

"오늘 전시장에 캐더린이 오겠지요?"

운전을 하고 있던 조평채가 신중히 물었다.

"글쎄……."

강욱은 무심함을 가장해 차창 밖으로 시야를 돌렸다.

황량한 논두렁 군데군데 짚불이 타오르고 있었다. 보리를 심기 전에 해충들을 태워 없애기 위한 불길이지만, 그것이 주는 느낌은 아늑하고 서정적이었다. 시골에서 어린 시절을 보낸 사람들만이 공감할 수 있는, 그런 불길이었다.

"부장님……."

조평채가 뒷거울을 흘끗 보며 말했다.

"왜?"

"오늘 무기 로비스트 캐더린이 올까요? 그제 있었던 에어쇼 장에는 모습을 드러냈다고 하던데……."

"글쎄……."

강욱은 똑같은 대답을 반복한 뒤, 또다시 창밖으로 펼쳐진 황량한 논으로 시선을 돌렸다. 그러나 겨울의 한가한 풍광을 즐기고 있는 그의 시선과는 달리 그의 머릿속은 이루 말할 수 없이 복잡했다. 지금 그에게 당면한 과제는 연말에 예정된 대통령 선거였다. 어떻게 보자면 무기 로비스트 캐더린 건은 지엽적인 사안에 불과했다.

문제는, 연말 대통령 선거에서 여당의 승리를 아무도 확신할 수 없다는 점이었다. 야당의 대선 후보는 전에 없이 막강해서, 국내외적으로는 정권 교체를 예상하는 목소리들이 높았다.

만약 정권이 교체된다면…… 강욱에게도 가공할만한 위력의 파장이 있을 것이다.

이렇게 여러 가지 문제로 마음이 번거로운 가운데도, 그가 굳이 오산 에어쇼 장에 나온 것은, 순전히 프랑스 T사에 대한 예의를 차리기 위해서였다.

사실 안기부장의 입장에서 외국 군수업체들이 자사 제품을 홍보하는 부스를 찾아다닌다는 것은 남 보기에 껄끄러운 일이었다. 그러나 강욱은 프랑스 T사의 부스를 찾으면서 그런 부담까지도 감수해야 했다. D전선-프로젝트 사업에서 최종 사업자로 선정된 프랑스 T사의 로비스트 장은 약속대로 엄청난 자금을 보내왔다. 그 자금은 올 연말 대통령 선거에서 크게 유용하게 쓰일 것이다. 강욱은 순전히 그것에 대한 감사의 인사로 프랑스 T사의 부스를 찾기로 한 것이다.

오산 미 공군비행장에는 이미 한국을 비롯한 세계 각국의 항공, 방산업체들이 자사 제품을 홍보하는 부스가 설치되어 있었다. 강욱은 프랑스 T사의 부스로 직행했다. 미리 연락을 받은 T사의 관계자들과 공식 에이전트로 활동 중인 박정호가 그를 맞았다. T사의 중역은, 강욱과 악수를 나눈 다음, 현재 개발 중인 각종 무기에 대해서 설명했다. 박정호는 그들로부터 한 발자국 정도 물러서서 천천히 고개를 주억거리며 뒤를 따르고 있었다.

바로 그때였다.

"부장님."

박정호가 나지막이 불렀다.

"뭔가?"

박정호의 목소리에서 여실히 감지되는 떨림이 강욱을 조금 긴장하게 했다.

"저기……."

박정호가 말을 채 마치기도 전이었다.

"안녕하세요, 강 부장님."

캐더린이었다. 무기 로비스트 캐더린이 T사의 부스 안으로 걸어 들어오고 있었다.

그녀는 레이스 장식이 잔뜩 달린 푸른색 공단 원피스를 입고 같은 색의 숄을 두르고 있었다. 굵게 웨이브 진 머리는 두 가닥으로 옆으로 꼬아 비스듬히 묶어서 푸른 빛깔이 도는 제비꽃을 꽂았다. 그리고 그 꽃에 어울리는 푸른색 사파이어 귀걸이를 하고 있었다. 흡사 파티에 온 사람 같았다.

강욱은 그런 캐더린을 무시한 채, T사 중역에게 설명을 계속하라는 눈짓을 보냈다.

"사람을 봤으면 알은척을 좀 하시지요."

캐더린은 강욱에게 노골적인 적의를 드러내고 있었다.

"여긴 무슨 일이오?"

강욱이 귀찮다는 표정을 숨기지 않은 채 마주섰다.

"무슨 일이긴요, 무기 로비스트가 각 방산업체 부스 돌아다니는 게 이상한 일인가요?"

캐더린은 T사 관계자들과 옅은 눈인사를 나누며 말했다. 무기 로비스트로 짧지 않은 삶을 살아온 터라, T사에도 아는 얼굴이 제법 있었다.

"그래요, 천천히 둘러봐요. 나는 그럼……."

강욱은 서둘러 부스를 빠져나가려 했다. 껄끄러운 여자와의 유쾌하지 않은 만남을 서둘러 끝내고 싶었다. 게다가 머리도 깨질 듯 아파왔다.

"강 부장님, 뭐 하나 물어볼 게 있는데……."

강욱이 멈칫하며 섰다. 조평채와 박정호 역시 긴장한 얼굴로 캐더린을 주시했다.

캐더린은 우선 박정호에게 경멸이 담긴 찌르는 듯한 눈빛을 보냈다. 그리고 같은 눈빛으로 T사 관계자들을 잠시 쳐다본 다음, 강욱에게 말했다.

"지난번 D전선-프로젝트와 관련해서 이차 평가를 앞두고 ROC를 바꾼 거 말입니다……."

"그걸 왜 나한테 물어보나."

강욱이 자신의 앞을 가로막고 있는 캐더린의 어깨를 밀치며 나가려 했다.

"할 말이 있다잖아, 이 새끼야!"

캐더린이 앙칼지게 쏘아붙였다.

"뭐야?"

너무도 뜻밖의 일격에, 강욱의 얼굴이 벌겋게 달아올랐다.

"니가 공작해서 국방장관 목도 친 거지."

캐더린의 노골적 적의는 보는 사람을 섬뜩하게 했다.

"뭐?"

강욱은 대단히 명민한 두뇌의 소유자였다. 그의 행동 대부분은 치밀한 계산 끝에 나오는 것이었다. 감정을 제어하는 그의 능력은 간혹 소름이 끼칠 정도였다. 바로 그런 그가, 캐더린 앞에서 자신의 감정을 제어하지 못했다.

"이거, 이거…… 미친 년 아니야! 누굴 믿고 지랄 발광이야!"

이성을 잃기는 캐더린 역시 마찬가지였다.

"지랄 발광? 야, 이 씹새끼야! 니가 다 해쳐먹을라고 김성수 목도 친 거 아냐. 은기호도 니가 불러들인 거지?"

"이 미친 년이 입 터졌다고 함부로 주둥아리를 놀리나?"

조평채를 비롯한 요원 두 사람이 막아서지 않았다면, 캐더린은 분명히 강욱의 넥타이라도 잡고 바닥에 드러누웠을 것이다.

갈퀴 같은 손을 마구 흔들어대며, 대한민국 최고 권력자 강욱 안기부장에게 달려드는 캐더린의 모습은, 한마디로 진풍경이었다. 강욱에게 달려드는 과정에서 그녀의 머리카락은 엉망으로 흐트러지고, 어깨 위에 우아하게 걸쳐져 있던 숄도 바닥으로 내동댕이쳐졌다.

큰 소란이 일자, 여러 방산업체의 부스 안에서 사람들이 몰려나오기 시작했다.

주변으로 사람들이 모여들자, 외려 그것은 여자인 캐더린에게 힘이 되었고, 강욱에게는 부담이 되었다. 캐더린은 자신에게 모인 시선들에서 힘을 얻어, 벼슬을 꼿꼿하게 세운 닭처럼 맹렬한 기세로 강욱을 노려보며 말했다.

"야이 새끼야. 니가 지금 어리버리한 대통령 믿고 그러는 모양인데, 권력이 천년만년 가는 줄 알아!"

강욱의 한 손이 올라간 것은 바로 그때였다.

캐더린은 소리를 지르며 순간적으로 고개를 돌렸다. 만약 그렇게 하지 않았다면 이성을 잃은 솥뚜껑 같은 강욱의 손이, 그녀의 얼굴을 강타했을 게 분명했다. 그녀의 비명에 화들짝 정신을 차린 강욱은 천천히 손을 내렸고, 더이상은 안 되겠다고 판단한 요원들이 부스 밖으로 캐더린을 끌어냈다.

요원들에 의해 부스 밖으로 끌려나오면서도 캐더린의 패악스러움은 조금도 그치지 않았다.

"개새끼! 내 언젠가는 니 놈 새끼, 명줄을 끊어놓을 줄 알아!"

강욱은 달려가 캐더린을 발로 걷어차려 했지만, 조평채가 몸을 던져 강욱을 잡고 늘어졌다. 그리고 박정호를 비롯한 T사 관련자들이 강욱을 주차장까지 억지로 끌어냈다.

강욱은 차츰 이성을 회복했지만, 이미 큰 낭패를 당한 후였다.

서둘러 에어쇼 장을 벗어나는 강욱의 관자놀이에는 붉은 심줄이 신경질적으로 돋아 있었다.

4

P-프로젝트의 총책임자인 예비역 준장 현기문.

그 역시도 캐더린이 계룡대와 오산 에어쇼 장을 다녀갔다는 소문을 들었다. 그리고 그것은 P-프로젝트 사업단장인 그를 적잖이 긴장시켰다.

캐더린에 대한 그의 첫인상은 그리 좋지 않았다. 현기문에게 캐더린은 프로 무기 로비스트라기보다는, 자신의 여성성을 상업적으로 적당히 이용하는 그렇고 그런 여자로 보였다. 그리고 적잖은 사람들이 이번 계룡대나 오산 비행장 건도 그런 연장선상에서 이해했다. 은밀함과 냉철함이 생명인 무기 로비스트가, 자신의 감정을 이기지 못하고 스스로 세상 사람들의 구경거리가 되었다고.

그러나 현기문의 생각은 좀 달랐다. 그녀가 그것을 몰랐을까, 몰랐을 리가 없다.

그렇다면 알면서 감행했다는 의미인데, 그녀가 구체적으로 노리는 이득이 없다면 불가능한 짓이다. 그렇다면 그녀가 노린 것은 무엇인가. 아마도 강욱일 것이다.

강욱은 이번 일로 치명적 타격을 입었다.

강욱의 대외직책은 안기부장이었다. 그는 이미 국방부를 떠난 인물이었다. 하지만 국방부 내에 그의 인맥은 여전히 막강했고, 그것이 김성수 전 국방장관과의 끊임없는 갈등의 원인이 되었다. 그런데 결국 김성수는 어느 날 갑자기 나타난 무기상 은기호의 폭로로 도중하차하지 않았는가. 대한민국 정보의 정수인 안기부장이 그 일에 관여했다는 설들이 심심찮게 흘러나오고 있었다.

하지만, 이와 같은 역학 구도를 아는 사람들은 드물었다.

강욱이 지나치게 신중하고 치밀하기 때문이었다.

그런데 캐더린은 그런 강욱을 세상 밖으로 끌어내서, 그가 실질적으로 국방부, 특히 국방부의 무기 도입 사업에 관여하고 있음을 세상에 알렸다. 그것도 아주 천박하며 통렬한 가십성 사건을 통해서. 그런 천박함은, 사람들의 호기심을 부추기는 데 그만이다.

만약 캐더린이 거기까지 계산에 넣은 거라면, 그녀는 무시무시한 여자다.

P-프로젝트 담당자 현기문의 생각은 그랬다.

그렇다면 P-프로젝트와 관련된 E시스템과의 관계는 어떻게 풀어 나가야 하나. 그녀가 로비스트로 있는 E시스템 사에서는 감청 장비를 탑재한 항공기의 시험비행 횟수를 줄이겠다고 하지 않았는가 말이다.

현기문은 가슴이 답답했다.

감청 장비와 그것을 탑재할 항공기를 수입하는 P-프로젝트는 만들어진 제품을 들여오는 게 아니라, 한국 쪽의 주문에 맞추어 미국 E시스템 사에서 제품을 생산해주는 방식으로 계약이 되어 있었다. 그리고 E시스템 사의 감청 장비 성능에 대해서는 모두 만족하는 편이었다. 오산 공군기지에서 운용 중인 미 공군 U2 기에 설치되어 있는 감청 장비 역시 E시스템 사 제품이었고 성능 또한 우수했다. 그런데 문제는 항공기였다. E시스템을 장착하게 되는 호커800은 기종이 낡았고, 그렇기 때문에 충분한 시험비행이 필요했다. 계약 과정에서 한국 측의 요구대로 대금을 많이 깎은 것은 사실이다. 그런데 지금 미국 측에서는 그 손해분을, 시험비행 횟수를 줄이는 것으로 충당하려 하지 않는가.

P-프로젝트의 실무자인 현기문은, 그런 상황을 받아들일 수가 없었다.

E시스템의 감청 장비를 호커800에 장착했을 때, 어느 정도의 성능이 나오는지 정밀한 성능 검색이 필요했다. 시스템은 예민하기 때문에 장착된 항공기에 따라 조종이 필요하고, 그러기 위해서는 시스템을 탑재한 상태에서 충분한 시험비행이 필요했다.

그런데 안타깝게도 계약서에는 이 부분이 정확히 명시되어 있지 않았다. 그렇다면 실무 선에서 힘겨루기를 하면서, 시험비행 횟수를 늘이는 방법밖에는 없다.

만약의 경우 사업 중단을 건의할 수도 있다는 극약 처방은 그래서 나온 것이었다.

현기문의 이런 강경한 태도에 가장 당혹스러운 사람은, 말할 것도 없이 김기용이었다.

그는 애초 E시스템 사의 로비스트로 사업을 진행하면서, 적잖은 손실을 보았다. 결국 P-프로젝트는, 현기문 등이 원했던 TRW와 팰콘 패키지로 낙착되는 듯 보였고, 그 직전에 E시스템 사는 로비스트를 캐더린으로 바꿨다.

김기용은 그 캐더린과 손을 잡고, 에이전트 활동을 하면서 그동안 진 빚을 조금이라도 갚고, 가장의 역할을 해나가려던 중이었다.

이런 마당에 사업 중단 건의라니.

김기용은 속이 탔다.

그런 그의 마음과는 관계없이 현기문은 시종일관 강경했다.

"선배님, 미국 측에서 이렇게 나오면 우리 이거 못합니다. 이대로라면 사업 중단을 건의할 생각입니다."

"지금 가장 큰 문제가 뭔가?"

김기용이 물었다.

"미국에서 시험비행 횟수를 대폭 줄이자는 것 아닙니까."

"시험비행 횟수를 줄이는 게 뭐가 그렇게 큰 문제가 되나?"

초조하고 급한 마음에 나온 말이었다. 어쨌든 사업 중단은 막아야 했기 때문이다. 그러나 말로 마음을 감추는 일은 얼마나 어려운가.

김기용의 찌푸린 미간을 보며 현기문이 입을 열었다.

"그걸 그렇게 생각하면 안 되지요, 선배님. 보십시오, 미국 측에서 시험비행 횟수를 줄이자고 하는 건 순전히 그 사람들, 돈 아끼자는 것 아닙니까?"

잠시의 침묵…… 그리고 현기문의 말이 이어졌다.

"선배님. P-프로젝트는 만들어진 감청 장비를 들여오는 게 아니라, 운용부대의 요구에 따라 E시스템에서 제품을 제작해 주는 형식으로 계약된 겁니다. 그래서 시험비행 횟수가 아주 중요합니다. 제품을 만들고 충분한 시험비행을 거쳐야 하자를 발견하고 성능을 조정할 수 있을 거 아닙니까!"

현기문의 안구에서 마치 용접할 때처럼 푸른 불꽃들이 튀어나오는 듯했다.

김기용이 물었다.

"구체적으로 어느 정도의 성능을 원하는 건가?"

"저쪽에서는 가드레일 정도를 말하는데……."

가드레일은 미 육군에서 보유하고 있는 감청용 항공 장비였다.

"가드레일 정도면 괜찮잖아?"

김기용의 말에, 현기문은 순간적으로 열이 뻗는 기분이었다. 그러나 그는 자신의 흥분을 가라앉히기 위해 호흡을 가다듬었다.

"선배님. 가드레일 정도의 제품을 들이기 위해서 지금까지 우리가 그 노력을 했는지 아십니까?"

눈에서는 불꽃이 튀었지만, 그의 목소리는 차분했다. 흥분하지 않고 상대방을 집요히 설득하는 게 현기문의 특징이라면 특징이었다.

"선배님. 지금까지 우리는 북한에 대한 정보를 미국 측에 전적으로 의존해왔습니다. 정보의 자주화는, 선배님도 아시는 것처럼, 그 나라 군대가 선진화될 수 있는가 하는 문제의 관건입니다. 그런데 그동안 우리 군의 정보 기능은 철저히 미군에 종속되어왔다 이 말입니다. 미국 사람들, 한국 군에 정보를 줄 때, 자기들끼리 일차로 거른 후에 준다는 것, 선배님도 군에 몸담았으니 아시잖습니까. 그래서 P-프로젝트가 나온 겁니다. 진짜 우리 힘으로 전략 정보를 자주화해보자, 저희는 그런 결의를 담고 P-프로젝트 시작했습니다. 그런데 그런 P-프로젝트에서조차 미국에서 주는 제품을 그냥 그대로 덥석 받아들인다면 그건 말이 안 되지요. 한마디로 P-프로젝트를 하는 의미가 없는 겁니다. 적어도 성능 면에서는 우리의 요구를 들어줘야 합니다. 가드레일 정도의 제품을 들일 거면, 이거 할 이유가 없는 겁니다."

원칙적으로는 맞는 말이었다. 그래서 김기용이 물었다.

"그러면 도대체 어느 수준까지……."

"미국 U2 기에 장착되어 있는 게 E시스템 제품이지요?"

김기용은 입이 쩍 벌어졌다.

감청용 항공 장비인 미 U2 기는 최첨단 장비의 정수였다.

"그건 불가능해…… 감청용 장비가 들어온다는 건, 그 제품의 기술까지 이전을 받는다는 말인데…… 아무리 우리가 돈다발을 집어준다고 해도, 그 사람들 그 정도의 기술을 우리한테 이전해주지 않아."

그 부분에서는 현기문도 고개를 끄덕였다.

"압니다, 나도 압니다. 그렇다고 해서 처음부터 한계를 긋고 사업을 진행할 필요는 없는 것 아닙니까. 선배님 말처럼 미국은 U2 기 정도의 성능을 보장해주지 않을 겁니다. 그러나 선배님, 비슷하게는 만들 수 있는 겁니다. 여기서 우리가 미국 측의 뜻대로 덥석 수용해버리면 가드레일 수준만큼도 못 만들어낼 게 뻔합니다. 하지만 우리 측의 요구가 강력할수록 제품 제작을 위한 협상력이 높아지는 겁니다. 그렇게 되면 U2와 가드레일 중간 정도의 제품은 만들어내지 않겠습니까. 지금 우리가 원하는 것은 거기까지입니다."

현기문의 말을 듣고 김기용은 조금은 안도를 했다. 현기문의 말을 종합해보자면, 적어도 사업 중단 건의는, 대외 협상력을 높이기 위한 수단 이상은 아니겠다 싶었던 것이다.

"그럼 우리가 어떻게 도와주면 되나?"

김기용이 물었다.

비록 그가 E시스템 사의 에이전트이기는 하지만, 그래도 한때 대한민국 군인이었다. 김기용은 한국 군의 첨단화를 위한 후배들의 뜻에 원칙적으로 공감하고 있었다.

현기문이 웃었다.

"선배님이 제 뜻을 수용해주리라 생각했습니다. 우선 선배님은 우리의 뜻을 강력하게 미국 본사에 전달해주십시오. E시스템 사 사장과의 면담도 주선해주십시오. 반드시 그렇게 해주셔야 합니다."

E시스템 사 사장과의 면담 주선은 그의 선에서 확답할 수 있는 일이 아니었다. 그럼에도 김기용은 일단 그렇게 해보겠다고 약속했다.

그가 그 자리에서 할 수 있는 최선은 거기까지였다.

5

캐더린이 현기문을 만난 것은, 그가 P-프로젝트에 보이는 의욕이 지나치다는 판단 때문이었다. 김기용에게서 전해 들은 바로는 그랬다. 일을 진행하는 데 있어 지나친 의욕은 때론 화를 부르기도 한다. 그가 화를 가져올 인물인지 아닌지 살펴볼 필요가 있었다.

게다가 캐더린은 현기문이라는 인물이 궁금하기도 했다. E시스템 사 사장을 데려오라니, 그것도 미국에서 만나겠다는 것도 아니고 한국으로 데려오라니, 그 배포가 대단하다 싶었다. 작업이 지연되면, 그에 따른 피해는 한국 쪽이 더 클 것이다. 계약 조건 자체가 그랬다. 그럼에도 그는 사업 중단 운운하며 일종의 협박을 가하고 있지 않는가. 거래에 관한 모든 것을 섭어놓고, 캐더린은 우선 현기문의 배포에 호감이 갔다.

캐더린이 현기문을 위해 마련한 자리는 시내의 한 특급 호텔이었다. 그 자리에는 김기용이 함께 했다.

캐더린의 눈에 비친 현기문은 원칙주의자였다. 현기문의 원칙을 구성하는 소신은 현실 속에서 마모된 부분이 없진 않았지만, 그것은 어디까지나 융통성의 수준이었다. 그의 가슴 속에 들어 있는 일에 대한 원칙은 분명했다.

현기문은 현기문대로, 자신의 눈앞에 앉아 있는 캐더린에게서 요부의 이미지를 전혀 찾을 수 없었다. 그녀는 단정했다. 심심할 정도로 단정했다. 머리는 한 갈래로 묶었고 편안한 터틀넥 위에 흰색 슈트를 입고 있었다. 그녀가 유일하게 멋을 부렸다면 흰색 슈트 정장에 달려 있는 보랏빛 코사지 정도였다. 그뿐만 아니라 캐더린은 호탕했다. 처음 만나는 자리였지만, 그녀는 상대방이 편안하게 자신의 의견을 말할 수 있도록 분위기를 유도할 줄 아는 여자였다.

현기문은 자신의 용건을 말했다.

"오늘 제가 나온 것은, P-프로젝트 진행 과정에서 미국 측이 우리가 요구하는 성능을 들어주지 않고 있다는 점을 지적하기 위해서입니다."

현기문은 재미없는 남자였다. 그는 처음부터 일 이야기를 했고, 일 문제에 관한 자신의 주장 또한 집요했다.

"어떤 부분이 그렇습니까?"

캐더린은 입고 있던 겉옷을 벗었다. 슈트에 달려 있던 코사지와 같은, 보랏빛 터틀넥을 통해 그녀의 풍만한 가슴 실루엣이 드러났다. 아름다웠다. 캐더린은 팔짱을 낀 채, 현기문을 바라보았다. 그녀의 눈빛에는 흥미로움이 가득했다.

저 눈빛인가. 저 눈빛에 그 많은 인사들이 놀아났단 말인가. 그런 생각을 하며, 현기문은 말을 이었다.

"예를 들어, 감청 장비의 주파수만 해도 그렇습니다. 미국 측에서는 우리가 요구한 주파수보다 낮은 수준을 제시하고 있습니다."

"그것은 일차적으로 감청 장비를 탑재할 항공기 때문입니다. 아시잖아요."

캐더린이 지적했다. 맞는 지적이었다.

"그러니까 호커800에 어느 정도의 감청 장비가 탑재 가능한지 시험을 해보자는 거 아닙니까."

"그러자면 돈이 많이 듭니다. 그런데 한국 측에서는 대금을 많이 깎았습니다. 솔직히 말씀드리지요. 김성수 국방장관은 가격 문제에 신경을 많이 썼습니다. 되도록 싼값에 좋은 제품을 들이려고 했습니다."

김성수 전 국방장관이 싼값에 좋은 제품을 들이려 했다고 캐더린이 말하자, 현기문이 픽 웃었다. 김성수는, 캐더린이라는 여성 무기 로비스트를 위해서 운용부대원들이 원했던 TRW와 팰콘 패키지를 뒤집고 E시스템과 호커800 패키지를 선택한 게 아닌가.

캐더린은 재빨리 현기문의 마음을 읽어냈다.

"호호호. 김성수 국방과 제가 뭐 그렇고 그런 관계라 그 제품을 선택한 거라 지적하고 싶으신 거죠?"

캐더린은 솔직했고, 현기문은 굳이 자신의 속내를 감추지 않았다.

"그게 아니었습니까? 솔직히 저는 그렇게 알고 있습니다만……?"

이 부분에서 캐더린은 단호했다.

"그렇지 않습니다. 절대 아닙니다."

"좋습니다. 두 분의 개인적인 문제까지 제가 관여하고픈 마음도 없고, 또 그럴 여유도 없습니다. P-프로젝트 정찰기를 들이는 계약 과정이야 어쨌든 저는 실무자입니다. 계약된 금액에서 좋은 제품을 들이는 게 제 역할입니다. 시험비행 횟수를 늘리고 우리가 원하는 수준의 성능을 보장해주십시오."

"그건 이 자리에서 제가 확답할 수 없습니다."

캐더린이 맞섰다.

"당신, 한국사람 아닙니까. 이건 대한민국 최초로 감청 장비를 들이는 일입니다! 미국에만 의존해왔던 대북 정보를, 우리 독자적으로 해보자는 겁니다."

캐더린이 이의를 제기한 것은 바로 그 부분이었다.

"일을 하실 때 말입니다, 대한민국 최초의 감청 장비 운운하는 그런 감상적인 접근은 배제하세요."

뜻밖의 일격이었다. 약간 멍해진 현기문에게 퍼붓는 캐더린의 말은 꽤 날카로웠다.

"나는 한국인들과 일할 때 간혹 짜증이 나는 경우가 있습니다. 바로 이런 경우입니다. 한국인들은 거래를 진행할 때 지극히 감상적입니다. 그런 감상을 가지고 미국 측에 어필해봤자, 미국 사람들 안 들어줍니다. 그 사람들은 한국 군의 정보화에 감격할 하등의 이유가 없습니다. 적정한 가격에 자신들의 제품을 팔아서 이득을 챙기는 게 그 사람들의 목표입니다. 거기에다 기술 이전까지 제한할 수 있다면 금상첨화이겠지요. 그런 미국을 대상으로 감상적인 논리를 펼친다면 설득이 될까요?"

맞는 말이었다.

현기문은 헛기침을 했다. 한 가지 분명한 것은, 캐더린은 절대 만만한 여자가 아니라는 점이었다.

"솔직히 말씀드리지요. 전 국방장관이었던 김성수 장관이 제게 강하게 가격 인하 요구를 했습니다. 저는 그것을 받아들여 미국 측에 가격을 많이 깎아달라고 했고, 실질적으로 그 요구는 반영이 되었습니다. 삼백만 달러 정도 절감된 걸로 알고 있습니다. 그리고 가격 문제 때문에 항공기에 관한 한 FMS 방식을 상용 구매 방식으로 바꾼 거구요."

FMS 방식은 국가가 제품의 성능을 보장해주는 대신 가격이 비쌌고, 상용 구매 방식은 국가가 제품의 성능을 보장해주지 않는 대신 가격이 저렴했다.

"기왕 만들어진 항공기를 굳이 비싼 돈 주고 FMS 방식으로 구입할 필요가 없다고, 우리도 자체적으로 판단은 하고 있었습니다. 그렇게 구입하는 것이 합리적으로 가격 단가를 낮출 수 있었으니까요."

항공기를 FMS 방식에서 상용 구매 방식으로 바꾼 데 대해 두 사람의 의견은 같았다.

캐더린이 말했다.

"좋습니다. 그럼 현 장군님이 원하는 바를 지금 말해보세요."

"지난번 김기용 씨에게 말한 그대로입니다. 시험비행 횟수를 늘여주시고, 우리가 요구하는 성능을 보장해주세요."

"그렇게 못한다면요?"

"E시스템 사 사장을 한국으로 데려오세요, 내가 직접 따질 겁니다."

"그것도 못한다면요?"

"나는……."

현기문은 잠깐 말을 중단했다. 자신이 내뱉은 말이긴 하지만, 김기용에게 할 때와 캐더린에게 할 때, 그 말에 따르는 책임감의 차원이 달랐다.

"나는…… 이 사업의 중단을 정식으로 건의할 겁니다."

캐더린이 웃었다.

"그럼 할 수 없네요. 사업 중단, 건의하세요."

현기문은 화들짝 놀라 자신 앞에 앉아서 웃고 있는 여자, 캐더린을 보았다. 그녀는 여전히 웃고 있었다.

그날 자리는 그렇게 끝나고 말았다. 캐더린은 여전히 요지부동이었고, 김기용은 입이 말랐다. 김기용이 아는 한, 현기문은 이대로 사업을 진행시킬 사람이 아니었다. 그렇다고 캐더린이 현기문의 요구를 다 들어줄 여자도 아니었다. 냉정하게 말해서 무기 로비스트의 역할은 거래가 성사되는 그 순간 끝나는 것이 통례다. 캐더린은 지금 완전히 손을 떼도 그뿐이었다.

캐더린은 이후에 더이상 그 문제를 언급하지 않았다. 그뿐만 아니라 김기용에게도 그 문제에 관한 어떤 액션도 취하지 못하게 했다. 그대로 두면 상황은 더욱 나빠질 것이 뻔했다.

전전긍긍하는 김기용에게, 캐더린은 의미 있는 한마디를 남겼다.

"P-프로젝트가 제대로 진행되지 않으면, 한국뿐만 아니라 미국 E 시스템 사도 타격을 입게 됩니다. 결국 인내심이 약한 쪽이 손을 들게 되어 있습니다. 기다려봅시다."

6

캐더린은 출국 날짜를 잡아놓고, 김성수를 만났다.

김성수…… 그는 이미 그녀에게 용도 폐기된 인물이었다. 그럼에도 굳이 그를 만나려는 것은, 그에 대한 마지막 예를 갖추기 위함이었다.

안기부장 강욱이 불러온 무기상 은기호의 폭로로 그는 국방장관직에서 해임되었으며, 검찰 조사까지 받았다.

전 국방장관 김성수에 대한 검찰 조사의 초점은, 그가 과연 경전투헬기 도입 문제와 관련해서 국내 한 기업으로부터 돈을 받았는가 하는 점이었다. 검찰은 이 부분에 관한 결정적 증거를 확보하지 못했다. 그럼에도 김성수는 이 건으로 인해 불구속으로 기소되어 재판에 회부되어 있는 상황이었다. 반면 CDS를 외국 무기업자에게 넘길 의도로 군사 기밀을 유출했다는 의혹, 진급을 위해 대통령의 딸에게 로비를 하려했다는 의혹 부분은, 이 사건을 폭로했던 권준이 예상했던 대로 무혐의로 처리되었다.

그러나 검찰 조사 과정에서 김성수는 이미지에 치명상을 입고 재기불능한 상태가 되고 말았다. 그래서인지 호텔 중식당에서 만난 김성수는 예전의 그가 아니었다. 군인 특유의 강건함과 자신감은 이미 허물어져 있었다. 그리고 무엇보다 술을 많이 마셨다.

술에 취한 김성수는 말이 많았다.

"난 솔직히 그 은기호라는 새끼한테 돈 한푼 안 받았어. 그 새끼는 내 약점을 잡아 이리저리 이용하다가, 결국 나를 파멸시켰다고. 무기상하는 놈들은 다 그래."

무기업자들에 대한 김성수의 불신은 노골적이고 적나라했다. 그는 자신의 앞에 앉아 있는, 그리고 황혼기의 위험한 열정의 장본인이었던 캐더린 또한 무기업자라는 사실을 의도적으로 무시하는 듯했다.

"무기상 하는 놈들은 말이야, 자기의 이익을 위해서는, 첩년 발바닥까지도 대놓고 핥을 것들이야."

캐더린은 잠자코 김성수의 잔을 채웠다. 어떤 말로든 그를 제지하기 힘들다고 판단했다. 김성수의 입을 통제하는 근육은, 이미 통제력을 잃은 지 오래였다.

캐더린은 참을 수 있을 때까지 참고, 우아하게 그와의 관계를 끝내고 싶었다.

"내가 말이야, 그 은기호 새끼한테 돈 받은 거 같아? 내가, 대검 중수부라는 곳에 가서 같은 소리를 수십 번, 수백 번 반복해도 그 새끼들은 내 말을 하나도 믿지 않았어. 무조건 대라는 거야, 그 돈 어디다 썼는지…… 병신들! 계좌 추적해보면 될 일을 왜 나보고 대래. 대한민국 중수부라는 곳에는 그런 병신 새끼들밖에 없나."

술이 취해, 나약해진 남자는 더이상 매력적이지 않았다. 또 현실적인 힘을 가지지 못한 남자의 술주정은, 캐더린의 인내심을 시험했다. 그러나 그녀에게는 해소되지 않는 의혹이 하나 있었다. 캐더린은 무기상 은기호가 권준에게 김성수 관련 문제를 제보하면서 증거로 제시한 사진의 진위가 궁금했다. 트레이닝복 차림의 김성수가 차 트렁크에 문제의 돈 가방을 싣는 사진, 그것은 뭐란 말인가.

"강욱의 음모에 빠진 거라면…… 사진 말입니다, 그 사진……."

"그 사진……."

김성수는 선뜻 입을 열지 못했다. 그의 얼굴에는 난감함과 곤혹스러움이 가득했다.

캐더린은 채근했다.

"은기호가 증거로 제시한 사진말입니다. 누군가 장관님의 차에 돈이 든 가방을 옮겨 싣는…… 그럼 그 사진은 뭔가요?"

"그건, 내가 무기업자한테 돈을 받는 사진이 아니야. 날짜도 조작되었고. 게다가 나한테 돈을 건넸다는 사람의 얼굴은 보이지도 않잖아. 그건 말이야, 그러니까…… 국방장관 되기 직전 어느 날인가 강욱한테 연락이 왔어. 무기상이 있는데, 국방부 내의 힘 있는 사람한테 직접 돈을 전달하고 싶어 한다."

캐더린은 잠시 기가 막혔다.

"심부름을 했다는 말이에요? 그럼 그게……?"

"생각해보면, 그건 내 약점을 잡기 위한 강욱의 계략이었던 셈이야."

"대검 조사 과정에서 그 부분에 대해 진술을 하셨나요?"

"쪽팔려서……."

김성수는 대답하지 않았다. 명색이 국방부장관 물망에 오른 인사가, 자신을 지원하는 인물을 대신해 돈 가방 심부름을 했다. 그의 입장에서는 사실을 인정하거나 진술하기 어려운 일이었을 것이다.

김성수에게는 강욱에게 대항할 만한 구체적인 힘이, 이미 없었다.

"나는…… 이봐, 나는 처음부터 강욱하고 대적하는 게 아니었어. 나는 그 사람에 비해 너무 약해. 힘이 없었다고."

김성수에 대한 캐더린의 인내는 이제 한계점에 도달하고 있었다. 캐더린은 김성수의 나약함이 짜증스럽고 견디기 힘들었다.

"강욱이 주는 밥만 먹고 그냥 살지 그랬어요. 우리 군이 선진화되기 위해서는 공군력이 증강되어야 한다고 강변했던 사람은 장관님이니었나요?"

캐더린은 김성수의 움츠려 있던 자존심을 살짝 건드려보았다. 그것은 자존심이기 이전에 공군 파일럿 출신의 인텔리라는 자긍심이기도 했다.

그러나 김성수의 위축된 어깨는 꿈쩍도 하지 않았다. 캐더린은 말을 이었다.

"대한민국의 공군은 지금까지 어땠습니까? 솔직히 육군의 통제아래 있지 않았습니까? 세계는 비대한 육군을 축소하고, 공군력을 최첨단화 하는 방향으로 군사력을 정비해나가고 있는데, 우리는 어떻습니까. 그 목표를 위해서 장관님은……."

캐더린은 말을 멈췄다. 삶을 팽팽하게 유지시키는 목적을 상실한 남자는, 어쩌면 그저 지방 덩어리에 불과할지도 모른다는 생각이, 한순간 그녀를 무기력하게 만들었다.

"…… 좋아."

김성수가 한 호흡을 쉰 뒤 입을 열었다.

"나한테는 그런 대의(大義)가 있었다고 쳐. 그럼 넌 뭐야? 너야말로 니 목적을 위해 날 이용한 것 아냐?"

캐더린을 바라보는 김성수의 눈동자는 깊고 음울했다.

그 순간, 캐더린의 머릿속에 그와의 관계는 여기까지다라는 생각이 강하게 들었다.

관계의 단절을 위해, 그녀는 시퍼렇게 날이 선 칼을 쳐들었다.

"…… 절, 사랑하셨어요?"

사랑했는가. 김성수는 바로 대답할 말을 찾지 못한 채, 입술만 달싹거리고 있었다. 마치 마지막 숨을 거두기 직전의 노인처럼 허허롭고, 고된 모습이었다.

"전, 무기상이에요, 그리고 장관님을 사랑하지 않아요. 아시잖아요!"

그 말이 함축하는 의미를 모를 김성수가 아니었다.

캐더린은 주름지고 황량한 김성수의 얼굴에 마지막 확인 사살을 했다.

"제가 장관님을 사랑하지 않는다는 걸, 이미 알고 계셨잖아요. 국방장관의 권한을 이용해서 무기상인 캐더린에게 혜택을 주셨다고 쳐요. 그건 저의 사랑을 얻기 위한 것 아니었나요?"

캐더린은 곁에 놓여 있던 가방을 챙겨들고, 팔에 겉옷을 걸친 뒤 계산서를 찾았다. 그리고 총총히 그 방을 걸어 나왔다. 영화나 드라마에서 흔히 등장하는 장면들처럼.

캐더린이 그 방을 걸어 나오는 동안, 전 국방장관 김성수는 상체를 앞으로 조금 기울인 채, 마치 영화 속에서 실연을 선고받은 남자 같은 모습으로 오래도록 그렇게 앉아 있었다.

7

청담동 캐더린의 집은 오랫동안 정적에 잠겨 있었다.

집안일을 봐주는 가정부조차 드나들지 않았다. 육중한 철문은 오래도록 닫혀 있었다.

캐디린은 김성수와 만나고 돌아온 날부터 다음날 저녁까지 집안에 틀어박혀 일체 외부와의 연락을 끊은 채 오로지 잠만 잤다. 죽음과도 같은 그 긴 수면은, 이미 방전되어버린 에너지를 충전시키고 과거와의 단절을 위한 시도였다. 김성수…… 그의 이름을 지워내는 일은, 그녀를 혹독한 자괴감 속으로 몰아넣었다. 자신을 사랑하던 남자였고, 순수한 남자였다. 그리고 자신의 사랑을 얻기 위해 모든 것을 걸었던 사람이었다. 그러나 여기까지다. 두 사람 사이가 아름다운 기억으로 유지될 수 있는 것은.

사랑이, 아니 사람과 사람 사이를 지배하던 감정이 몰려나간 자리는 황량했고, 한편으로는 뻔뻔스러웠다. 그리고 그것을 지워내기 위해 소모하는 감정도, 자신의 그런 모습을 인정하는 것도 모두 힘들었다.

권준…… 불현듯 캐더린의 머릿속에 그의 이름이 떠올랐다. 그가 그리웠다.

그는 감정을 세련되게 다룰 줄 아는 사람이었다. 질척거리지 않았다. 그 때문에 간혹 외로웠지만, 그러나 이 순간만은 그의 체온이 그리웠다. 캐더린은 권준에게 와 달라는 메시지를 남겼다. 그러고는 하루 종일 꼬박 잔 탓에 비워진 위장을 부여안고, 청담동 도심의 푸른 불빛들을 내려다보았다. 여전히 신호등은 붉은색과 초록색을 오가고, 수많은 사람이 그 불빛을 따라 일사분란하게 움직이고 있었다.

캐더린은 외로웠다.

냉장고 안에 잘라둔 오이 조각으로 간단히 요기를 하고 샤워를 마칠 즈음, 초인종이 울었다. 권준이었다. 집안으로 들어서는 권준을 보며, 캐더린은 불현듯 사람의 외로움은 사람으로 치유될 수 없다는 사실을 깨달았다. 권준의 등장은 그녀에게 다른 에너지를 북돋아주어서 잠시 현실을 잊게 만드는 수단 이상의 의미는 없었다. 그럼에도 마음이 번거롭거나 죽을 만큼 외로울 때 그가 그리운 이유는 뭐란 말인가.

권준은 활기차 보였다.

대통령 선거가 얼마 남지 않았고, 새 정부를 창출하는 일에 그는 정치인생을 걸고 있었다.

권준이 자리에 앉자, 캐더린은 오렌지주스 두 잔을 그 앞에 내밀었다. 표면에 차가운 물방울이 맺힌 오렌지주스를 단번에 벌컥 들이키는 권준은, 하얀 와이셔츠에 금장으로 장식된 커프스를 하고 있었다. 그에겐 파워가 있었다. 그래서 매력적이었다.

"당신 메시지를 받고, 역시 캐더린이다 했어…… 그 일 때문이지?"

그 일 때문이라니. 그녀가 권준에게 메시지를 남겼던 마음은 그에 대한 그리움, 아니 주체되지 않는 외로움과 스스로에 대한 자괴감 때문이었다. 그런데 그 일이라니…….

"유력 대선주자한테 자금을 대고 싶은데, 어느 선을 거쳐야 하냐고 나한테 물었잖소!"

권준은 캐더린이 자신을 찾는 때는, 대부분 뭔가 용건이 있기 때문이라고 생각했다. 언제부터 용건 없이는 만날 수 없는 사이가 됐을까.

"어떻게 됐어요?"

"이번주 말쯤에 행사가 하나 있소."

"행사요?"

"우리 당 대선 후보를 지지하는 모임인데, 지난번에 얘기했던 그 김방이라는 사람이 주최하는 자리요."

"총재의 돈주머니라고 하던?"

"그렇소. 차기 대선 주자 중에 우리 쪽으로 줄을 선 사람들이 모일 거요."

"그래서요?"

"그 자리에 당신이 참석한다고 미리 일러두었소. 자금은 따로 만나서 주고, 인사는 거기서 나누면 될 거요."

"알았어요."

캐더린이 심드렁하게 대답했다.

그녀의 그런 반응이 권준에게는 의외였다. 그는, 캐더린이 자신의 목이라도 부여안고 기뻐할 줄 알았던 것이다. 단순히 의례적인 행동이라고 해도 권준은 거기에 대한 기대가 있었다. 남자로서 여자가 원하는 것을 줄 수 있다는 것, 그것은 권력이었다. 권준은 캐더린을 통해 자신의 권력을 느껴보고 싶었다. 그런데 분위기가 아니었다.

그러고 보니 캐더린은 머리카락에 물기가 채 마르지 않은 데다, 화장도 하지 않은 모습이었다. 화장을 하지 않은 그녀. 그녀 역시 세월의 흔적을 지울 수는 없었다. 캐더린은 늙어 보였다. 늙은 데다 지쳐보였다.

"웬일로 화장을 안 했네."

"당신하고 나, 화장 하지 않고 만나도 되는 사이 아니었어요?"

화장을 하지 않고 만나도 되는 사이라 …… 일단은 허물없는 관계라는 뜻으로 받아들였지만, 분명히 그 말 속에는 날카로움이 있었다.

그녀는 외로워보였다.

권준은 그녀를 품에 안았다. 캐더린이 선선히 그의 가슴에 안겼다. 권준은 정말 오랜만에 두 팔로 꽉 그녀를 감싸 안았다. 아마도 따뜻할 것이다. 캐더린은 한동안 그렇게 권준에게 안겨 있었다. 그러다 권준은 문득 가슴팍이 촉촉이 젖어오는 것을 느꼈다. 놀라서 그녀를 바라보았다.

권준을 외면하는 그녀, 캐더린은 그때 분명 울고 있었다.

8

권준이 소개해준 김방을 만난 다음날, 캐더린은 출국할 예정이었다. 시간이 많지 않았다.

권준과의 만남은 캐더린의 전의(戰意)를 다시 되살려주었다. 그는 그녀에게 젊은 시절을 떠올리게 해주었고, 추락의 두려움을 일깨워주었다.

추락하지 않기 위해서는 그악스레 비행하는 수밖에 없다. 목표는 분명했다. FX까지다. 거기까지만 하고 LA 근방 교외로 가서 편히 살리라.

그날 저녁 식사 자리는 그런 의미에서 특별했다.

그 자리는 대통령 선거에서 현 야당 후보를 후원하기 위해 마련된 자리였고, 중요한 것은 비공식적 모임이라는 점이었다. 군, 검찰, 기업 등에서 야당 후보를 지지하는 세력들이 모였다. 물론 그들은 각자의 수단이나 방법으로 후보를 지지할 것이다. 추구하는 정치적 이념이 다르고 지금까지 걸어온 정치적 행보가 다르다하더라도, 일단 공동의 목표가 생기고 그것이 서로의 이익을 보장하는 것이라면 전략적 제휴의 결속력은 경이로울 정도다. 캐더린은 그런 전략적 제휴의 견고함에 취했다. 그것은 캐더린 혼자만의 느낌이 아니었다. 그 자리에 모인 인물들이 공통으로 갖는 느낌이 그랬다.

그날의 자리에서 제일 눈에 띄는 인물은 검찰의 한 핵심 간부였다. 검찰의 핵심 인물이, 차기 대선 후보, 그것도 여당이 아닌 야당의 대선 후보를 지원하는 은밀한 모임에 참여했다. 아마 그는 일종의 거래를 하는 것이리라. 자신이 지지하는 후보가 대통령이 된다면, 검찰에서 그가 원하는 자리는 어디까지일까. 캐더린은 권력을 향한 남자의 본능적 집요함을 느꼈다.

그 다음으로 눈에 띄는 인물은 한 군 출신 인사였다. 그 역시도 캐더린이 보기에는 지나치게 의외의 인물이었다. 그는 현 야당 후보에 대해 가장 극렬하게 반대하는 지역 출신의 인사였다. 그럼에도 그가 이 자리에 참석한 것이었다. 그는 아마도 강욱 안기부장으로 인해 군 내부 기반을 잃은 인사들 가운데 한 명이리라. 그리고 그 역시도 정권 교체를 도약의 발판으로 삼기 위해 이 자리에 참석했을 것이다.

그러고 보면 대통령 선거라는 것은, 정치적 이념과는 어쩌면 거리가 먼 것일지도 모른다. 정치적 이념보다는 오히려 정권 창출의 장을 통해 자신의 영향력 확대를 꾀할 수 있는 인물간의 순열 조합인지도 모를 일이다. 어쨌든 캐더린은 그런 인물들이 참여하는 은밀한 자리에 함께 했고, 자신도 그 자리에 모인 인물들과 전략적 제휴를 한 셈이었다.

"어휴, 늦어서 정말 미안합니다. 차가 워낙에 막혀서……."

김방이 조금 늦게 모임 장소에 도착했다. 그는 이 자리의 실질적인 주선자였다.

그는 요즘 하루에 저녁을 서너 번은 먹는 것 같다며 너스레를 떨었다. 물론 그가 말한 것처럼 그 서너 번이 모두 밥을 먹기 위한 자리는 아니었다. 저녁 식사를 빙자해서 비자금을 모금하는 자리였다.

얼마 전 그런 자리를 통해 캐더린 역시 막대한 자금을 지원한 바 있었다.

"한잔씩들 하셨습니까?"

김방이 조금은 발그레해진 얼굴로 물었다. 전작이 있었던 듯했다.

"이 자리에 모이신 분들은 모두 다 정권 교체! 말하자면 평화롭고 수직적인 정권 교체가 대한민국의 민주화 발전을 위해 꼭 필요하다는 점에 인식을 같이 하고 계신 분들 아닙니까."

자리에 앉은 인사들이 모두 고개를 끄덕였다. 평화롭고 수직적인 정권 교체에 공감한다는 표현이기도 했지만, 전략적인 제휴를 맺은 사람들의 묵시적이고 무조건적인 동의의 표현이기도 했다.

캐더린 역시 강하게 고개를 끄덕였다.

김방이 건배를 제의한 후 지지의 인사말을 마치고 자리에 참석한 인사들에게 술을 권하기 시작했다.

"우리 여성분께 제가 먼저 한잔을 올리지요."

캐더린은 연보랏빛 블라우스의 소매 끝부분에 나머지 한 손을 대고 김방의 잔을 받았다.

차가운 맥주에 루이14세를 섞어 만든 폭탄주였다.

"영광입니다."

캐더린의 입매에 살짝 머무는 미소와 깊은 보조개. 그것이 농익은 여인의 향취를 물씬 풍겼다.

그녀의 미소에 취한 듯 김방이 연방 희떠운 말을 해댔다.

"오히려 제가 더 영광입니다. 이렇게 아름다운 숙녀 분을 만나게 되어서. 우리 권 의원한테 얘기 많이 들었습니다. 하하하."

캐더린은 세련되게 웃었다. 희떠운 말이라도 아름답다는 것은 기분 좋은 칭찬이었고, 그에 걸맞은 미소를 보여주는 것도 비즈니스라면 비즈니스였다.

유일한 홍일점인 캐더린이, 더구나 알 만한 사람은 다 아는 무기로비스트가 그들과 자리를 하고 있었다. 그 자리에 참석한 사람들은 흥미롭다는 시선을 던졌고, 그것은 곧 그녀가 술 한 잔을 다 마시는지 마시지 못 하는지에 대한 말초적 궁금증으로 이어졌다. 그런 사람들에게 보라는 듯, 캐더린은 오연한 미소를 머금고 단숨에 술을 들이킨 다음 머리 위에 잔을 흔들어보였다. 좌중에 한바탕의 웃음이 일었고, 그 웃음기를 입가에 고스란히 묻힌 김방이 다음 좌석으로 이동했다. 그때였다.

"충심을 다해 섬기겠습니다."

뜻밖에도 분위기에 어울리지 않는 고성의 충성 맹세가 터져 나왔다. 그 자리에는 검찰 고위직의 한 인사가 김방을 기다리고 있었다. 자리를 함께 한 사람들 모두 잠시 술기운로 마비되어 있던 신체의 감각기관이 확 깨어나는 기분을 느꼈다.

그랬다. 검찰 고위직 관계자의 충성 맹세는 조금은 자유스러운 파티 같던 모임의 분위기를 한순간에 경직시켜 버렸다.

놀랍게도 그는 무릎을 꿇은 자세로 김방의 술을 받고 있었다.

물론 그에게도 얼마간의 취기가 있었을 것이다. 그러나 아무리 취기를 빙자한다고 해도 무릎을 꿇고 술을 받고 있는 그의 모습은 가히 충격적이었다. 두 사람은 마치 도원결의를 맺기로 한 『삼국지』의 주인공들처럼 결연했다.

권력에 대한 남자들의 놀라운 집착에, 캐더린은 잠시 아연할 따름이었다.

문제는 그 다음부터였다. 검찰 고위직 인사의 충성 맹세는 이후 김방의 술을 받는 사람들에게 그대로 전이되었다. 코미디성 진풍경으로 일축하기에는 눈물겨운 데가 있었다.

마지막으로 김방의 잔을 받은 사람은 예의 군 인사였다. 이미 이 날의 만남은 충성 맹세의 장으로 변질되고 있었다. 캐더린은 그 역시도 다른 사람들처럼 김방 앞에 무릎을 꿇을 것이라 생각했다. 그런데 뜻밖에도 그는 무릎을 꿇지 않았다. 의자에 의연하게, 말 그대로 의연하게 앉은 채 김방의 술을 받았다. 그가 차린 예의라면 술을 받는 오른쪽 팔꿈치 밑으로 왼손을 살짝 가져다대는 정도였다. 그러나 그의 귀밑은 이미 붉어질 대로 붉어져 있었다. 군인으로서의 자존심과 기개로 비록 무릎을 꿇지는 않았지만, 자신이 이 공간 안에서 파괴해버린 수직적 질서는 그에게도 적잖은 부담이 될 것이었다.

그런데 역시 김방은 해파리 같은 인물이었다.

그가 자신과의 수직적 관계를 원한다고 판단되자, 즉시 분위기를 전환시켰던 것이다. 김방은 그에게 술을 권하면서 대취한 듯 흔들거렸으며, 경직됐던 분위기는 어색하나마 풀어지는 듯 보였다. 분위기 경색을 원치 않는다는 무언의 암시였고, 그 자리에 있던 사람들은 모두 그런 김방의 마음을 읽었다.

모두들 상황극이라도 하는 것 같았다. 그리고 모두 그 극 속에서의 자신의 역할에 충실했다. 그날의 파티는 그런 점에서 성공적이었다.

캐더린은 김방에게서 받은 술을 조용히 마시는 군 출신 인사를 눈여겨보았다. ROTC 출신의 군 인사라고 했다. ROTC 출신의 군 인사 가운데는, 현 군 정보기관 총책임자 이병렬이 있다!

그 순간 캐더린은 머릿속으로 그림 하나를 그리고 있었다. 그리고 그 그림의 한가운데에는 강욱이 있었다.

9

캐더린의 예상은 틀리지 않았다.

그날 김방이 베푼 연회에서 끝까지 꼿꼿하던 ROTC 출신의 군 인사는 이름이 정현탁이라고 했다. 그는 국방부 정보 본부에서 근무 중인 인물로, 자존심은 물론이고 자긍심과 야망이 높은 사람이었다.

캐더린은 권준을 통해 자리를 마련했다. 권준은 국회에서 국방위 소속으로 일하고 있던 터라, 그와 안면 정도는 있는 사이였다. 캐더린이 그들과의 식사를 위해 준비한 곳은 강남의 한 깔끔하고 조용한 식당이었다. 정현탁은 식성이 좋았으며, 대체로 호탕하고 시원시원한 성격이었다.

정현탁은 캐더린이 자신을 청한 이유가 궁금했다. 그녀는 근 몇 년 간 한국의 무기 도입 사업과 관련해서 가장 성공률이 높은 로비스트가 아니던가. 그녀가 자리를 마련한 것은, 차기 정권의 무기 도입 문제와 관련해 미리 포석을 깔기 위한 것이 아닐까 짐작했다. 그의 생각은 틀리지 않았다.

식사를 마치고 시원한 얼음물로 입안을 헹구어내며 그가 물었다.

"오늘 나를 보자고 한 용무가 있을 텐데, 뭡니까?"

용무라…… 캐더린은 잠시 정현탁이라는 인간의 성향에 대해서 파악했다. 그는 다혈질에 약간 공격적이며 자존심과 명예욕이 강한 인물이다. 그리고 단순하다. 이런 인간에게는 솔직하게 말하는 게 최선이다.

"아시는 것처럼, 저는 무기 로비스트입니다. 차기 정권에서 결정될 FX 사업에 대해서 관심이 많습니다."

"개나 소나……."

정현탁이 물수건으로 목 주위를 훔치다, 순간적으로 내뱉었다. 말을 해놓고 그 역시 아차 싶었는지 캐더린을 슬며시 훔쳐보았다.

정현탁의 말은 캐더린에게 충분히 기분 나쁠 수 있는 말이었지만, 그녀는 그런 것에 심리적으로 동요하는 인물은 아니었다. 얼굴을 붉히는 것 대신 캐더린이 택한 것은 웃음이었다.

"호호호. 개나 소나 다 달려들지요. 그래서 좀 많이 알지 않으면 안 될 거 같아서요."

조금 전의 민망함을 상쇄하려는 듯, 정현탁의 설명은 자못 진지했다.

"잘 아시겠지만, 대한민국 군이 업체를 선정하는 기준은 단 한 가지입니다. 얼마나 유리한 조건으로 얼마나 좋은 제품을 들일 수 있는가."

"유리한 조건으로 좋은 제품을 들이려는 것은 대한민국 군 뿐만이 아닙니다. 그것은 다른 나라도 마찬가지 아니겠습니까. 얼마 전에 제가 싱가포르에서 큰 거래를 성사시킨 적이 있습니다. 그때 싱가포르의 국방부 책임자도 같은 말을 하더군요. 좋습니다. 한국 군에서 말하는 좋은 조건이란 구체적으로 무엇을 의미하는 겁니까?"

캐더린은 웃고 있었지만, 그녀의 집요함은 이미 날이 서 있었다.

"예를 들어 기술 이전 같은 거 말입니다."

특정 국가로부터 무기를 들여올 때 가장 어려운 문제가 바로 이

기술 이전 문제다. 세계 방산업체들은 일반적으로 기술 이전 문제에 인색했다. 특히 미국이 그랬다. 그래서 기술 이전 문제를 어떻게 해결하는가에 거래의 성패가 달려 있는 경우가 적지 않았다.

"기술 이전…… 좋지요. 그러나 기술 이전을 받을 만한 기술력이 되는가, 이것도 문제인데……."

캐더린이 슬쩍 정현탁을 떠보았다.

기술 이전을 한다 해도 그것을 받아들일 기술력이 한국에 있는가 하는 점이 의문이었다. 정현탁은 대답 대신 고개를 끄덕였다. 정현탁 같은 사람의 특성은 그랬다. 인정할 것은 확실히 인정한다.

캐더린이 말을 이었다.

"한국은 FX 사업에서 말입니다. 가장 중요하게 생각하는 게 수명주기 비용 아닙니까? 아시는 것처럼, 지금 가장 유력한 게 F15인데…… 그건 조금 있으면 미국에서도 단종될 겁니다."

정현탁이 말했다.

"그래서 말들이 많아요. 라팔이 좋다, 수호이가 싸다, 아니다 유로파이터다. 그러나 라팔이나 수호이 다 문제가 있고, 유로파이터는 어떤 제품이 나올지 아직 확실치도 않고."

"그럼, 한국이 F15를 들인다고 가정할 때……."

"그건 아직 모르지."

"한국은 FX의 ROC를 정할 때, F15를 기준으로 삼았습니다. 무기상들은 한국이 F15를 들이는 것으로 알고 있고요."

"글쎄 그건 아직 모른다니까……."

정현탁의 목소리에 약간의 짜증이 묻어났다. 그럼에도 캐더린의 질문은 계속되었다.

"미국이 F15 생산을 중단하면 어떻게 되는 겁니까? 미국은 2018년 쯤 F15 전투기 생산을 전면 중단할 것 같은데…… 그렇게 되면 F15를 들인 한국의 전투기 부품 문제는 어떻게 할 건지, 대안은 가지고 있습니까?

"허허허. 동류전환을 한다는 말도 있고……."

"다른 전투기의 부품을 해체해서 쓴다는……."

정현탁은 대답 대신 머리를 끄덕였다.

캐더린은 속으로 쾌재를 불렀다.

F15의 생산 라인을 한국 측이 인수하는 것으로 하면 이 문제는 해결될 수 있다. 물론 보잉 사의 입장이 어떤지는 아직 확실히 확인되지 않았다. 그러나 가능성이 전혀 없는 것은 아니었다. 캐더린의 입에서는 주체할 수 없이 웃음이 흘러나오고 있었다. 그러나 그 미소의 의미를, 정현탁은 알아차리지 못했다.

"그리고 말입니다. 이병렬 군 정보기관 총책임자 하고 잘 아시지요?"

이번에는 권준이 은밀히 이야기를 끄집어냈다.

이 부분에서 정현탁은 긴장했다. 이병렬이 안기부장 강욱 쪽 사람이라는 건 알만한 사람은 다 아는 일 아닌가. 권준이 이병렬을 잘 아느냐고 설레발 치는 궁극적인 이유는 무엇일까. 정현탁이 머릿속으로 상황을 분석하고 있을 때, 권준이 조용하게 그러나 단호하게 이야기했다.

"아시겠지만, 정권이 바뀌면 많은 사람들이 뜻하지 않은 일에 말려 다치게 됩니다. 우리 쪽에서 파악하기로, 안기부장이 군 정보기관 쪽 정보까지 꿰고 있지 않았습니까. 이병렬 사령관은 능력과 소신이 있는 분이신데……."

이 말은 잘 들으면 안타까움의 표현이지만, 제대로 들으면 협박이었다. 정권이 바뀔 것이고, 이대로 가면 정권 교체 후 이병렬의 안위를 책임질 수 없다는.

지금 권준은 정현탁을 대상으로, 말하자면 적군의 포섭 작업을 논의하는 중이었다. 이병렬을 빼올 수만 있다면, 그것은 강욱에게 엄청난 타격이 될 것이다.

권준은 말을 이었다.

"그래서 말인데…… 이병렬 사령관과 한번 만났으면 좋겠습니다. 우리 정 대령님도 함께요."

정현탁은 오래도록 고개를 끄덕였다. 그리고 한순간 허공에서 두 사람의 시선이 엉겼다. 그 시선 속에서 모종의 교감이 오고 갔고, 뒤이어 은밀한 웃음이 두 사람의 입가로 흘러나왔다.

10

대통령 선거가 있기 대략 일주일 전, 강욱은 이미 자신의 운명을 예감했다.

군 정보기관 총책임자 이병렬을 만나면서였다.

그 즈음, 그는 전에 없이 초조했다. 미국 CIA의 분석뿐 아니라, 안기부 자체 조사에도 그가 반대하던 야당의 총재의 대통령 당선이 유력했다. 그러나 표 차는 박빙이었다. 잘하면 판을 뒤엎을 수도 있었다. 대선 기간이었다. 말하자면 전시(戰時)였다. 전시에 수뇌부는 전쟁에서 이기기 위한 모든 수단을 강구한다.

강욱은 마지막 수단을 사용하기로 했다. 만약이라도 잘못된다면, 그는 위기에 처할 수도 있었다. 그러나 어쩔 수 없었다, 전시이기 때문에.

강욱이 생각한 마지막 수단, 그것은 군을 움직여 여론을 만드는 것이었다.

보수인사들에게 군은 아주 민감한 집단이다. 만약 군이, 후보자의 사상에 대한 우려를 표명한다면, 보수의 물방울이 한 방울이라도 튄 잠재적 보수 세력들까지도 동요할 것이다. 동요해서 결속할 것이다.

군 정보기관 총책임자 이병렬을 만난 것은, 그 때문이었다.

이병렬을 통해 군 내부에서 현 야당 대선 후보를 반대하는 공식 입장을 취하기 위해서였다.

"군을…… 움직여주게."

강욱이 말라서 거스러미가 잔뜩 앉은 아랫입술을 물어뜯으며 말했다.

"군을 움직여달라니요?"

안기부장 강욱은 답답하다는 듯이 말을 이었다.

"그러니까 내 말은 공식적으로 대북관이 의심스러운 인물이 대통령으로 당선되면 안 된다는 여론을 군 내부에 좀…….”

“싫습니다.”

이병렬이 미간을 찌푸렸다.

“군의 존립 근거는 적으로부터 나라를 지키는 것입니다. 그런데 그동안 우리 군은 적잖게 정치적 사건에 휘말려 왔습니다. 한때 군이 정치에 예속된 적도 있었습니다. 그건 군 스스로 그런 빌미를 제공해왔기 때문입니다. 어떤 경우에도 군은 정치에 초연해야 합니다. 그건 군인으로서 제가 가진 철학이자 소신입니다. 그런데 지금 부장님께서는 제게, 그것에 반하는 행동을 요구하시는 겁니까?”

안기부장 강욱은 처음에는 자신의 귀를 의심했다. 그가 국방장관직에 있을 때 이병렬을 군 정보기관 총책임자 자리에 앉혔다. 그리고 군 정보기관 총책임자로 있으면서 이병렬은 한 번도 그의 뜻을 거스르지 않았다.

강욱이 뭐라 할 말을 찾지 못하고 있을 때, 이병렬이 말을 이었다.

“저는 정치적인 문제에 관해서는 군이 철저히 중립적이어야 한다는 소신을 가지고 있습니다. 지금은 정권 말기인데다 대선 기간입니다. 군이 정치에 휘둘리기 가장 쉬울 때라는 얘깁니다. 저는 중심을 잡고 철저히 제 자리를 지킬 겁니다. 부장님께서도 도와주십시오.”

원칙적으로 이병렬의 말이 하나도 틀린 데는 없었다. 그러나 그가 그렇게 원칙적인 인물이었던가.

강욱은 허탈했다. 그러나 허탈함에 빠져 있는 것조차도 감정의 사치로 여겨질 만큼 상황은 절박했다. 강욱은 이병렬의 마음을 바꾸기 위해 노력해 보았지만, 그는 요지부동이었다.

그 순간 강욱을 참혹하게 한 것은, 군 후배에게 그런 명령을 내릴 수밖에 없는 자신에 대한 자괴였다.

11

현기문의 일격은 생각보다 빨랐다.

캐더린이 미국으로 떠난 지 채 일주일도 지나지 않아, 김기용으로부터 한국 측이 P-프로젝트를 전면 보이콧하기로 했다는 연락이 왔다. 한국 측의 일방적 통보였다. P-프로젝트 단장 현기문은, 국방부에 사업 중단을 건의한 데 이어 사업 진행을 위해 미국에 와 있던 한국 측 군인들에게 철수 명령까지 내렸다. 현기문은 캐더린의 예상대로 움직였고, E시스템 사에서 캐더린을 찾은 것은 바로 그 즈음이었다. 캐더린으로서는 적절한 타이밍이었다.

마이크는 약간 신경질적인 모습이었다.

"한국 측에서 사업을 중단하겠다고 하는데, 결과만 놓고 말하자면 그건 한국 측의 손해입니다. 계약서에는 사업이 중단 될 경우, 사업 중단의 빌미를 제공한 쪽에 책임을 묻도록 되어 있습니다. 그리고 매달 꼬박꼬박 사업 진행 비용은 우리 측에 지급하게 되어 있고요."

"한국 측에서 요구하는 시험비행 횟수를 E시스템 사 측에서 들어주지 않았다고 하던데요?"

캐더린이 물었다.

"그건 의무 조항이 아니오. 우리는 약속한 대로 제품을 생산해서 인도하면 되는 거요."

"한국 측에서 시험비행 횟수를 늘여서라도 꼭 확보가 되었으면 하는, 성능 요구 시스템이 있을 것 아닙니까?"

마이크는 어깨를 한번 으쓱해 보이더니 말을 이었다.

"U2 기에 장착되어 있는 원격조종감시체계(RCSS) 정도는 만들어달라는 겁니다."

"원격조종감시체계를 어느 수준으로 맞출 수 있을지는 호커800에 장착을 해서 시험해보는 수밖에 없는데……."

"그러면 추가 비용이 막대하게 듭니다. 우리는 그럴 생각이 없습니다."

"그건 E시스템 쪽 생각이고, 그게 안 되면 한국은 제품을 인도받을 생각이 없다고 합니다."

"그러니 캐더린, 당신이라도 나서서 한국 측을 설득해줘요. 이렇게 버텨봤자 결국 손해는 한국 쪽이 입게 돼 있다고."

"저기…… 말입니다."

캐더린이 살짝 웃었다. 드러나는 고운 입매가 매혹적이었다.

선수는 선수를 알아보는 법이다. 마이크는 그런 캐더린을 바라보며, 이 여자가 뭔가 꿍꿍이가 있다는 사실을 알아차렸다.

"마이크…… 우리끼리 솔직히 말합시다. 한국에서 시험비행 횟수를 늘려달라고 하면 E시스템 사 측에 부담은 될 겁니다. 워낙 한국 측에서 가격을 많이 깎았고, 채산성을 맞추기 위해 시험비행 횟수를 줄이는 것으로 돈을 절약할 생각이었을 테니까요. 그런데 말입니다. 문제는 한국에서는 절대 E시스템 사에서 만들어주는 그대로 제품을 인수해갈 생각이 없다는 겁니다. 지금 자꾸 문제를 일으키고 있잖아요. 그게 한국 측에만 불리할까요? 독일의 경우를 생각해보세요."

독일의 경우…… 시실 그것이 복병이기는 했다. 그러나 대부분의 사람이 그것이 몰고 올 파괴력을 생각하지 못하고 있었다. 케이스 바이 케이스, 한국은 한국의 경우고 독일은 독일의 경우라는 것이 그들의 생각이었다. 그런데 이번 건은 그런 식으로 단정 지을 수 있는 상황이 아니라는 데에 마이크의 고민이 있었다. 마이크는 손을 턱에 괴고 한동안 깊은 생각에 빠졌다.

E시스템 사는 예전에 한국과 똑같은 방식으로 독일에 감청 장비를 판매한 적이 있었다. 그러나 사업 진행 과정에 적잖은 문제점이 야기되었고, 결국 독일은 계약을 파기했다. 그리고 그 문제는 지금 국제 재판소에 계류되어 있는 상황이었다.

만약 한국에서도 비슷한 문제가 발생한다면, E시스템 사가 지불해야할 대외 이미지 실추 비용은 만만치 않을 것이다. 다시는 이런 방식으로 거래를 진행시킬 수 없을지도 모른다.

사실 캐더린은 독일의 경우를 들어 E시스템 사를 압박할 수 있으리라는 계산을 이미 하고 있었다. 그러기 위해서는 한국의 강경한 태도가 필요했고, 현기문을 자극한 것은 그런 이유에서였다.

마이크가 웃었다. 그는 자신들의 이익에 대해서는 집요했지만,

상황을 냉정하게 파악할 줄 알았다. 상황 파악이 끝났다면 남은 건 신속한 대처였다.

그의 웃음은 이미 손익계산이 끝났다는 뜻이었다.

"캐더린, 당신은 어디 편이오?"

그가 물었다.

그 질문의 의도를 모를 캐더린이 아니었다.

"나는 그저 내 편입니다."

"당신은 그저 당신 편? 당신은 이익이 발생할 수 있는 곳의 편이지. 우리든 한국 정부든."

마이크의 말이 어쩌면 맞을는지 모른다.

캐더린은 값싼 애국심 때문에 한국의 편을 든 것도, E시스템 사의 약점을 잡아 미국 측을 배반한 것도 아니다. 그저 힘의 흐름을 파악했을 뿐이다. 지금 양쪽으로 똑같은 무게인 저울의 추가 어느 쪽으로 기울 가능성이 많은가. 그에 대해 적절하고 정확한 판단을 내린 다음 움직이면 되는 것이다.

이번 일은, 한국보다 미국의 약점이 많았다.

마이크는 솔직하게 그것을 인정했다.

"좋습니다. 한국 측의 요구를 내부적으로 다시 검토해보겠습니다."

"다음달 E시스템 사의 사장님께서 싱가포르 방문 일정이 있는 걸로 압니다. 한국에 들러 관계자들과 그 문제에 대해 다시 논의를 해 보시는 게 좋을 것 같습니다. 사장이 직접 성의를 보이면, 한국은 좀더 유연하게 협상 테이블에 임할 겁니다."

P-프로젝트의 성능 문제로 시간을 끌면, 한국도 한국이지만 E시

스템 사에도 불리하다. E시스템은 독일과의 사업 실패라는 결정적 약점을 안고 있었다. 그 약점을 보완하는 데는 한국에서의 성공이 꼭 필요했다. 마이크는 깨끗이 그들의 약점을 인정했다. 약점을 안고 거래를 진행하면 결코 성공할 수 없다는, 거래의 1차 원칙을 마이크는 잠깐 잊고 있었다. 그런데 그것을 자신의 눈앞에서 눈부시게 웃고 있는 영악한 여자, 캐더린이 다시금 일깨워 주었던 것이다.

캐더린이 마이크를 만나고 얼마 후, E시스템 사 사장은 한국으로 가서 현기문을 만났다. 곡절이 있기는 했지만, P-프로젝트는 다시 진행되었다.

캐더린은 얼마 후에 있을 보잉 사의 공식 리셉션에 참석하기 위해 뉴욕 57번가에 있는 티파니 매장에 들렀다. 초록빛 에메랄드 귀걸이와 목걸이 세트를 구입하기 위해서였다. 티파니에는 캐더린을 담당하는 매니저가 따로 있었다. 매니저를 통해 그녀는 언제인가 푸에르토리코 여행에서 본 카리브 해의 물빛 같은 초록빛 에메랄드 세트를 구입했다. 아름다웠다. 캐더린은 거기서 비슷한 제품을 하나 더 구입했다. 세팅은 조금 달랐지만, 가격이나 품질은 같은 수준이었다. 캐더린은, 김기용을 통해 그것을 한국에 있는 현기문의 부인에게 선물했다. 그녀가 파악한 정보에 의하면, 현기문 부부의 결혼기념일이 다음달이었다.

로비스트로 성공하기 위해서는, 고객이든 관계자이든 사람에게 정성을 다하는 것이 무엇보다 중요하다. 정성과 세심함의 극치, 그것이 캐더린이 로비스트로 성공할 수 있는 발판이 되어주었다. 게

다가 현기문에 대해서 캐더린은 고객 이상의 느낌을 가지고 있었다. 그것은 한 인간에 대한, 고개 숙여짐이었다. 열정과 책임감 그리고 그가 가진 미덕들에 대한. 그래서 그녀는 자신의 선물에 우정의 이름을 담았다.

캐더린의 선물을 받고 현기문이 화답의 전화를 했다. 현기문 역시 담백하고 진심어린 마음으로 그녀의 선물을 고마워했다. 그는 조금 들뜬 목소리로 E시스템 사의 사장을 직접 면담했으며, 그쪽에서 한국 측의 요구를 상당 부분 수용하기로 했다고 말했다. 현기문은 캐더린이 어떻게 일을 풀어갔는지 구체적으로 알지는 못했지만, 그녀가 어느 정도 역할을 했을 거라고 짐작했다. 이제 현기문에게 캐더린은 배포를 지닌 지능적인 로비스트였다. 캐더린과 마찬가지로 그 역시 캐더린에게 진심어린 우정을 느꼈다.

그리고 그 마음은 전화선을 통해 그녀에게 그대로 전달되었다.

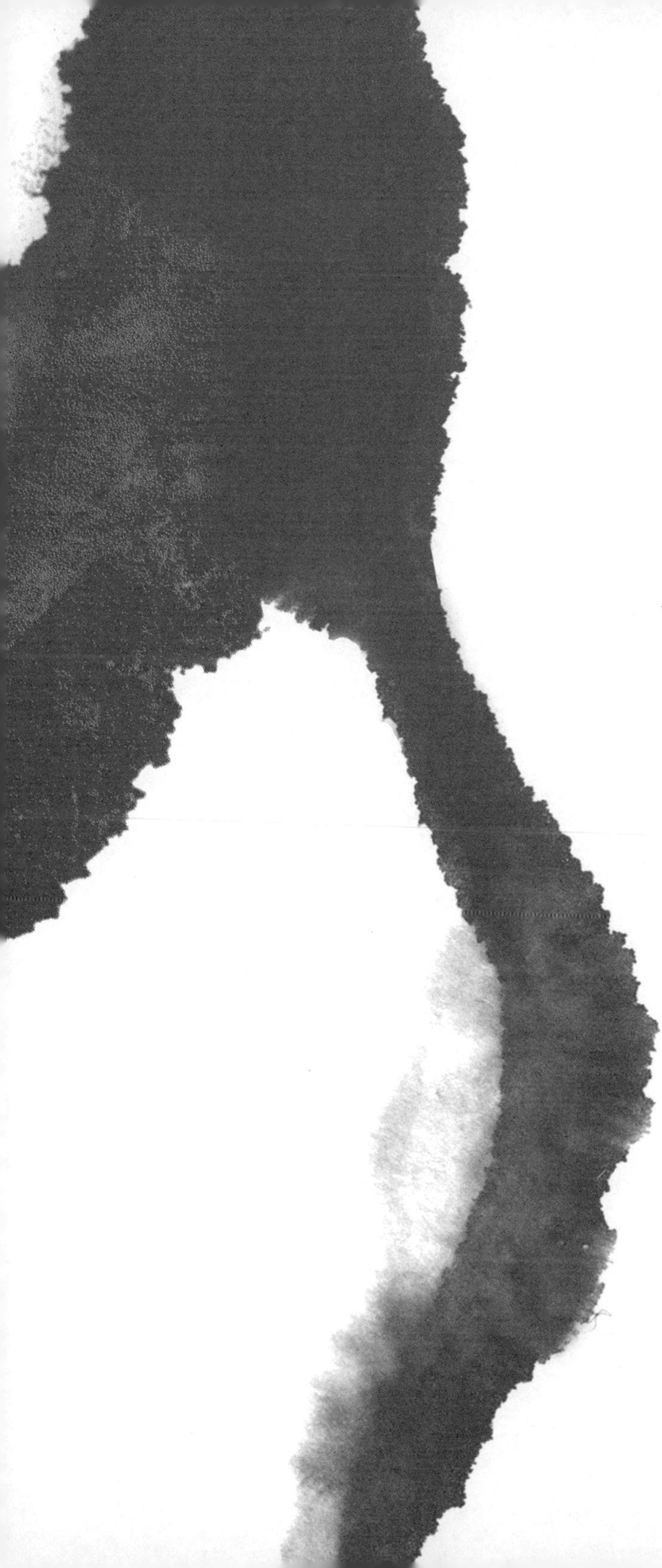

8장

은밀한 적

1

보잉 사에서 마련한 리셉션의 규모는 상당했다.

보잉 사와 맥도널더글라스 사의 공식 합병 이후, 회사의 운영 방향을 알리는 자리였으니 당연했다. 리셉션에는 미 국방부나 국무성의 인사들은 물론이고 각국 외교관들과 국내외의 기라성 같은 무기상들이 참석했다. 그뿐만 아니라 보잉 사는 각국을 대표하는 언론사의 기자들까지도 초청했다. 물론 비용은 보잉 사가 일체 부담하는 조건이었다.

무기 로비스트 캐더린은, 이런 종류의 리셉션을 정보 수집과 자신의 이름을 알리는 기회로 적극 활용했다. 그러기 위해서 자신의 외모에 대한 투자를 아끼지 않았다. 그녀가 가진 외적 아름다움은, 그녀가 투자하고 가꾸어야 하는 재산이었다.

캐더린은 길게 흘러내린 머리를 한 가닥으로 묶어서 단정히 틀어

올린 후 에메랄드 헤어핀으로 고정했다. 그리고 어깨 부분이 성기게 손뜨개 된 블루 드레스를 입었다. 아르마니 것으로 지나치게 화려하지 않으면서 격조와 품위가 느껴지는 옷이었다. 거기에다 얼마 전 티파니에서 구입한 에메랄드 귀걸이와 목걸이로 마지막 포인트를 주었다.

거울 앞에 선 그녀는 아름다웠다.

리셉션 장소는 시애틀 스페이스 니들 근처의 특급 호텔이었다. 공식적인 자리가 끝난 뒤, 칵테일파티가 이어졌다. 파티의 분위기는 화려하기보다는 단아했다. 실내악단의 바이올린 현 하나하나의 소리를 구분해 들을 수 있을 만큼 조용하고 고즈넉했다. 사람들은 조용조용 걸어다녔고, 나지막이 웃었다.

캐더린은 맥도널더글러스 시절부터 함께 손발을 맞추어 일하고 있는 동료 폴을 찾았다. 한국의 FX 사업과 관련해서 새로운 정보가 있는지 알아보기 위해서였다. 현재까지는 보잉 사의 F15가 선정될 확률이 높았다. 한국 군인들 가운데 상당수가 프랑스의 라팔을 원하고 있었지만, FX와 같은 큰 사업에서 한국이 미국의 입김을 배제하기란 쉽지 않다. 적어도 캐더린은 그렇게 분석하고 있었다. 그렇다면 이제 남은 것은 누가 보잉 사의 로비스트가 되는가 하는 점이었다.

폴이 먼저 캐더린을 발견하고 칵테일 잔을 들고 그녀 쪽으로 왔다.

"아름다운데……."

폴이 건넨 첫 마디였다.

그는 아름다움을 보고 즐길 줄 아는 남자였다. 또한 아름다움을 인정할 줄 아는 남자였다.

인간 세상의 아름다움에 대한 정서적 쾌락을 추구하는 무기상들. 폴과 캐더린 두 사람에게는 이런 극단의 아이러니가 있었고, 그런 면에서 캐더린과 폴은 통하는 데가 있었다.

두 사람은 얼마 전 브로드웨이에서 공연되었던 뮤지컬에 대해 잠깐 이야기를 나눈 다음, 본론으로 들어갔다.

두 사람의 본론은 당연히 FX였다.

"CIA가 자체 분석한 바에 의하면, 이번에 한국에서 수직적 정권 교체가 이뤄질 것 같던데…… 만약 새 정부가 탄생한다면 군부 쪽 라인은 어떻게 될 거 같아요?"

"글쎄요……."

캐더린이 잠시 말을 멈추고 웃었다. 새 정권의 탄생과 동시에 몰락의 길을 걷게 될 안기부장 강욱이 떠올랐던 것이다.

"새 정권이 어떻게 탄생될지는 잘 모르지만, CIA 분석대로 정권 교체가 이루어진다면, 군부 쪽 기반이 약한 건 사실입니다. 그런데 현 군부 쪽 인사들 가운데 상당수는 이미 과거와의 절연을 시도하고 있습니다. 강욱 안기부장이 군부를 통제하면서 철저히 소외되어 왔던 인물들이지요."

캐더린의 머릿속에 떠오르는 인물, 김방과의 식사 자리에서 꼿꼿이 앉아 있던 ROTC 출신 정현탁이 떠올랐다. 정현탁은 이미 군 정보기관 총책임자 이병렬과의 접촉을 끝냈을 것이다.

캐더린은 말을 이었다.

"아마 출신 지역 등의 문제로 승진에서 억울하게 탈락했던 사람들 중심으로 대한민국 군이 재편될 겁니다. 그리고 저는 그쪽으로 확실한 라인을 잡게 될 겁니다."

캐더린은 자신만만했다.

폴은 캐더린의 말을 70퍼센트까지 믿었다. 어떤 라인의 누구를 통해서인지 구체적인 것까지는 알 수 없지만, 그녀는 목표로 삼은 군 수뇌부와는 반드시 특별한 관계를 만들어냈고, 그것을 바탕으로 거래를 성공시켜 왔던 것이다. 그러나 폴은 나머지 30퍼센트의 가능성을 절대 소홀히 하지 않는 사람이었다. 그렇기 때문에 그는 맥도널더글라스 시절부터 접촉해온 한국 출신 무기상들의 가능성을 다각도로 주목해왔다. 그 가운데는 강욱 라인도 있었지만, 정권이라는 변수가 있었다.

캐더린은 레드 와인을 골라 천천히 마셨다. 에메랄드빛으로 치장한 그녀가 붉은색 와인을 마시는 모습은 고혹적이었다.

중동 왕족 출신 몇 명이 그녀를 주목했다. 거래를 성사시킬 때, 그 시작은 항상 로비스트로서 어떤 인상과 이미지를 심어주는가에서 출발한다. 인상이라는 것은 간단했다. 굳이 프로이트의 이론이 아니더라도, 세상은 여자와 남자로 구성되어 있고, 여자와 남자는 서로에 대해 1차원적이며 근원적인 호기심을 가지고 있다. 그 호기심은 이성이나 교육 등으로 잘 포장되어 있을 뿐이다.

언젠가 무기 구매를 위해 접촉할 일이 생길 때, 그들은 지금의 아름답고 신비한 그녀를 기억하리라. 캐더린은 그들의 시선을 적절히 의식하며 말을 이었다.

"나는 에프엑스와 관련해서 보잉 사의 로비스트가 되는 조건으로, 세인트루이스의 F15기 생산라인까지 한국에 판매하는 것을 조건으로 삼을 작정입니다."

폴이 고개를 끄덕였다. 타당성이 있는 의견으로, 두 사람은 이미 이 문제에 대해 원칙적으로 공감한 바 있었다.

한국 정부가 차세대 전투기 도입 사업에 보잉의 F15 전투기를 구매해간다면, 미 공군의 주력기종에서 멀어지기 시작한 F15 전투기는, 한시적이겠지만 되살아날 것이다. 그리고 그렇게 되살아난 F15 전투기는 보잉 사를 먹여 살릴 것이다. 보잉 사는 이를 위해 적잖은 정치자금을 미 정계에 기부할 것이고, 그 가운데 상당액은 공화당으로 흘러들어 갈 것이다. 그리고 선거를 통해 누가 정권을 잡든, 정권을 잡은 세력은 분명 F15 전투기 구매와 관련해서 한국 정부를 압박할 것이다. 물론 공화당이 정권을 잡는다면 더욱 유리하겠지만.

그런 정치 역학 관계를, 동양의 이 아름다운 여자는 지능적으로 이용하고 있지 않은가.

폴은 캐더린의 잔에 자신의 잔을 부딪쳤다.

그 순간, 캐더린은 보잉 사의 공식 로비스트가 되는데 한 걸음 더 다가섰다고 생각했다.

바로 그때, 폴의 시야에 두 명의 남자가 들어왔다. 최근 들어 폴이 관심을 갖기 시작한 한국인들이었다. 폴은 집요히 그들을 주시했다.

2

칵테일파티는 오랫동안 계속되었다. 캐더린은 많은 사람들을 만나서, 많은 이야기를 나누었다. 특히 보잉 사 측 인물들을 접촉하는 데 주력했다. 맥도널더글라스 사에 비해 보잉 사 쪽에는 상대적으로 인맥이 취약했기 때문이었다. 그러다가 폴이 누군가를 주시하고 있다는 사실을 깨달았다. 폴은 그들과 자연스레 접촉할 수 있는 기회를 노리는 듯했다.

캐더린은 폴의 시선으로, 그들을 바라보았다.

두 사람 다 동양인이었다. 한 사람은 풍채가 좋고 다른 사람은 키가 컸다.

"누구에요?"

캐더린이 물었다.

"모두 한국 출신들이에요. 저기 뚱뚱한 사람 있지요? 저 사람은 이번 한국 대통령 선거에서 당선이 유력한 후보에게 확실한 선을 대고 있어요. 고향도 같고 정치자금도 엄청나게 지원했을 겁니다."

"혹시 장도춘?"

캐더린이 물었다.

"알아요?"

"얘기만 들었어요."

캐더린의 입에서 신음과도 같은 대답이 흘러나왔다. 가슴으로 잔잔한 파문이 몰려왔다. 장도춘…… 권준이 이야기한 바로 그가, 벌써 움직이기 시작했단 말인가.

"옆에 있는 사람은 누군가요?"

캐더린은 장도춘 옆에 서 있는, 약간 마른데다 날카로운 인상을 가진 남자를 가리켰다.

"아, 저 사람…… 예전에 기자를 했다고 하던데, 여기서는 한국을 비롯한 극동 아시아를 대상으로 무역업을 하고 있어요. 인맥이 아주 넓고……."

한순간 폴은 말을 낮추었다.

"정보력이 막강해요. 게다가 북한 쪽으로도 인맥이 강해요. 북한하고 대화 채널이 봉쇄될 때, 한국 정부가 가끔 이용하는 라인입니다."

극동 아시아를 대상으로 무역업을 하는, 남한 뿐만 아니라 북한에까지 막강한 정보력을 가진 인물과 차기 대통령으로 유력한 후보와 긴밀한 관계를 맺고 있는 인물이 손을 잡았다. 정권이 바뀐다는 가정 하에서 보자면, 그들은 엄청난 잠재력을 가진 셈이다. 두 사람은 이미 서로의 연합이 가져올 시너지 효과에 대해서 파악을 끝마친 게 분명했다. 그리고 이제 공식적인 활동을 시작한 것이다.

캐더린에게 있어서는, 막강한 도전 세력이었다.

폴은 그들과 접촉할 수 있는 적절한 타이밍을 노리는 것 같았다.

세계적인 무기 생산업체에서 일하는 그의 입장에서 보면 당연한 일이었다. 그는 다양한 사람들을 접촉하면서, 모든 가능성을 열어두는 방식으로 일을 하고 있었다. 그들이 보잉 사 쪽 인사들을 만나고 있을 때, 폴이 자연스레 그쪽으로 자리를 옮겼다. 폴에게는 자연스럽게 그들과 접촉할 수 있는 적당한 기회가 온 셈이었다.

캐더린 역시 천천히 그쪽으로 자리를 옮겼다.

"안녕하십니까?"

그들은 폴의 등장을 기다린 듯했다. 반가워했고, 그 반가움은 자연스러웠다.

키가 큰 남자가 먼저 폴과 인사를 했고, 그는 자신 옆에 서 있던 장도춘을 폴에게 소개했다.

"이분은 한국을 대상으로 무역업을 하는데, 예전에 대한민국에 오렌지주스를 수출하기도 했고…… 아마, 정권이 바뀌면 크게……."

키가 큰 남자는 아차 하는 얼굴로 말끝을 흐렸다. 캐더린과 눈이 마주친 것이다.

폴이 자연스럽게 뚱뚱한 남자에게 손을 내밀었다.

"반갑습니다."

남자가 폴의 손을 잡았다.

"반갑습니다. 맥도널더글라스 사의 한국 담당 중역이라고 들었습니다. 저는 로버트 장입니다."

로버트 장이라고 자신의 신분을 밝힌 장도춘. 그의 웃음은 어딘지 과장되어 있었다. 이런 자리가 익숙하지 않은 듯했다. 그러나 진땀을 흘리는 것 같으면서도 눈빛만은 형형했다.

그 눈빛을 마주보며 캐더린이 손을 내밀었다.

"같은 한국 분을 만나게 되어서 반갑습니다."

키가 큰 남자가 손을 내밀었다. 그의 매너는 세련된 데가 있었다.

"알고 있습니다. 무기 로비스트로 큰일을 많이 해내신 걸요."

캐더린은 남자와 악수를 한 다음, 장도춘의 손을 잡았다. 그에게서 캐더린에 대한 경계의 눈빛을 읽을 수 있었다. 그뿐만 아니라 순진하게도 의례적인 매너조차 익히지 못한 사람처럼 굴었다. 캐더린이 말을 걸어도 의도적으로 눈이 마주치는 것을 피하고, 짐짓 못 들은 척하기까지 했다! 그때 캐더린은 알았다. 그들이 어떤 형태로든 FX에 관여하리라는 것을.

파티가 끝날 무렵, 장도춘 일행은 한국대사관 직원들과 한국에서 온 기자들을 데리고 자리를 떴다. 한국인들끼리 결속을 다지러 가는 모습이었다. 그들 가운데 기자들은 다음날 아침 일찍 앵커리지에 있는 엘 멘돌프 공군 기지로 떠날 예정이었다. 보잉 사는 그들을 위해 앵커리지 미 공군 기지에서 F15E의 비행단과 격납고를 보여주는 견학 프로그램을 준비하고 있었다.

그럼에도 그들 모두 장도춘 일행과 함께 떠났다. 아마 그들은 밤새 고급음식과 술을 진탕 먹고 마시며, 이국의 밤을 화려하게 즐길 것이다. 그렇게 아침까지 시간을 보내고, 빽빽하고 무거운 눈으로 보잉 사로 돌아올 것이다. 그리고 보잉 사 항공기에 실려 앵커리지까지 날아가게 되리라. 행사장을 떠나는 그들의 모습은 무척 떠들썩했다.

캐더린은 천천히 창밖으로 시선을 돌렸다. 밤하늘에 성기게 별들이 떠있었다. 쓸쓸했다.

하늘에 뜬 성긴 별을 바라보며 마시는 와인은 썼다.

3

그해 대통령 선거에서, 강욱이 그토록 극렬히 반대하던 야당 후보가 대통령으로 당선되었다. 대한민국이 최초로 수평적 정권 교체를 이룩해 낸 것이다.

정권이 바뀐다는 것은 권력이 바뀐다는 뜻이다.

권력이 바뀌게 되면, 많은 사람들이 그에 대한 대가를 지불해야 한다. 특히 지난 정권에서 권력의 서슬 퍼런 날을 세웠던 사람들은 더더욱 그랬다.

전 안기부장 강욱이 권력을 잃은 대가는 참담했다.

그는 안기부의 불법 대선 개입에 대한 검찰 조사를 앞두고 있었다. 그리고 그것이 언론을 통해 알려지면서 세상으로부터 철저히 고립되었다. 철저히 고립되어, 홀로 자신에게 적대적인 힘과 싸워야했다. 그 힘이 타당한 것인지 부당한 것인지 따지는 것은, 힘을 빼앗기거나 힘이 없는 자에게는 무의미한 일이었다. 안기부의 불법 대선 개입에 대한 내사는 물론이고, 검찰 역시 수사에 착수한 상황이었다. 수사의 초점은 안기부가 어떤 식으로 대선에 개입했는가 하는 점이었다.

대선 직전, 안기부는 통제 불능한 상태였다. 어느 후보에게 선을 댔는지에 따라 부원들의 편이 나뉘었다. 그리고 지지하는 후보의 당선을 위해, 그들에게 자신이 파악하고 있는 모든 정보를 제공했다. 대선 후보들은 정보의 블랙홀이었다. 가능한 한 모든 정보를 다 빨아들였고, 사용했다. 대선이 가까워지자, 마치 지상에 드러난 나무의 뿌리 같은 형상으로 정치권에 줄을 댄 그들의 실체가 드러났다. 그 무렵 부원들에게 대선은 사느냐 죽느냐의 문제였다. 그들은 치열했으며, 격렬했다.

한바탕 광풍이 몰고 간 뒤, 안기부는 재편되었다.

게임에서 진 사람들 앞에는 혹독한 현실이 기다리고 있었다. 검찰의 수사였다. 검찰은 이미 상당한 내사 자료를 가지고 수사에 착수했다. 검찰이 자신에 대해 어느 정도 파악하고 있는지, 강욱은 알 수가 없었다. 그래서 두려웠다.

그는 검찰로부터 출두 요구서를 받아들고 있었다.

강욱은 안기부장으로서 가졌던 자신의 소신을 믿기로 했다. 그에게는 자신의 행동이 옳았다는 확신이 필요했다. 그것이 확보되어야만 그는 숨을 쉴 수 있고, 밥을 먹을 수 있고, 잠을 잘 수 있었다.

자신의 행동에 대한 확신의 출발점에는 대통령 이기범이 있었다.

자신은 이기범이 이끄는 국가의 안위를 위해, 아니 궁극적으로 자유민주주의를 표방하고 있는 대한민국을 위해 최선을 다해 일했다. 정보를 취합하고, 경우에 따라서는 취합한 정보를 적절히 사용했다. 그 과정에서 불법과 합법의 경계를 따진다는 것은 처음부터 불가능한 일이었다.

그런데 정권이 바뀌자마자 새 정권은 합법과 불법을 가리겠다며 그를 향해 칼을 빼든 것이다.

검찰이 주목하는 것은, 대선 직전에 여당 후보에게 지원한 돈이었다. 문제의 돈은 강욱이 이기범 대통령을 통해 여당 후보에게 지원했던 것으로, 돈 가운데 상당액은 프랑스 무기업체 T사로부터 제공받은 것이었다. 프랑스 T사의 제품을 들이는 과정에서 받았던 상당액의 자금, 그 돈이 이제 대통령 이기범의 발목을 묶는 족쇄가 되고 있었다. 이기범은 검찰로부터 문제의 자금 출처가 어디인지 소명해줄 것을 요구한 서면 질의서를 받아둔 상태였다.

만약 이기범이 그 돈의 실체에 대해서 밝힌다면…….

막막했다. 혹시라도 그렇게 된다면 답이 없었다. 검찰 조사 결과, 돈의 실체가 세상에 드러난다면 국가 간 외교 문제로까지 비화될 수도 있다. 만약 그렇게 된다면 어느 선까지 수사가 가능할까. 아마 새 정권의 검찰 수뇌부는, 자신들의 충성을 과시하기 위해서라도 살과 뼈가 드러날 때까지 이 문제를 파헤칠 것이다.

그렇다면 방법은 오직 하나뿐. 이기범은 자금 출처에 대해 입을 닫아야 한다. 그러나 그가 끝까지 입을 닫을 수 없게 될 때, 물리적으로 밀리고 밀려 더이상 밀릴 자리가 없을 때, 아마 이기범은 희생양을 요구하게 될 것이다. 강욱은 긴 한숨을 내쉬었다.

이기범은 재임 기간 중에도 검찰에 불법 대선자금의 꼬리를 밟힌 일이 있었다.

그는 대통령이 되기 위해 대선 기간 중에 천문학적인 돈을 썼고, 쓰고 남은 돈은 안기부에서 관리하고 있었다. 그런데 검찰이 그 불법 대선자금의 꼬리를 잡게 된 것이다. 만약 검찰이 그 사실을 들추어낸다면, 대통령 하야의 빌미가 될 수도 있는 위기 상황이었다. 그러나 이기범은 그것을 막았다. 들끓는 국민들의 여론을, 아들을 희생시켜서 막았다. 이기범과 정치적 동지의 길을 걸어왔던 아들은,

그래서 감옥으로 갔다. 자신이 희생양이 되었다는 억울함에 눈물을 뿌렸지만, 어쨌든 그는 아버지 대신 묵묵히 감옥행을 받아들였다.

지금 이기범에게는 또 다른 희생양이 필요할지도 모른다.

강욱은 긴 한숨을 쉬었다. 자신의 명예를 더럽히지 않고 주군을 위해 희생하는 방법. 그는 그 방법에 집착하고 있었다.

4

조평채가 방문한 것은 강욱이 난의 잎사귀 하나를 다 닦고 난 뒤였다.

조평채는 강욱이 물러나면서 함께 안기부를 사퇴했다. 그는 강욱보다 조금 먼저 검찰 조사를 받은 상황이었다. 검찰 조사를 받고 난 이후, 그의 일굴은 눈에 띄게 초췌해졌다. 정보 기관이나 검찰의 조사를 받아본 사람은 알게 된다. 때로는 육체적 고통보다 더한 정신적 고통이 있다는 것을.

조평채를 바라보는 강욱의 눈빛에는 측은함이 배어 있었다.

조평채, 그는 강욱을 배신하지 않은 유일한 인물이었다. 강욱은 그런 그에게 이야기하고 싶었다. 위태위태한 권력을 대상으로 활동하는 사람이, 배신을 배우지 못했다니 얼마나 무모하고 아둔한가, 이 사람아…….

"요즘 어떻게 지내십니까?"

강욱은 대답하지 않았다. 살다보면 의례적인 대답이나 말이 거추장스러울 때가 있는 법이다. 지금이 그랬다. 강욱은 본론으로 들어갔다.

"검찰에서는 뭐래?"

"그게 아무래도……."

조평채의 얼굴이 약간 굳었다.

"대선 때 여당에 지원된 자금 출처에 대해 집중적으로 물었습니다. 그러나 그와 관련해서 저는 아는 바가 없어서 대답을 못했습니다."

자금 출처라는 말이 예리한 칼날이 되어 강욱의 심장을 긋는 것 같았다. 그는 날카롭고 강렬한 통증을 느꼈다.

강욱이 물었다.

"자금의 출처를 물었단 말이지? 어떤 자금인지 파악되었나?"

강욱의 목소리는 가느다랗게 떨리고 있었다.

"지난 대선 기간 중에 말입니다, 극비리에 이기범 대통령이 여당에 지원했던 자금이 안기부에서 나왔다고 하던데……."

바로 그것을 알기 위해서였다. 강욱이 검찰 조사로 피곤한 조평채를 굳이 부른 것은.

강욱은 자꾸만 흔들리는 시선을 억지로 고정시켰다.

"안기부? 안기부 누구?"

"이기범 전 대통령이, 강 부장님한테서 받았다고 검찰의 서면 질의서에 답변했다고 합니다. 부장님, 제가 모르는 일이 있습니까?"

조평채의 눈빛 가득한 것은 의혹이었다. 자신이 모르는 무엇인가가 있었나 하는. 강욱은 그와 시선을 마주보는 것을 피했다. 마주보기에는 그의 눈빛이 너무도 강렬했다.

강욱은 마른 수건을 찾아, 다시 난의 잎사귀를 닦기 시작했다. 천천히 아주 꼼꼼히.

"……안기부의 대선 개입을 기화로, 새 정권이 안기부의 판을 다시 짜려고 하는지도 모릅니다."

난을 닦고 있는 강욱의 손이 미세하게 떨렸다.

안기부의 새 판 운운하는 조평채의 말소리가 강욱의 귓전에 공허하게 울렸다.

끝났다. 이제 모두…… 이제 모든 것이 끝난 것이다.

그렇다면 남은 것은 선택이다. 모든 것을 밝히거나, 영구히 입을 닫아야 한다.

강욱은 고요해진 마음으로 물었다.

"노모는 천식이 심하시다더니…… 요즘 어떠신가?"

"환절기라 더욱 힘드신 것 같습니다."

"당신이 회사 그만 둔 거 아시나?"

"아직 모르십니다."

"이제 어떻게 할 건가……."

그 대목에서 조평채는 강욱을 한번 쳐다보았다. 그 말을 하는 강욱이 예사롭게 보이지 않았다.

"천천히 생각해볼 예정입니다만, 왜 그러십니까?"

"아니야, 아무 것도……."

강욱은 닦고 있던 난으로 서둘러 시선을 돌렸다.

난은 배반을 모른다. 주인이 정성을 기울이면 기울이는 만큼 성장했고, 그 성장은 아름다웠다. 그러나 주인이 소홀히 대하면 난은 금세 시들어버린다. 비루해진다. 주인이 버리면 난도 자기 스스로를 버리는 것이다.

강욱은 마치 종교 의식을 치르듯 경건하게 난의 잎사귀를 닦고 또 닦았다.

조평채가 돌아간 뒤, 강욱은 서랍에서 차갑게 날이 선 면도칼 하나를 끄집어냈다. 국가 정보 기관에서 일하는 사람이라면 어떤 상황이라도 염두에 둘 줄 알아야한다.

그것은 적의 테러일 수도 있고, 반대로 자신을 공격하려는 적으로부터 자신을 보호해야 하는 상황일 수도 있다. 또 자신의 목숨과 국가의 안위가 대척점에 섰을 때, 스스로 죽음을 택해야하는 상황도 있을 것이고, 지금 강욱과 같은 상황도 있을 것이다.

매끄럽게 뻗은 난의 잎사귀 끝으로 창밖의 달빛이 정밀하게 비춰들고 있었다. 아름다웠다. 달빛에 비친 난의 잎사귀가 아름답다는 사실, 그것을 왜 진작 알지 못했을까. 그 작은 아름다움에 왜 눈길을 주지 못하고 살았을까, 무엇 때문에…… 강욱은 긴 한숨을 쉬었다.

아래층의 가족들은 모두 잠들었다. 홀로, 잠든 가족의 낮은 숨소리를 느끼는 것 또한 그에게는 행복한 일이었다. 강욱은 생각했다. 이 순간 가족이 있어서, 행복을 느낄 수 있어서 참 다행이라고.

강욱은 아래층으로 통하는 모든 문을 다 닫았다. 이제부터 그의 방에 딸려 있는 2층 욕실의 욕조에 물을 받아야 할 테니까.

가족 중의 누군가가 잠에서 깬다 해도, 그저 그가 마음을 다스리기 위해 좌욕을 하는 것이라고 생각할 것이다. 날이 밝으면 그가 검찰에 출두해야 한다는 건, 가족들도 이미 다 알고 있는 일이었다.

난데없이 전화벨이 울린 것은 그때였다.

강욱은 고즈넉한 마음에서 깨어나 수화기를 들었다. 뜻밖에도 유선 저쪽의 목소리는, 은기호였다.

한국은 밤이지만 지금 미국은 한낮일 것이다. 주변 소음이 시끄러운지 은기호는 악을 쓰듯 말했다.

"부장님. 제가 말입니다. 양심선언이라는 걸 좀 하려고 합니다."

그의 입에서 터진 양심선언이라는 단어는 마치 선전포고처럼 들렸다. 강욱은 그것이 자신에 대한 은기호의 선전포고임을 어렵지 않게 짐작할 수 있었다.

미국에 있지만 그 역시도 이쪽 상황을 파악하고 있을 것이다. 강욱이 위기에 처했다는 것도 알고 있을 것이다. 그런 강욱을 대상으로, 은기호는 지금 일종의 거래를 하겠다는 뜻이었다.

전화기를 통해 들려오는 은기호의 숨소리는 거칠었다. 그리고 말소리는 더욱 거칠었다.

"나는 시팔, 강 부장님을 믿었습니다. 예, 믿었다고요. 그래서 김성수 문제로, 그 경전투헬기 도입 문제 말입니다. 내가 국내 한 기업으로부터 삼억 원을 받았고, 그 돈을 김성수하고 나하고 나눈 것으로 했습니다. 혹시 추가 기자회견이 있을지도 모르니까 북경에서 대기하라고 해서 그렇게 했습니다."

그랬다. 그런데 이제 와서 그게 뭐가 문제란 말인가.

은기호는 말을 이었다.

"그런데 이제 나는 그 문제로 한국에 못 들어가게 됐다 이겁니다. 내가 그런 제보를 하고 북경으로 튀었는데, 검찰은 그 문제로 날 조사도 못했고. 내가 다시 한국에 들어가면 옳다구나 하고 나를 잡을 거 아닙니까."

"……얼마를 요구하는 거야?"

강욱이 단도직입적으로 물었다.

자신의 야비한 행위를 정당화하려면, 누구든 설명이 장황해지는 법이다. 은기호 역시 그랬다.

"아니, 것보다 말입니다…… 부장님한테 내가 그랬잖아요. 검찰의 기소중지자 명단에서 나를 빼달라고…… 그것도 안 들어주고."

"얼마를 요구하는 거냐니까?"

그의 영혼이 불쌍했다. 도대체 이렇게 자신의 영혼을 헐값으로 팔고 얼마를 얻으려고 하는 것일까.

은기호도 더이상의 부연은 불필요하다고 느꼈는지 자신의 목적을 말했다.

"큰 거 한 장요."

큰 거 한 장이라…… 얼마를 말하는 것일까.

"일억?"

"아뇨. 십억……."

"……알았어."

강욱은 조용히 전화를 끊었다. 수화기를 내려놓기 직전까지, 은기호의 악다구니가 계속됐지만, 강욱은 그대로 전화를 끊어버렸다. 그리고 전화기의 전선을 빼버렸다.

지금 그에게 필요한 것은 고요였다, 절대적 고요. 그 시원의 고요를 침해받고 싶지 않았다. 강욱은 잠시 눈을 감고 머릿속에서 그악스러운 것들을 비워냈다. 원망도 비워냈다. 야망도 비워냈다. 이제 남은 것은 절대 고요뿐이다.

강욱은 욕실로 행했다. 욕조의 물은 적당하게 차올라 있었고, 따뜻했다.

강욱은 자신의 왼쪽 동맥을 욕조 안에 넣어 보았다. 그리고 날카로운 면도날을 푸른빛이 도는 동맥 위에 대보았다. 두려웠다. 무서웠다. 이 일이 이렇게 두려운 일인지 예전에 미처 알지 못했다.

강욱은 눈을 감았다. 오래지 않아 행복과 불행, 안온과 두려움…… 극단의 감정이 조용히 하나로 합치되는 것을 느낄 수 있었다.

강욱은 면도칼을 든 오른손 엄지와 검지에 힘을 주어, 왼쪽 동맥을 눌렀다.

칼날은 예민했고, 동맥을 가르는 느낌은 서늘했다. 고통스러움이 처음부터 찾아들지는 않았다. 욕조 속에 담긴 왼팔에서 물감이 풀리듯 빠르게 피가 번져 나왔다. 아름다웠다. 아름다움을 느낌과 동시에 등줄기를 훑어내는 극심한 고통이 그를 찾아왔다. 강욱은 눈을 감았다. 조금만…… 조금만 견디면 고요해지리라.

그렇게 조금의 시간이 흘렀고, 그의 바람처럼 세상은 고요해졌다.

강욱의 사망 소식은 캐더린에게도 적지 않은 충격이었다. 시애틀에 머무는 내내, 캐더린의 머릿속에는 강욱의 죽음이 떠나지 않았다. 자살이라고 했다. 그의 자살과 함께 지난 대선에 여당에 지원되었던 막대한 자금의 실체는 영원한 수수께끼로 묻히고 말았다며 언론은 한동안 호들갑을 떨었다.

생각해보면, 강욱 역시 권력에 의해 소비된 것에 불과했지만, 그는 자신이 감추어야 할 그 무언가를 위해 목숨을 바쳤다. 그래서 그의 죽음 어딘가에는 비장함이 서려 있었다. 그리고 영혼을 바친 미움도 죽음 앞에서는 숙연해지는 법이었다.

캐더린은 진심으로 죽음을 선택한 강욱을 위해, 마음속 깊이 진혼을 올렸다.

5

시애틀에서의 일정이 끝나고, LA로 돌아가기 전날.

캐더린은 샤워를 마친 뒤, 주문한 홍차를 마시며 인터넷 검색을 시작했다. 그러다가 한순간, 들고 있던 홍차 잔을 떨어뜨릴 정도로 충격을 받았다. 그녀에게 충격을 준 이메일의 발신자는 김기용이었다.

……새 정권이 들어서면서, 군 내부 P-프로젝트 총괄 책임자가 바뀌었습니다. 이번에 바뀐 책임자는 새 정권이 탄생하기 직전까지 전역을 코앞에 두고 있던 육군 준장입니다. 그런데 대통령과의 특별한 인연 때문에, 전역 대신 군 정보부대 책임자로 오게 됐답니다. 군 내부의 대표

적 친미파라고 합니다. 그래서 한미 간에 긴밀한 협조 체제가 유지되어야 하고, 우리 군이 자주적으로 감청 장비를 확보하는 것을 무의미하다고 말한다는군요. 미군으로부터 충분한 정보를 지원받고 있다는 게 그의 주장입니다. 지금 그래서 그 사람의 지시에 따라 P-프로젝트 자체가 원점에서부터 다시 검토되고 있다고 합니다…….

P-프로젝트를 원점에서 다시 검토하다니!

사업의 타당성 검토는 현기문의 이의 제기로 이미 지난 정권 말에 끝나지 않았던가. 그때 결론난 일을 이제 와서 또다시 벌이겠다니, 분위기가 석연치 않았다.

캐더린은 김기용의 이메일을 다시 한번 읽어보았다. 영어로 작성된 이메일은 문맥은 엉망에다 산만하기까지 했다. 그의 심경의 일단을 보여주는 듯했다.

캐더린은 즉시 김기용에게 전화를 걸었다. 그러나 김기용은 전화를 받지 않았다. 평소에 그는 24시간 휴대폰을 끼고 다니는 사람이다. 언제 어디서든, 심지어 깊은 잠에 빠져든 경우라도 휴대폰 소리에 눈을 뜨는 사람이었다. 그런 그가 전화를 받지 않았다. 불길했다. 캐더린은 다시 한국의 사무실로 전화를 걸었다. 그곳 역시도 마찬가지였다.

그렇게 40분 정도의 시간이 흘렀을 때, 캐더린의 휴대폰이 울렸다. 한국이었다.

전화를 걸어온 사람은 사무실 여직원이었다. 여직원은 캐더린의 목소리를 확인하자마자 울먹였다.

"……군 정보기관 사령부라는 곳에서 관계자들이 나왔는데요. 사무실에 있는 서류랑 컴퓨터를 다 가져갔습니다."

놀라운 일은 늘 이렇게 갑자기, 숨 돌릴 틈도 없이 찾아온다.

캐더린은 숨을 고르며 천천히 물었다.

"김기용 장군은?"

"참고인으로 필요하다면서 군 정보기관에서 데려갔습니다."

"알았어. 내가 알아볼테니 일단 기다려 봐."

예기치 않은 일이, 벌어진 것이 분명했다.

40분간의 불안이 현실이 되면서, 캐더린은 심장은 급격히 차가워졌다. 그리고 그 차가움은 상황에 대한 냉정한 분석을 동반했다. 그녀는 일단 E시스템 사의 한국 담당 중역인 마이크에게 연락을 시도했다. E시스템 사에는 P-프로젝트와 관련해서 한국에서 파견된 군인들이 몇 명 있었다. 아마 그들을 통해 상황이 어떻게 돌아가고 있는지 대강은 파악할 수 있을 거라고 생각했다.

예상대로 마이크의 목소리는 굳어 있었다.

"그렇지 않아도 지금 전화를 할까 망설이고 있던 중이었어요. 너무 늦은 시간이라……."

"무슨 일이 있지요?"

캐더린이 물었다.

"한국 측에서 사업을 중단한다는군요. 오늘 오후에 여기 나와 있던 군인들이 모두 본국으로 호출 명령을 받았다며, 돌아간다고 했습니다."

"이유가 뭐에요?"

"그게 납득이 잘 안 되는 부분인데…… 정확하지가 않아. 군사 기밀 유출의 혐의를 받고 있는 거 같아요."

"군사 기밀 유출?"

뜨거운 것이 목에 걸려버린 느낌이었다. 군사 기밀 유출…… 이 단어에서 캐더린은 자유롭지 못했다.

마이크는 말을 이어나갔다.

"정부가 바뀌면서 감지되는 기류가 이상해요. P-프로젝트 사업단장 현기문도 군 정보기관으로 연행되어 갔답니다."

상황은 캐더린의 예상보다 심각했다.

엄포 수준으로 끝낼 생각이었으면, P-프로젝트 사업 단장을 연행해가지는 않았을 것이다. 캐더린은 마이크와의 통화를 마치고 한동안 생각에 잠겼다. 그녀가 한국은 물론이고 미국에 파견된 한국 군인들을 대상으로 한국의 전략 정보 계획을 얻어낸 것은 사실이다. 따지고 보면 그것은 군사 기밀에 해당하지만, 관례적인 차원에서 무기상에게 제공되어 온 것들이었다. 물론 그 가운데는 기밀도 있었지만, 캐더린은 다양한 선을 통해서 그것들을 습득해왔다. 그리고 그것은 무기상으로서 자신의 능력이라고 생각했다.

그런데 지금 그것이 문제가 되고 있다.

캐더린은 일이 이렇게 된 데는 두 가지 가능성이 있을 수 있다고 생각했다.

군부가 군 내부의 기강과 원칙을 새롭게 세우는 중이거나 새 정부 들어서면서 모종의 힘이 작용하고 있는 것이다. 만약 후자라면, 그것은 캐더린에게 아주 나쁜 소식이었다. 그 힘이 노리는 것이 한국의 군수 산업 전반의 이권 확보일 테니 말이다.

며칠 후, LA에 있는 캐더린의 사무실로 출두 명령서 한 장이 날아왔다. 대한민국 검찰에서 보낸 것으로, 군사 기밀 취득과 관련한 참고인 조사에 응하라는 내용이었다.

9장

덫을 치는 자,
덫을 피하는 자

1

대한민국 검찰의 출두 명령서를 받아들고 캐더린이 날아간 곳은 홍콩이었다. 권준을 만나기 위해서였다.

홍콩의 야경은 아름다웠다.

호텔 객실의 창문에서 내려다보는 바다의 풍광과 빌딩의 불빛들은 마치 은하계 같았다. 그 불빛에 홍콩 앞바다는 봄살을 앓듯 뒤척였다.

캐더린은 홍콩에 도착하자마자 호텔에 틀어박혔다. 그리고 호텔 객실에 앉아 홍콩의 하늘을 바라보았다. 그녀는 해가 질 때 홍콩의 하늘이 와인색이 되었다가 눈 깜짝할 사이에 코발트블루로 바뀌고, 다시 순식간에 어두워져서 찬란한 도심의 불빛이 작열하는 무대가 된다는 것을 처음 알았다.

권준은 약속시간보다 무려 2시간이나 지난 후에 도착했다.

그는 무척 피곤한 기색이었지만, 캐더린의 얼굴을 보며 만면의 웃음을 지었다.

몸이 피곤하더라도 내 얼굴을 보고 웃어 주는 사람…… 권준은 캐더린에게 그런 사람이었다. 그리고 그것은 캐더린에게 자신감을 주었다.

"내일 아침 첫 비행기로 바로 가봐야 해요."

새 정권이 들어서면서, 그는 마치 몇 년 간의 정치적 공백을 보상이라도 받듯 정력적으로 일하고 있었다.

캐더린이 물었다.

"식사는요?"

권준은 겉옷을 벗고 자리에 앉으며 대답했다.

"기내에서 이것저것 먹어서 별로 생각은 없는데, 여기 뭐가 맛있나?"

캐더린은 간단한 안주와 함께 와인을 주문했다.

룸서비스가 왔다. 호텔 직원 두 명이 객실 안으로 들어왔다. 그 중 한 명이 창가 테이블에 음식을 세팅하기 시작했다. 현란한 그의 손놀림에 한동안 캐더린과 권준은 넋을 잃었다. 다른 사람은 보조 역할인지 조용했다. 잠시 후 세팅이 끝나고 캐더린은 그들에게 팁을 지불했다. 그들은 의례적인 인사를 하고 자리를 물러났다.

와인 한 잔을 나누어 마신 다음, 캐더린이 물었다.

"지난번에 전화로 말씀드린 것처럼 대한민국 검찰이 저한테 출두 명령서를 보내왔어요. P-프로젝트에 관해서는 물론이고, 군사 기밀 유출과 관련해서도 참고인 조사가 필요하다고 하는데……."

권준은 손가락으로 카나페 하나를 집어서 천천히, 맛을 음미하며 먹기 시작했다. 캐더린은 차분히 권준의 입에서 떨어질 말을 기다렸다.

"세상을 왜 그렇게 사나. 돈도 많이 벌었잖소."

뜻밖의 말이었다.

"무슨 말씀이신지……?"

"이렇게 맛있는 술 마시고, 경치 좋은 데 여행 다니면서 인생을 즐겨도 될 만큼 벌지 않았느냐, 그 말이지."

"하하하. 그렇게 살아야지요, 언젠가는……."

캐더린은 언젠가라고 말했다. 지금 당장은 그럴 생각이 없다는 뜻이었다.

권준이 본론으로 들어갔다.

"새 정권 들어서 말이오. 많이 바뀌고 있어요."

"그렇다고 지난 정권에서 이미 결정이 난 사업을 바꾸나요? 이미 타당성 조사도 끝나고 수백억 원이 사업 자금으로 지불되었는데. 만약 지금 P-프로젝트를 중단한다면, 한국 정부는 그 돈을 날리게 되는 겁니다."

"결론부터 말하면, 새 정권이 P-프로젝트를 중단하는 일은 없을 거요."

"그렇다면 왜 우리 회사 김기용 장군이나 P-프로젝트 단장 현기문을 연행해 갔나요? 이 사업 진행을 위해 E시스템 사에 파견된 한국 군인들에게도 복귀 명령이 내려졌다고 하던데……?"

"P-프로젝트를 중단하지 않는다고 해서 재조사의 명분이 없는 건 아니지. 정권이 바뀌었고, P-프로젝트는 지난 정권에서 문제가 있었다. 그런데 그것이 제대로 조사가 안 된 것 같다. 지금 새로 온 정보부대 부대장은 이런 주장을 하고 있단 말이지. 그건 충분히 명분이 되거든."

캐더린이 물었다.

"누군가…… 막강한 힘을 가진 누군가가, 움직이고 있다는 거군요?"

와인 한 잔을 홀짝 마신 다음, 권준이 천천히 고개를 끄덕였다.

"내 생각도 그래요."

"장…… 도춘인가요?"

캐더린은 보잉 사의 공식 리셉션 장에서 본 장도춘의 눈빛을 떠올렸다. 과장된 웃음으로 감추기는 했지만, 분명 욕망으로 번들거리고 있었다.

"하하하. 판세 분석이 빠르네."

권준은 비로소 본론으로 들어갔다.

"그럴 확률이 높아요. 그 사람, 대통령과 오래전부터 특별한 인연을 가져왔고, 여러 가지 방법을 통해 자금 지원도 해왔거든. 거기에다 대통령 부부가 장도춘의 부탁을 거절할 수 없는 인연이 있어요. 대통령 부부의 심약한 아들을 그가 각별히 보호하고 있다는 거지. 정치권도 세상의 질서와 다르지 않아서, 경우에 따라서는 인정이 가장 큰 힘이 되기도 하거든."

비로소 캐더린은 뭔가 그림이 잡히는 것 같았다. 그랬다. 어쩌면 이 일은 오래전에 이미 착실히 준비되어 온 일인지도 모른다. 그녀가 미처 생각지도 못한 상황에서.

장도춘, 그는 예기치 못한 복병이었다.

"그럼 이번에 정보부대 책임자로 온 인물도, 장도춘 쪽 인물인가요?"

캐더린이 물었다.

권준은 천천히 고개를 끄덕였다.

"그런 것 같아. 장도춘은 새 정보부대 부대장으로, 그 사람을 대통령에게 강력 추천했고, 대통령은 신임 국방장관을 움직여 파격적 인사를 단행했거든. 무리가 좀 있었어. 말하자면 일종의 보은 인사이기도 한데, 그 사람은 정보부대 부대장으로 온 뒤, P-프로젝트에 흠집을 내기 시작했어요. 그렇게 되면 P-프로젝트의 로비스트는 자연히 도마에 오르게 될 거고, 한국과 관련된 무기 도입 사업에 적지 않은 손실을 입게 되겠지."

P-프로젝트의 로비스트, 캐더린 그녀였다.

잠시 권준의 눈빛이 심각해졌다.

"당분간 한국에서 활동하기가 쉽지 않을 거요."

장도춘의 날 선 칼끝이, 그에 대해서 무방비 상태였던 캐더린을 향하고 있었다.

아마도 그는 보잉 사 측에 FX와 관련한 공식 로비스트 제안서를 냈을 것이다. 그가 내지 않았다면, 그가 사주하는 누군가가 냈을 것이다. 보잉 사의 공식 리셉션 장에서 본, 키가 크고 정보력이 막강하다는 그 남자일지도 모른다. 어쨌든 그들이 보잉 사의 공식 로비스트가 되는데 가장 걸림돌은 캐더린이었다. 그래서 그녀를 걷어내기 위해서 P-프로젝트를 걸고나온 것이다. 지난 정권 말기에 현기문이 P-프로젝트에 대한 사업 중단 건의서까지 냈으니, 조건은 더할 수 없이 갖추어진 셈이었다.

장도춘, 그는 치밀하고 무서운 사람이었다.

오래도록 칼을 갈아온 사람에게, 마침내 그 칼을 휘두를 수 있는 기회가 주어졌다. 그렇다면 그 칼을 휘두르는 사람의 서슬은 거침없을 것이다.

"한국에 가야겠어요."

캐더린이 말했다.

"검찰 조사를 받으려고? 당신한테 유리할 게 별로 없을 텐데……?"

"그것도 있고……."

캐더린이 잠시 말을 멈추고 아랫입술을 깨물었다. 그런 다음,

"국방장관을 만나게 해줘요."

"국방장관?"

"그 새로 왔다는 정보부대 부대장…… 오래전에 나한테 찾아온 적이 있어요. 그 사람, 군 정보기관의 자료를 빼돌려서는, 민간의 입찰이 붙은 건설 사업이 있는데 자신이 유리하도록 도와달라고 했어요. 자기를 도와주면 군 정보기관 자료를 주겠다면서."

"흥정을…… 했다고?"

"네. 그때 그 자료를, 내가 가지고 있어요."

권준은 긴장했다.

"뭐? 어쩌려고?"

"하하하."

대답 대신 캐더린은 찬란한 도심의 불빛을 배경으로 붉은 와인을 마시며 웃었다.

권준이 재차 묻자, 캐더린이 말했다.

"국방장관한테 당신이 인사를 잘못했다, 이게 그 증거다 하고 알려줘야지요."

"만만치 않을 텐데……."

캐더린은 그 말에 대답하지 않았다. 그 대신 와인 한 잔을 더 마셨다.

캐더린은 신임 정보부대장으로 왔다는 남자의 얼굴을 떠올리고 있었다. 그는 마치 뱀과 같은 눈을 가진 인물이었다. 그의 눈이 번득일 때마다, 캐더린은 먹이를 앞에 두고 호시탐탐 기회를 엿보는 뱀의 살기를 느끼곤 했었다. 권준의 말처럼 만만치 않은 일일지도 모른다. 게다가 그를 지원한 장도춘은 대통령의 가족을 틀어쥐고 있지 않은가.

가슴속 저 밑바닥에서부터 끓어오른 전의가 한순간 온몸을 휘감았다. 그 팽팽한 긴장감 때문인지, 캐더린은 약간의 두통마저 느꼈다. 머리카락 한 올까지 잡아당겨 탱탱하게 매어 놓은 머리 모양이 두통의 강도를 더하는 것 같았다. 캐더린은 틀어 올렸던 머리를 지탱하던 비녀를 빼버렸다. 숱 많은 머리카락이 한꺼번에 그녀의 어깨와 등으로 흘러내렸다.

권준이 잠자코 침대 위에 놓여 있던 캐더린의 니트 숄을 가져와 덮어주며, 그녀의 귀에 속삭였다.

"LA로 돌아가요. 인생은 그렇게 길지 않아……."

권준은 은연중에 FX를 포기하라고 종용하고 있었다. 그러나 그녀에게 그것은 쉽지 않은 일이었다. 자그마치 10년을 공들인 사업이었다. 게다가 중년 이후 그녀의 인생 자체를 지배해오던 사업이었다. 꿈속에서도 F15 전투기의 부품을 외웠다. F15 전투기에 대해서라면 논문을 100편 이상 쓸 정도로 자신도 있었다. 그런데 어떻게 그것을 포기한단 말인가.

캐더린은 웃으며 고개를 저었다. 그녀의 목덜미에 권준의 뜨거운 입술이 닿았다. 권준은 그녀의 목덜미에 머리를 파묻고 긴 숨을 내쉬었다. 은은한 향수 냄새와 그녀 특유의 달큼한 살내 속에서, 캐더린의 입술이 와인처럼 붉었다. 그 순간, 권준은 여자의 입술은 과일 같은 거라고 생각했다. 검은 숲속에서 반짝이는 붉은 과일, 그것이 여자의 입술이었다.

권준이 잠든 후에도 캐더린은 깨어 있었다. 그녀는 오랫동안 객실 창가에 서 있었다.

홍콩 앞바다의 바람이 거세지면서 지난밤처럼 홍콩 밤하늘은 다시 코발트블루로 변했다. 그러다가 코발트블루가 스카이블루로 점점 더 엷어지더니 마침내 날이 밝았다.

권준이 떠난 다음, 캐더린은 LA 사무실로 전화를 걸어 50만 달러를 송금하도록 했다. 그녀는 한국에서 그 돈을 찾을 것이다. 신임 국방장관을 만나야 하니까.

2

김기용은 조사실 창밖을 바라보았다.

그는 군 정보기관의 조사를 마치고, 군 검찰로 넘어와 있었다.

날이 밝고 있었다. 문득 오늘도 어제와 똑같은 새벽하늘을 볼 수 있다는 사실이 감격스러웠다. 아직 살아 있다는 실감을, 그는 밝아 오는 새벽하늘을 보면서 느끼고 있었다.

갇혀 있으면, 더구나 원인도 모른 채 갇혀 있으면 심지라도 굳건해야 하건만, 그는 그렇지 못했다. 모든 게 혼돈스럽고 두려웠다. P-프로젝트에 도대체 무슨 문제가 있길래 이제 와서 재조사를 벌인단 말인가.

P-프로젝트 타당성에 대한 조사는, 지난 정권 말기에 있었다. 현 기문은 그때 사업 중단을 건의했었고, E시스템 사 사장이 한국으로 날아와 모든 것이 해결되었다. 그들은 한국 측에서 요구한 요구 성능을 대부분 수용했다. 그렇게 잘 진행되던 사업이, 정권이 바뀌었다는 이유로 왜 다시 문제가 된단 말인가.

자신은 이미 군을 제대한 민간인 신분이었고, 단순한 참고 사항만 조사한다고 했지만, 분위기는 그렇지 않았다.

군 검찰 수사관의 질문은 지루했다. 그들은 똑같은 질문에 똑같은 답을 수차례에 걸쳐 요구했다. 단어 하나 토씨 하나가 틀릴 때마다 그들은 그 이유에 대해서 묻고 또 캐물었다.

더이상 할 대답도 없었다. 김기용은 지쳤다.

지쳐서 의식이 가물거릴 무렵, 불현듯 깨달은 게 있었다. 어쩌면 군 검찰 수사관도 이 조사가 빨리 끝나기를 바랄지도 모른다는 거였다.

군검찰 수사관의 조사 태도만 봐도 그랬다. 그는 심드렁해했고 지겨운 기색이 역력했다.

그렇다면 불필요한 수사를 진행하는 이들이 수사 중단을 하기 위해 필요한 것은 무엇일까. 김기용은 골똘히 생각했다.

조사실의 문이 열리고 식사가 배달되었다.

어제 아침, 그제 아침과 같은 메뉴…… 안에 든 것이 시래기인지 선지인지 모를 해장국이었다. 김기용은 선지를 한 숟갈 떠서 입에 넣어보았다. 선지에 걸린 시래기가 함께 입 안으로 들어왔다. 물컹물컹한 선지는 쓴맛이었다.

김기용이 씹지도 않은 선지 덩어리를 억지로 목구멍으로 넘기려 할 때, 그 선지를 밀고 울음이 솟구쳐 올라왔다. 속 깊은 울음이었다.

김기용은 씹던 선지를 뱉어내고 울었다.

공기 밥은 뚜껑조차 열지 않은 채였다. 스테인리스 공기 밥뚜껑에 김기용의 찐득한 침이 떨어졌다. 비참했다. 더할 수 없이 비참했다.

김기용은 생각했다. 군을 나온 대가가, 돈을 벌기 위해 군을 나온 대가가 이렇게 혹독한 것인가. 아니, 근본 없고, 가진 것 없고, 가난한 자신이 큰돈을 벌려고 했던 대가가 이렇게 참담한 것인가.

군 검찰 수사관이 들어온 것은 잠시 후였다.

김기용은 먹던 밥을 물리고, 커피 한 잔을 부탁했다.

커피의 카페인 성분이 지쳐 늘어져 있던 김기용의 세포들을 가닥

가닥 긴장시켰다. 이제 또 시작이다. 아무리 정신이 혼미해도 절대 잘못 대답하면 안 되는 질문이 있다.

"캐더린이 운영하는 사무실이 한국과 미국에 각각 있지요?"

김기용은, 오늘 아침에는 양치도 세수도 하지 못했구나 생각하며 대답했다.

"예."

"한국 사무실에는 어떤 사람들이 드나듭니까?"

"퇴역한 군 장성과 군 관계자들…… 한국을 방문한 외국 방산업체 관계자들…… 그리고 우리 직원들입니다."

"미국 사무실은 어떻습니까?"

"비슷합니다. 다만 그곳에는 한국 군 관계자들보다, 미 군수업체 관계자들의 출입이 더 많은 게 차이라면 차이입니다."

"CIA 협조를 통해 알아낸 바입니다만, 거기 북한 쪽 인사들도 드나들지요?"

이 대목에서 김기용은 등뼈를 곧추세워 앉았다. 절대 함부로 대답하면 안 되는 질문…… 아주 작은 꼬투리라도 잡히면 안 되는, 바로 그 질문이다.

"아닙니다. 그런 말을 했다고 하는 CIA 관계자를 대면시켜주십시오."

김기용은 완강했다. 절대 북한과 관련된 유도심문에 넘어가면 안 된다. 넘어가면, 이제 이 바닥에서 사업은 끝장이다.

군 검찰 수사관은 김기용이 작성한 진술서에 눈을 박은 채 정해진 질문을 계속했다.

“현기문…… 이 사람 말입니다. P-프로젝트 중단을 건의했으면서, 다시 사업 재개를 한 이유는 뭡니까?”

“미국 E시스템 사 측에서, 한국 군이 요구한 성능을 다 들어주지 않아서 사업 중단을 건의했다고 합니다. 그러나 E시스템 사 사장이 한국을 방문한 다음, 그 문제는 원만히 해결되었습니다.”

“그쪽으로부터 금전적 대가를 받고, 요구 성능이 보장되지 않았는데도 그냥 넘어간 것 아닙니까?”

“나는 모릅니다.”

“모른다……? 그럼 두 사람 사이에 금전적 거래가 있었을지도 모른다는 말입니까?”

순간, 김기용의 머릿속에 번뜩 스치는 생각이 있었다.

이들은 지금 이 지루한 조사를 끝낼 명분이 필요한 것이다. 조사를 끝낼 명분…… 김기용이 천천히 입을 열었다.

“금전적 대가…… 그 사람이 캐더린에게서 보석을 받은 일은 있습니다.”

김기용의 판단은 틀리지 않았다.

정해진 질문만 건성건성 이어가던 군 검찰 수사관의 눈에서 찌르는 듯한 안광이 터져 나왔다.

“두 사람 사이에 금전적 거래가 있었습니까?”

김기용은 천천히 고개를 끄덕였다. 그러나 먼저 확인해 둘 것이 있었다.

“……나는 어떻게 됩니까?”

검찰 수사관의 얼굴에 설핏 스치고 지나간 것은, 웃음이라고 김기용은 생각했다. 자신들의 의중을 헤아리고 알아서 협조하는 영특한 피의자에 대한.

"당신은, 검찰 조사에 잘만 협조하면 곧 풀려날 겁니다. 우리 김 장군님…… 고생 많이 하셨는데…… 살아야 할 것 아닙니까."

김기용의 판단이 맞았다. 그들에게 필요한 것은 P-프로젝트의 진행 과정에 흠집을 내면서, 그들의 수사를 중단시킬 명분과 그 명분을 뒷받침할 희생양이었다.

누구의 의지로, 또 어떤 이유에서 시작된 수사인지 알 수는 없지만, 이미 타당성 조사가 끝난 사업이다. 이제 와서 어떤 문제를 밝혀낸다는 것도 사실상 어려운 일이다. 이런 종류의 수사는 그 뒤에 수사 지시를 내린 권력 상층부의 의도가 있기 마련이다.

P-프로젝트 진행 자체의 문제라기보다는, 눈에 보이지 않는 힘과 힘의 대결.

정권이 바뀌었고, 정권이 바뀐다는 것은 힘이 이동하고 있다는 말이다. 그 힘의 흐름을 제대로 읽어낸다면, 문제는 의외로 간단하다. 그들이 바라는 것…… 자신을 조사하는 해당 기관의 공과를 올려주면서, 적절히 수사를 종결지을 수 있는 명분…… 그 명분만 제공해 주면 될 일이다.

김기용은 긴 한숨을 쉬었다. 비로소 끝이 보였다.

김기용은 낮고 은밀히 희생양을 흥정했다.

"현기문이 캐더린에게서 티파니의 보석을 받은 일이 있습니다. 그 심부름을 내가 했습니다."

3

권준이 한국으로 간 직후, 캐더린은 한국의 거래 은행 담당자에게 전화를 걸었다. 최대한 빠른 시간 안에 50만 달러를 전액 현금으로 마련해 달라고 부탁했다.

그 돈은 신임 국방장관에게 직격탄으로 쓰일 것이다.

은행 담당 직원은 하루 정도의 시간 여유가 필요하다고 했다. 그래서 캐더린은 권준이 홍콩을 떠난 다음날, 서울로 날아왔다.

돈은 캐더린의 강남 사무실에서 받기로 했다.

예상은 하고 있었지만, 사무실은 엉망이었다. 마치 한차례 광풍이 쓸어간 듯 황량하고 어수선했다.

군 정보기관에서 압수해간 탓에 캐비닛이나 책상 서랍 역시 비어 있었다. 컴퓨터 본체도 모두 실어 갔고, 사무실 바닥에는 전선들이 이리저리 어지럽게 널려 있었다.

캐더린은 꼿꼿하게 서기 위해 관절 마디에 힘을 주었다.

이미 김기용을 비롯한 몇몇 직원들은 군 검찰의 조사를 받는 중이었고, 다른 직원들은 연락이 되질 않았다.

어떻게 해서든 신임 국방장관을 만나야 한다는 생각만이 분명했고, 또렷했다. 이제부터는 밥을 먹는 것도, 걷는 것도, 잠을 자는 것도 모두 신임 국방장관을 만나기 위해서다. 아니, 숨을 쉬는 것 자체가 신임 국방장관을 만나기 위해서다. 캐더린은 스스로에게 주지

시켰다.

캐더린은 쓰레기봉투를 가져와 혼자서 사무실을 치우기 시작했다. 비질을 할 때마다, 치밀어 오르는 화를 다스려야 했다. 물걸레를 빨아 비틀어 짜면서 그녀는 이를 앙다물었다.

그렇게 이를 앙다물고 사무실의 가죽 소파를 닦고 있을 때, 은행 담당자가 도착했다.

그는, 뭔가 수상하다는 표정이 역력했지만, 자세한 것을 묻지는 않았다. 고객의 프라이버시를, 그것도 VIP 고객일수록 프라이버시를 지켜준다는 건, 금융 서비스업자들의 불문율이다. 그 불문율이 가끔 법과 맞서야 할 때도 있지만, 어쨌든 그들은 자신들의 원칙에 충실했다.

그는 의례적인 미소를 지으며, 캐더린에게 50만 달러가 든 루이비통 여행용 가방을 전해주고, 가볍게 목례 후 사무실을 나갔다.

그의 네모진 어깨와 민머리가 훤히 드러난 뒤통수를 보며, 캐더린은 필터가 가느다란 딘힐 한 대를 피웠다.

이 돈이 국방장관에게 전해지면, 그녀가 원하는 위력이 드러날까…… 그녀에게는 일종의 도박인 셈이었다. 아직 정권 초기라 쉽진 않겠지만, 영 불가능한 일도 아니다.

신임 국방장관이 어떤 유형의 인간인지 캐더린은 이미 간파했고, 적어도 그녀가 판단하기에 이것이 가장 확실한 방법이었다.

대통령에게 부담이 되는 신임 정보부대장의 비리 자료와 막대한 돈…….

그녀는 다시 사무실을 정돈하기 시작했다. 그녀의 움직임은 느렸지만, 집요했다.

캐더린은 한국에 들어오기 전, 홍콩에서 검찰에 연락을 취했다.

검찰이 정한 날짜에 맞춰 출두하겠다, 그리고 가서 무엇이 문제가 되었는지 조사를 받겠다고 전했다. 말하자면 그녀는 정면 돌파를 선택한 것이다.

공격자가 자신의 실체를 철저히 가리고 공격해 온다면, 정면 돌파로 맞서는 게 가장 좋은 전투 방법이었다.

캐더린은 때에 따라 검찰이 그녀를 기소할 수 있다는 것도 예상안에 넣었다. 그러나 그 전에 모든 끈을 찾아서 대비를 하리라. 특히 국방장관을 만나 신임 정보부대장의 비리 사실을 근거로 거래를 한다면, 의외로 문제는 간단히 해결될지 모른다. 신임 정보부대장의 비리에 대한 자료는 국방장관은 물론이고, 경우에 따라 대통령도 자유롭지 못할 사안일 테니까. 문제가 많은 신임 정보부대장은, 대통령의 완곡한 지시에 의해 국방장관이 임명한 것이니까.

캐더린은 그밖에도 모든 수단과 방법을 찾았다.

무기 로비스트의 삶을 포기한다면 모르겠지만, 그게 아니라면 대한민국 무기 시장을 결코 포기할 수가 없는 게, 그 이유였다.

그녀는 물러설 곳이 없다. 물러선다는 것은 P-프로젝트가 잘못 진행되었다는 것을 스스로 인정하는 꼴이고, 그것은 자존심에 큰 상처였다.

그리고 무엇보다 FX 사업의 로비스트 군(群)에서 탈락한다는 의미였다.

권준으로부터 전화가 걸려온 것은, 사무실을 막 나섰을 때였다.

봄날 오후의 불쾌한 열기에다, 사무실 청소 때문에 그녀는 조금 지쳐 있었다. 캐더린은 전에 없이 허둥대며 숄더백 속의 휴대폰을 찾았다.

권준은 다짜고짜 어딘지를 물었고, 한국이라고 대답하자 그는 잠시 말을 잇지 못했다. 그러다가 겨우 입을 떼고 양평에 있는 그의 별장으로 가능한 빨리 오라고 했다.

그의 목소리는 확실히 성마른 데가 있었다.

캐더린은 올림픽대로 북단으로 자신의 캐딜락을 몰았다. 손끝에 닿는 핸들의 묵직하면서 부드러운 느낌을 잊을 정도로 캐더린은 가슴이 뛰었다. 그녀는 불안했다.

캐더린은 불안스레 오디오에서 흘러나오는 음악을 들으며 운전에 몰두했다.

4

권준의 별장은 북한강이 내려다보이는 곳에 위치해 있었다.

입구에는 페인트칠을 다시 해야 할 것 같은 대문이 버티고 서 있었다. 파란 페인트칠이 벗겨져 듬성듬성 드러난 쇠의 붉은 표면은, 어딘지 민망해 보였다.

한동안 별장의 주인이 찾지 않았다는 것을, 대번에 알 수 있었다.

권준으로부터 미리 연락을 받은 별장지기가 한달음에 달려와 문을 열어주었다.

칠이 벗겨진 대문과는 달리 별장 안은 잘 관리되어 있었다. 잔디는 빈틈없이 찬란하게 푸르렀다. 잔디의 색과 북한강의 물빛이 서로 화답하듯 푸르게 출렁거렸다.

캐더린은 별장의 거실로 안내되었다.

적당히 나무 냄새가 났으며, 바닥은 반질반질했다. 별장지기의 바지런함을 알 수 있을 것 같았다.

그곳에서 캐더린은 한나절을 기다렸다.

이런 곳이라면 며칠 있어도 좋겠다는 생각이 들었고, 그런 생각은 그녀를 안온하게 했다.

조금 전까지 그녀를 지배하던 불안감은 어디론가 사라져 버렸다. 대신 그 자리에 권준의 배려에 대한 감사와 그의 체온을 느끼고픈 열망이 스며들었다.

누구의 방해도 받지 않고, 그와 함께 아침 안개가 끼는 호수를 걷는다면…… 아름다울 것이다. 언젠가 그가 미국에 왔을 때, 함께 캘리포니아 주 남쪽의 해변을 거닐었던 것처럼.

권준은 빨리 오지 않았다. 무슨 일인지 휴대폰도 꺼진 채였다.

별장의 베란다로 난 문을 통해 해가 지고 있었다. 며칠 전 홍콩에서 본 화려한 일몰과 달리, 고즈넉한 일몰이었다.

캐다린은 숄더백에서 던힐을 꺼내 피우며, 그 모습을 바라보았다. 일몰의 순간은 생각보다 짧았다.

해가 졌을 때 한 남자가 별장 안으로 들어왔다.

그가 거실의 불을 켰을 때, 캐더린은 깜짝 놀랐다. 오기로 했던 권준이 아닌, 다른 인물이 왔던 것이다.

그는 비서관이라고 자신을 소개한 뒤, 권준은 다른 장소에서 그녀를 기다린다고 전했다.

캐더린은 보좌관의 차를 타고 별장을 빠져나와 북한강 근처의 한 주차장에서 권준을 만날 수 있었다.

권준은 치밀한 사람이었다. 그런 그가 별장으로 직접 오지 않고 캐더린을 다른 곳으로 데려오라는 지시를 내렸다면 그만한 이유가 있을 것이다. 혹시 미행이라도……? 잊고 있던 불안감이 다시 그녀의 온몸을 지배하기 시작했다.

권준은 자신의 차 안에서 그녀를 기다리고 있었다.

캐더린이 조수석에 오르자, 권준은 차를 몰아 조금 더 외진 곳으로 향했다. 그들이 도착한 곳은, 북한강 근처에 이런 곳이 있었나 싶게 조용하고 은밀한 장소였다.

길게 늘어진 버드나무 가지가 초저녁의 별빛에 흩날리는 듯했다.

"왜 왔소?"

권준이 제일 먼저 꺼낸 말이었다.

"검찰이 혐의를 두고 있는 게 뭔지 알아야겠어요."

캐더린이 담담히 대답했다.

"불법 뇌물 공여가 될 거요. 군 검찰에서 밝혀낸 거지만, 검찰로 이첩되어도 당신에 대한 혐의는 불법으로 군사 기밀을 수집한 것 외에도 뇌물 공여……."

"뇌물 공여?"

전혀 생각 밖의 낯선 말이었다. 뇌물 공여라니…….

"뇌물 공여라니요?"

뇌물 공여라는 단어는 역시 그녀의 입속에서도 설었다.

"당신이 현기문한테 티파니 보석을 선물로 보냈다던데…… 일만 달러짜리……."

"그것 때문에 뇌물 공여라는 거예요? 겨우 일만 달러짜리 보석 때문에?"

"당신이 얼마를 주었건 그건 중요치 않아요. 중요한 것은 당신이 P-프로젝트 관련자에게 일만 달러 상당의 보석을 선물했다는 거요."

캐더린은 비로소 자신이 어떤 상황에 처해 있는지 알았다. 국방장관을 만나 담판을 지으면 될 것이라는 상황 판단은 치명적일 정도로 안이한 발상이었다.

상황은 생각보다 심각했다. 저쪽은 이미, 그들의 손이 미칠 수 있는 모든 곳에 다 손을 쓴 후였다. 그것도 아주 신속하고 치밀하게.

"이제 어떻게 되는 거예요?"

"당신이 검찰에 출두함과 동시에 피의자 신분이 될 거요. 그리고 구속으로 기소가 될 확률이 높아요."

"나 하나를 잡기 위한 얼개가 완벽하게 준비됐다는 거로군요?"

권준은 굳게 입을 다문 다음, 뒷좌석에서 서류봉투 하나를 꺼냈다. 뜻밖에도 소형 카세트였다.

권준이 재생 버튼을 누르자, 놀랍게도 며칠 전 홍콩의 호텔에서 나눈 두 사람의 대화가 모두 녹음되어 있는 게 아닌가!

이 상황에서 객관적으로 들리는 자신의 목소리와 웃음소리가 마녀의 그것처럼 끔찍하게 느껴졌다. 캐더린은 전율했다. 그 전율의 근거는 두려움이었다.

그들을 옥죄는 올가미는 이미 완벽했던 것이다.

캐더린은 두 손으로 덜덜 떨리는 아래턱을 감쌌다.

권준 역시 창백한 얼굴이었다.

"당신이 묵었던 그 방에…… 누가 왔다갔었소?"

세탁 담당자가 잠깐 들렀고…… 그랬다, 룸서비스! 한 명으로도 충분한 룸서비스에 두 명이 왔었다. 그들 가운데 한 명이 현란한 세팅으로 캐더린과 권준의 시선을 끄는 동안, 나머지 한 명이……?

캐더린의 심장은 엄청난 속도로 뛰기 시작했다. 그녀는 가슴을 지그시 누르며 물었다.

"어떻게 호텔에서 그런 일이……?"

"CIA나 KGB 등에서도 이런 식의 도청 시도는 있어 왔소. 그런데 우리에게 문제는 물증이 없다는 거요. 우리는 현장에서 아무 낌새도 못 챘으니, 이 문제를 가지고 호텔 측에 어필을 할 수도 없어요."

"이제 어떻게 하면 되나요?"

"……방법이 없어요."

방법이 없다…… 그 말은 권준으로서도 그녀를 도울 방법이 없다는 의미였다.

"출국하는 게 좋겠군요."

"당신은 출국할 수 없소. 도주로 간주되어 공항에서 바로 체포될 수도 있어요."

"내가, 검찰에 자진 출두 의사를 밝혀두었는데도…… 그 사람들은 그런 상황까지 가정해서 미리 모든 걸 준비해두었군요!"

"검찰 출두 의사야 언제든 바뀔 수 있다고 판단했겠지."

권준을 바라보는 캐더린의 눈빛이 절박하고, 애처러웠다. 저 눈빛 때문에 얼마나 많은 것들을 그녀에게 제공해왔던가, 권준은 생각했다.

"……도와줘요, 내가 출국할 수 있게……."

권준이 웃었다. 자조적인 웃음이었다.

"나도 내게 그 정도의 힘은 있을 줄 알았소. 그런데 누군가에게는 내가 생각한 것보다 당신이 훨씬 더 거물이었소. 당신의 출국을 도울 경우…… 나 역시도 상당한 데미지를 입게 될 거요."

"그래도 도와줘요."

"당신은, 나까지 망칠 셈이야?"

권준의 일격은 날카로웠다. 마음 밑바닥에 깔려 있던 짜증과 두려움이, 무의식적으로 튀어나왔던 것이다. 그의 목소리는 필요 이상으로 크고 매서웠다.

권준은 캐더린과 관계 하다 권력에 의해 소진된 김성수, 그리고 강욱을 생각하고 있었던 것이다.

캐더린은 한 번도 권준이 신사가 아니라고 생각해본 적이 없었다. 그는 캐더린에게 지금까지 완벽히 신사였다.

그런데 이제는 아니다. 여자에 대한 의리 때문에 부담스러운 일에 휘말리기에는, 그는 정치적 야망이 너무 큰 사람이었다.

"잔인하게 들리겠지만, 나도 지금 위기의 한가운데 있어요. 당신과 나의 관계가, 세상에…… 아니 세상이 아니어도 좋아, 우리 당 내부 몇몇 인사들에게 알려진다고 가정했을 때 그건 나에게 치명적이오……."

"도청을 한 사람은 누구인가요?"

권준은 천천히 고개를 저었다. 모른다는 뜻이었다.

"그럼, 그걸 보낸 쪽에서 원하는 게 뭔가요?"

"경고요…… 당신과의 관계를 단절하라는……."

때로 사람은 극단의 상황에서 어떻게 행동을 해야 하는지 판단이 서지 않을 때가 있다. 이상하게도 그럴 때 입에서는 웃음이 흘러나오게 된다. 여유를 가장한 웃음인지 아니면, 초조함을 감추려는 웃음인지 그 의미는 명확하지 않지만.

캐더린의 입가에 애매한 웃음이 머물렀다.

"잘못되기라도 하면…… 내 정치인생은 또다시 사망이오."

내 정치인생은 또다시 사망이오, 하면서 캐더린을 똑바로 응시하는 권준의 눈빛은 나약했다. 나약하고 야비했다.

그녀를 도울 수 없음을, 아니 근 30년을 이어온 우정을 외면해야 하는 이유를 그는 자신의 나약한 눈빛으로 설명했다.

그것에 대한 조소인지도 모른다, 캐더린의 그 웃음은.

그리고 이 순간, 캐더린은 깨달았다. 세상에는 판타지가 존재하지 않는다는 것을.

조금 전까지만 해도 캐더린은 권준과 함께 아침 안개가 낀 호수를 산책하는 상상에 빠져 있었다. 자신이 그런 꿈을 꿨다는 사실이 견딜 수 없을 만큼 가소로웠다. 그래서 캐더린은 또다시 웃었다. 이번에는 자신에 대한 조소였다.

판타지는 그저 판타지 속에서만 아름다울 뿐이다.

현실에서 판타지를 기대할 때, 사람은 예외 없이 뻔뻔하고 민망한 현실을 보게 된다. 캐더린은 서둘러 그 현실에서 고개를 돌렸다.

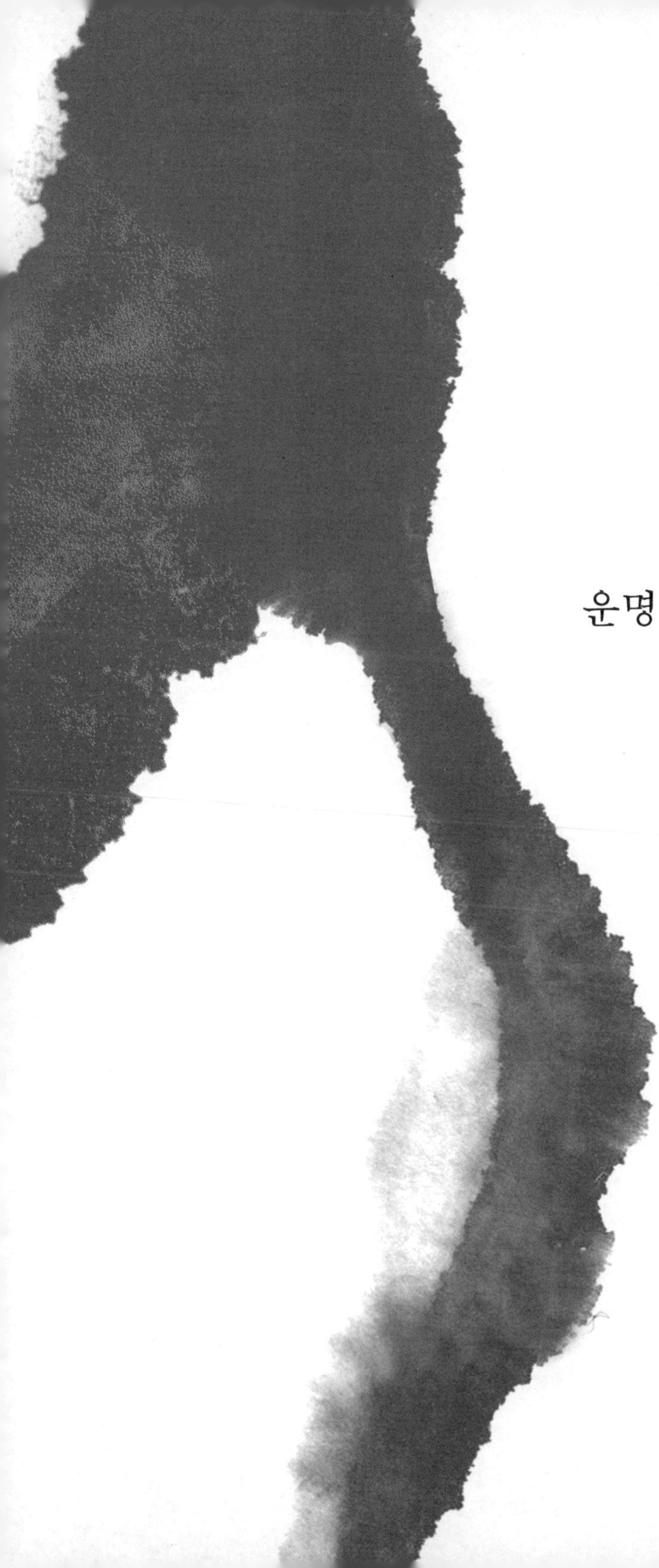

10장

운명에 달하다

1

그 길로 캐더린이 찾아간 곳은 김방의 자택이었다.

김방은 새 정부의 실세 중의 실세였다. 그리고 캐더린이 대통령 선거 이전부터 이용 가치를 주목해 온 사람이었다.

양평에서 서울로 돌아오면서 수차례 전화를 걸었지만, 김방은 받지 않았다. 그것이 그녀에 대한 김방의 의도적 외면이라는 사실을, 캐더린은 모르지 않았다.

캐더린은 김방이 아직 집으로 돌아오지 않았다는 사실만을 확인하고, 김방의 집이 있는 서초동으로 차를 몰았다.

김방의 집은 붉은색 벽돌담이 아주 높았다. 그 붉은 벽돌을 타고 넘어온 담쟁이 덩쿨이 늦은 밤, 바람에 이리저리 흩날리고 있었다. 그리고 그 바람이 머금은 물기…….

긴 세월 저쪽에…… 서른 언저리의 그녀, 캐더린이 있었다.

미국으로 가기 위해 어쩔 수 없이 선택한 결혼과, 행복하지 않았던 결혼 생활.

미래에 대한 암담함 때문에 사랑하지 않는 남자에게 필사적으로 매달릴 수밖에 없었던, 서른 언저리의 그녀. 그때 박성렬의 집 담장에서 본 담쟁이는 마치 그런 그녀의 운명을 조롱하듯 바람에 출렁거렸었다.

그 출렁거림을 캐더린은 똑똑히 기억했다.

그리고 지금 다시 한번 운명을 건 거래를 준비하고 있다. 캐더린은 손을 뻗어 담쟁이 잎사귀 몇 개를 뜯어냈다.

이 세상에서 그녀의 운명을 조롱할 수 있는 건, 이제 없다…… 캐더린은 그렇게 생각했다.

김방이 집으로 돌아온 것은 자정 무렵이었다.

그는 운전석 뒤쪽 자리에 앉아 잠들어 있었다.

어둠 속에서 캐더린이 뛰어나와 그 차를 막고 섰을 때, 기사는 한동안 얼이 빠진 모습이었다. 달밤에, 그것도 천지사방이 고요한 달밤에 산발을 한 중년의 여자가 두 팔을 벌려 차를 가로막고 선 모습은 희극적 요소가 가미된 공포 영화의 한 장면 같았다.

차가 급정거하자, 운전석 뒤에 잠들어 있던 김방이 눈을 떴다.

캐더린은 김방이 앉아 있는 뒷좌석으로 달려가 차창을 두드렸다. 김방은 안경을 치켜 올리며 자신을 바라보는 한 여자를 올려다보았다.

창백한 달빛 아래서 싸늘하게 웃고 있는 그녀, 캐더린은 마치 악마 같았다.

울 소재의 양복을 입고 있었음에도, 김방은 냉기를 느꼈다. 김방은 근처 호텔로 캐더린을 데려갔다. 처음 전화가 걸려온 시간을 감안해 보면, 그녀는 적어도 5시간 이상 골목에 서 있었던 것이 분명했다.

겉으로는 웃고 있지만, 김방은 캐더린을 잘 알았다. 그녀의 몸 전체에 퍼져 있는 신경세포들이 이미 칼끝처럼 날카롭게 곤두서있다는 것을…… 그녀가 언제 어떤 상황에서 온몸을 다해 돌진할지는 아무도 모른다.

그래서 김방은 그녀를 안정시킬 수 있는 곳으로, 근처 호텔을 선택했던 것이다.

호텔의 커피숍은 이미 문을 닫은 후였다. 김방은 호텔 매니저를 불러 조용히 얘기할 수 있는 방을 요구했다. 매니저는 객실도 괜찮겠냐고 물었다. 김방은 펄쩍 뛰었다. 객실이라니! 지금 어디엔가 마치 은밀한 총구처럼 그들을 향해 카메라가 겨누어져 있을지도 모르는데.

호텔 매니저는 잠시 알아본 뒤, 중국 식당의 작은 방 하나를 내주었다.

중국 식당은 이미 문을 닫았지만, 호텔 VIP 고객을 위한 배려였다. 그 방은 지난 대선 기간, 김방이 중요 인사들을 은밀히 만나 식사를 하던 곳이었다.

두 사람이 자리에 앉자, 차가 준비됐다.

캐더린의 시선이 작은 룸 안 이곳저곳을 불안스레 옮겨 다녔다.

그녀의 눈에 오래된 나무의 결을 살린 차 테이블과 중국식 칠보로 장식된 다기가 들어왔다.

"예쁘네요."

캐더린이 말했다. 지금 분위기에 너무나 어울리지 않는 말이라 김방은 깜짝 놀라서 그녀를 보았다. 카멜레온 같은 여자다. 지금 같은 상황에서 어떻게 장식 따위가 눈에 들어온단 말인가.

"분위기가 마치 19세기 상해 같아요. 물론 그때 안 살아봐서 자세히는 모르겠지만, 그냥 느낌이 그렇다는 거예요."

캐더린은 중국차 한 잔을 홀짝 마시며 웃었다.

필요치 않은 말이, 그것도 상황에 어울리지 않은 말이 헤실헤실 입에서 풀려나오는 것은, 이제 추위를 피하게 됐다는 아주 단순한 안도 때문이리라…… 김방은 캐더린을 보며 생각했다.

"봄이라 해도 밤이 되니까 춥더라고요. 한 다섯 시간 의원님 집 앞에서 기다렸어요. 뜨거운 차를 마시니 몸이 좀 풀리네요."

김방은 캐더린을 찬찬히 살펴보았다.

그녀는 허리를 질끈 동여맨 검은색 트렌치코트를 입고 있었다. 머리는 산발로 풀어헤치고 차가운 밤기운 때문이었는지 입술 언저리가 푸르스름했다.

"다섯 시간 동안 날 기다린 용건이 뭐요?"

김방이 물었다.

"모르지 않으실 텐데요."

캐더린의 입은 여전히 웃었다. 눈은 웃지 않고 입만 웃는…… 이죽거리는 듯한 특유의 웃음…….

"잘 모르는데요, 나는……."

"그래요……."

잘 모르겠다는 김방의 대답이 무엇을 의미하는지 모를 캐더린이 아니었다. 아무 도움도 줄 수 없다는 뜻이었다. 그녀도 예상했던 반응이었다.

그럼에도 캐더린은 웃었다. 그 웃음이, 김방은 기분 나빴다.

"그런데…… 어쩌죠? 제 상황을 아시든 모르시든 지금 한국에서 절 도와줄 수 있는 분은 의원님밖에 없는데……."

김방은 생각했다. 어떻게 저런 말을, 저렇게 웃으면서 할 수 있을까.

"웃지 말았으면 좋겠어요. 기분 좋은 상황은 아닌 것 같은데……."

그러나 캐더린은 여전히 웃는 얼굴이었다. 그가 무슨 말을 하든 개의치 않겠다는 뜻이었다.

"의원님. 저는 지금 실체를 알 수 없는, 어떤 좆같은 새끼한테 물을 먹고 있는 중입니다. 그 새끼가 누군지…… 의원님은 아실 겁니다. 대통령의 측근이니까요."

아마도 캐더린이 말하는 그 누군가는 장도춘일 것이다. 그는, 얼마 전 자신에게 절대 충성하는 인물을 군 정보부대 책임자로 앉혔다. 형식은 천거의 형태지만, 실질적으로 그의 입김이라 보는 것이 옳았다.

새 정보부대장은 부임하자마자 P-프로젝트 타당성에 대해 이의를 제기했다. 문제 제기의 의도가 평소 한미공조를 강조하는 그의 소신에 기인한 것인지, 장도춘의 의지인지는 확인되지 않았지만,

아무튼 P-프로젝트에 대한 재조사가 이루어지면서 결정적으로 불리해진 인물은 캐더린이었다.

게다가 그녀와 함께 일하던 김기용은, 그녀가 현기문에게 1만 달러가량의 보석을 선물했다고 군 검찰 조사 과정에서 털어놓았다.

그녀는 지금 불법 군사 기밀 수집과 뇌물 공여의 혐의를 동시에 받고 있는 가운데, 검찰 출두를 앞두고 있었다.

김방은 이미 그녀가 이런 판세를 정확히 읽고 있다는 사실을 알았다. 그렇지 않으면 5시간이나 집 앞에서 떨며 그를 기다릴 그녀가 아니었다.

이런 상황에서 설레발을 치면, 치는 쪽만 웃기게 되어 있다. 김방은 거두절미하고 물었다.

"나한테 뭘 도와달라는 거요?"

"출국하려고요. 되도록 빨리……."

"검찰 출두는?"

"하지 않으려고요."

"그럼…… 그냥 출국하면 되잖소."

김방이 살짝 캐더린을 떠보았다.

캐더린은 여전히 얼굴빛 하나 변하지 않고 말했다.

"그러니 도와달라고 하는 겁니다. 제가 지금 뇌물 공여 혐의랍니다. 잘못하다간 공항에서 체포될 지도 몰라요."

"당신한테 내려져 있을지도 모를 출국 금지 조치를 해제해 달라?"

"부탁이 하나 더 있어요."

캐더린은 조근조근 자신의 용건을 이어나갔다. 이야기의 내용이 아닌 표정과 분위기만 본다면 마치 사랑의 밀어라도 속삭이는 모습처럼 보일 터였다.

"제가 급히 만든 돈이 좀 있는데…… 그걸 가지고 나가야겠어요."

"얼마나?"

"오십만 달러……."

"오십만 달러?"

"전액 현금이에요."

김방의 얼굴 근육이 파르르 떨렸다.

출국 금지 조치가 되어 있을 게 뻔한 피의자가, 게다가 현금을 50만 달러나 들고 공항을 빠져나갈 테니 도와달라고 하지 않는가.

그 일을 하려면 적어도 검찰 수뇌부를 움직여야 한다. 게다가 공항 공단의 협조도 받아야 한다. 그로서도 부담스러운 일이었다.

김방의 미간이 찌푸려졌다. 바로 그때, 김방의 기색을 살피던 캐더린이 가방 안에서 무언가를 꺼내놓았다.

그녀의 통장 사본이었다.

"그 안에 십억 원이 빠져나갔을 거예요. 오억은 전액 현금으로, 나머지는 CD로…… 제가 주로 거래하는 은행장을 통해 오억은 현금으로 만들었고, 나머지는 CD로 했는데, 검찰 조사를 받게 되면 이 돈을 어디다 썼는지…… 말하지 않을 수가 없을 것 같습니다."

그것은 지난 대선 과정에서 김방이 캐더린에게 받은 돈이었다. 검찰 조사를 받게 된다면, 이 내용을 불어버리겠다는 협박이었다.

"제가 그때 받은 영수증은 이억 원이었어요. 한 개인이 기탁할 수 있는 법정 선거액이 이억 원이었지요? 나머지를 어디다 썼느냐고 물으면 제가 뭐라고 말을 해야 되나요?"

그 돈은 대선에 쓰였고, 일부는 김방이 유용했다.

김방은 그제야 그녀가 자신의 약점을 잡고 있다는 것을 깨달았다.

캐더린은 여전히 웃는 얼굴이었다. 게다가,

"배달 사고…… 부분까지 검찰에서 증언을 할 수는 없지 않겠습니까?"

김방은 테이블 위에 놓인 차를 마셨다. 중국차는 여전히 뜨거웠고, 밍밍한 맛이었다.

김방이 찻잔을 내려놓고 캐더린을 마주보았다.

검은 옷을 입은 그녀는, 단정하게 앉아서 여전히 예쁘게 웃고 있었다.

2

현기문. 그는 군 정보기관의 조사를 모두 받은 후 군 검찰로의 이송을 눈앞에 두고 있었다.

모든 일이 순식간에 일어났다. 정권이 바뀌었고, 정보부대 부대장이 바뀌었다. 정보부대장이 바뀌면서 진행 중인 P-프로젝트에 대한 재조사가 이루어졌고, 어느 날 그는 군 정보기관에 연행되었다. 그리고 군 정보기관을 거쳐, 군 검찰 조사를 눈앞에 두고 있었다.

P-프로젝트 진행은 중단되었고, 그와 함께 사업을 진행하던 군인

가운데 상당수가 이 사업에서 손을 떼야했다.

그들을 통해 군사기밀이 무기업자에게 유출되었다는 혐의였다.

그뿐 아니라 현기문에게는 하나의 혐의가 더 추가되었다. 수뢰였다. 캐더린에게서 받은 보석이 화근이었다.

캐더린은 현기문 부부의 결혼기념일을 축하한다는 명분으로 선물을 보내왔다.

그때 현기문은 솔직히 캐더린의 섬세함이 프로답다고 생각했을 뿐이다. 그래서 기분 좋게 받았다. 그 보석의 가격이 얼마인지 생각해보지도 않았고, 알 필요도 없다고 생각했다.

그때 아내는 얼마나 기뻐했던가.

제대로 된 보석 하나 가져보지 못하고 평생을 살아온 군 공무원의 아내가, 어느 날 티파니 보석을 선물 받았다. 눈이 뒤집히지 않으면 그게 이상한 일이었다.

보석에 눈이 먼 아내의 얼굴을 보고 그저 웃어버린 게 잘못이라면 잘못이었다. 그리고 그걸 빼앗아 돌려주지 못한 게 죄라면 죄였다.

현기문은 궁금했다. 도대체 군 검찰은 캐더린이 자신에게 그런 선물을 한 것을 누구를 통해서 알게 됐을까. 지금 캐더린의 행방은 오리무중이라고 하지 않는가.

거대한 힘의 논리를 앞세운 검고 음습한 음모가, 그 앞에 도사리고 있는 게 분명했다. 이제 그는 그곳에 희생양으로 던져지리라.

아무리 군사 기밀을 유출하지 않았다고 강변해도, 아무리 그것이 대가성 있는 뇌물이 아니었다고 주장해도, 그에게는 힘이 없었다. 그의 주장은 너무 무기력했다.

시나리오는 너무 완벽했고 그의 무죄를 입증할 만한, 그 무엇도 없다.

현기문은 목이 탔다. 물을 마셔도 해결되지 않는 갈증이었다.

허우적거리면 허우적거릴수록 자신을 더욱 옥죄는 거대한 힘 앞에, 현기문은 그저 물고기처럼 파닥거렸다.

군 검찰관 지석용이 찾아온 것은 그 즈음이었다.

지석용은 사관학교를 졸업한 뒤, 사법 고시를 패스하고 군 검찰로 일하고 있는 인물로, 현기문과는 형 아우 하는 사이었다.

지석용과 마주앉은 현기문의 손목에는 수갑이 채워져 있었다.

"선배님, 담배 한 대 하시겠습니까?"

지석용은 현기문에게 담배를 권했다.

한때 두 사람은 대한민국 군인이라는 공통분모를 가지고 있었고, 그것은 두 젊은 군인의 가슴을 뜨겁게 했다. 밤새워 술을 마시며, 대한민국 군인으로 명예롭게 살다 죽자고 맹세한 적도 있었다.

그런데 이제 한 사람은 군 검찰의 신분이고 다른 한 사람은 수뢰 혐의를 받고 있는 피의자 신분이 됐다.

울컥 하고, 현기문의 가슴속이 뜨거워졌다. 그 뜨거운 기운은 눈시울로 차올라 눈물이 되어 흘렀다. 후배 앞에서의 눈물이 민망하다는 사실보다는 우선 억장이 무너졌다. 현기문의 눈에서 쏟아져 나오는 눈물은 멈추지 않았다.

현기문은 수갑이 채워져 있어서 불편한 손으로 자신의 뺨에 흘러내리는 눈물을 닦았고, 그러다 아예 울어버리고 말았다.

지석용이 말했다.

"선배님, 죄송합니다. 제가 어떻게 해보려고 하는데 쉽지 않을 것 같습니다."

현기문은 겨우 진정하고 담배 몇 모금을 연거푸 빨았다. 매운 담배를 빨아들이는 호흡 끝에는 여전히 눈물이 달려 있었다.

"선배님의 수뢰 혐의를 입증하기 위해서는, 무기 로비스트 캐더린에 대한 조사까지 이루어져야 합니다. 그런데 이상하게 위에서는 서둘러 사건을 종결지으려는 분위깁니다."

"캐더린은 한국 들어왔다며?"

현기문이 물었다.

"소재 파악이 안 된답니다."

캐더린은 보통의 여자가 아니었다. 상황이 이런데 모습을 드러낼 여자가 아니었다.

"선배님은 E시스템 사와 모든 상황이 종료된 다음에 보석을 받았습니다. 게다가 선배님은 그 보석의 가격도 모르고 있었습니다. 그래서 수뢰가 성립되지 않는다고 해도…… 이상하게 위에서 밀어붙이고 있습니다."

"이제 어떻게 되는 건가?"

"군 검찰의 조사를 받은 후에 검찰로 넘어가게 될 겁니다. 그런 다음 재판에……."

"한 가지 부탁이 있어."

현기문이 말했다. 그는 군인과 군 공무원으로 살아온 마지막 자존심만은 지키고 싶었다. 그것마저 무너진다면 벽에 머리를 박고 죽을 것 같았다. 심장을 쥐어짜는 마음으로…… 아니, 그 부탁에 자신의 목숨을 거는 마음으로 현기문이 말했다.

"내가 보기에, 이건 음모야. 누군가 어떤 목적을 가지고 움직이는 음모라고. P-프로젝트 자체에 하자는 없었어. 미국과의 밀고 당기기가 있었지만, 우리는 잘 진행했고, 성능 또한 잘 나올 거라고 확신해. 그 과정에 나는 하늘을 우러러 부끄러운 점이 없어. P-프로젝트는……."

한순간 현기문은 울컥했다. 목울대를 울렁이게 한 그 뜨거운 것을 집어삼키며 현기문은 말을 이었다.

"P-프로젝트는, 우리나라의 전략 정보를 자주화하기 위해 반드시 필요한 사업이었어. 자주국방을 위해 반드시 필요한 사업이었다고. 그 사업이 똥물을 뒤집어쓰고, 그 사업을 추진한 사람이 오명을 쓰는 일이 없도록…… 잘 부탁하네."

지석용이 고개를 끄덕였다.

"제 생각에도 P-프로젝트가 중단되는 일은 없을 겁니다. 타당성 조사를 다시 한다고 해도, 결론은 같을 겁니다."

"결론이 같은 타당성 조사를 왜 다시 하겠나. 그건 P-프로젝트 진행 자체에 흠집을 내기 위한 누군가의, 거대한 조종이야. 그러기 위해서는 조사 결과와 상관없이 누군가는 희생양이 돼야 해. 그러나 난 그 희생양이 되고픈 마음이 없어."

지용석이 안타까운 눈빛으로 현기문을 바라보았다.

한쪽 발이 덫에 걸려 허우적거리는 현기문이 형형한 눈빛으로 자신을 보고 있었다.

"나의 결백을 밝혀줘…… 그 보석을 받은 대가로, 내가 문제가 있는 P-프로젝트를 그대로 진행한 게 아니라는 사실을 밝혀줘."

지용석은 고개를 숙였다. 그렇게 하겠습니다, 하는 말 대신 그의 입에서 나온 말은 죄송합니다, 였다.

현기문의 구속으로 사건을 종결시키려는 거대한 힘의 실체를, 지용석도 어렴풋이 느끼고 있었다.

그러나 그 실체는 까마득히 멀었고, 너무나 막강한 권력을 업고 있었다.

3

하늘이 다시 희뿌옇게 보였다.

군 검찰의 수사를 받고 나오면서부터 하늘빛은 늘 그랬다. 언제부터인가 중국으로부터 황사 바람이 밀려왔고, 한국은 화창한 봄빛을 잃었다.

황사에 섞여 있던 모래가 입 안으로 들어왔는지 입 안이 버적거렸다. 골목을 돌 때, 김기용은 사람들이 보지 않는 틈을 타 침을 뱉었다.

김기용은 지금 강남의 한 성당으로 향하는 중이었다.

오래전 가톨릭 신자이던 시절이 그에게도 있었다. 그러나 종교는 인간의 필요에 의해서 만들어낸 위안일 뿐이라는 사실을, 그는 삶에서 이런저런 혹독한 대가를 치르며 배웠다.

김기용이 일요일 아침 일찍 성당으로 가는 것은, 오늘 그곳에서 행사가 있고, 그가 꼭 만나야 할 사람이 그 행사에 참석하기 때문이었다.

미사에 참석하면서 그를 만나는 것이 좋을지, 아니면 성당 밖에서 기다리는 게 좋을지 김기용은 가는 내내 망설였다. 그러나 성당에 다다를 때까지 결정을 내리지 못했다.

성당은 영성체 행사로 분주했다.

세례를 받는 어린아이부터 노인들까지, 성당의 뜰은 기분 좋은 긴장감으로 조금 들떠 있었다.

오늘 그가 만나야 할 사람은 영성체 행사에서 대부를 서는 사람이다. 장도춘…….

그는 새 정부 들어서, 힘의 정점에 서기 시작한 사람이다, 그것도 은밀히.

군 정보기관 조사와 군 검찰 조사를 받는 내내 김기용은 생각했다. 장도춘을 만나야 한다고.

현기문이 캐더린에게서 보석을 받았던 사실을 털어놓으면서부터, 그것은 그에게 신앙이었다. 생존을 위해서는 선택의 여지가 없었다.

배신이라는 단어는 생존이라는 단어 앞에서 항상 무기력했다. 세상에서 가장 절박한 이유는 살기 위해서이다. 가족을 부양하기 위해서, 살기 위해서 그는 장도춘을 만나야 했다.

미사에 참석할 것인가 하지 않을 것인가 하는 망설임은 성전 입구에 들어서면서 자연스럽게 사라져 버렸다.

몸에 익은 습성은 무서운 데가 있었다. 김기용은 조금의 망설임도 없이 성수를 찍어 성호를 그었다. 그런 다음 성당 내부를 훑어보았다. 장도춘을 찾기 편한 자리가 필요했다.

김기용은 신부님이 가까이 보이는 앞자리를 택했다.

장도춘이 오늘 이곳에서 대부를 서는 영성체 식이 열린다면 싫든 좋든, 그의 대자를 앞세워 신부님 앞에 설 수밖에 없을 것이다.

김기용은 군 검찰의 조사를 받으면서, 장도춘이 신자들에게 너그럽다는 사실을 우연히 알게 되었다. 그 우연한 정보는, 지금부터 그에게 유용하게 작용하리라.

김기용은 또다시 운명을 건 거래를 하고 있었다. 언젠가 캐더린을 찾아가 자신을 맡기던 그 시절처럼.

미사가 시작되었고, 영성체 식이 거행되었다.

김기용은 예비 신자와 그들의 대자 대모들의 얼굴을 꼼꼼히 훑어보았다.

한순간 김기용의 동공이 터질 듯 팽창했다.

김성수였다! 큰 키에 껑충하게 마른 체구…… 어딘지 바람이 빠져나간 듯 보이는 전 국방장관 김성수가 두 손을 모은 채 겸손하게 주교 앞에서 머리를 숙이고 있었다. 주교는 그의 이마에 성수를 뿌렸고, 그의 대부로 보이는 한 남자는, 그의 뒷덜미를 경건히 잡고 있었다.

김성수는 마치 커다란 죄를 지은 후 참회하는 사람의 모습이었다. 그런 그의 뒷모습은 거룩해보였다.

아마 영혼의 위안이 필요했으리라. 핍진해진 한 영혼을 위무하는 데 종교만한 것이 또 있을까.

장도춘이 나타난 것은, 김성수의 세례가 끝나고 열 명 정도의 순서가 지난 뒤였다. 장도춘과 김성수가 구면인지, 김기용은 알지 못했다.

안면이 있는 사이라면 미리 인사를 나누었을 것이고, 구면이라면 서로의 실체를 모른 채 그날의 만남을 끝냈을 수도 있을 것이다. 장도춘은 영성체를 받는 대자의 대부를 서기 위해, 이 성당에 잠시 들른 것에 불과하니까.

그러나 장도춘은 김기용과는 구면이었다.

언제였던가, 김기용이 공사의 촉망받던 엘리트 장교로 미국의 한 방산업체를 방문했던 적이 있다. 그때 다른 한국인들과 식당에서 우연히 마주친 적이 있었다.

당시에는 여러 사람에 섞여 인사를 나누었는데…… 장도춘이 기억할까? 김기용은 그런 생각을 하며 다시 한번 눈으로 그를 찾았다.

세월의 이쪽에 선 장도춘은 강건했다. 그때처럼 여유 있는 웃음과 호방함이 여전히 그의 입가에 머물러 있었다.

한순간 장도춘과 김기용의 눈에 허공에서 얽혔다. 그러나 장도춘은 이내 무심히 고개를 돌렸다. 자신을 기억하지 못하기 때문이라고 김기용은 생각했다.

미사는 지루하게 지속되었고, 김기용은 연신 장도춘 쪽을 살폈다.

그는 대자의 어깨를 어루만지면서 자애롭게 웃고 있었다.

마침내 미사가 끝났다.

김기용은 재빨리 성당 입구로 나갔다. 우연을 가장해 장도춘을 만나기 위함이었다.

그를 만나서 무슨 말을 할까, 아니 당신과 함께 일하고 싶다는 것을 어떤 말로 시작해야 할까, 하는 생각으로 사람들을 밀치는 것도 모르고 무조건 입구로 달려 나갔다.

바로 그때 건장한 한 남자가 자신의 앞을 가로막고 섰다.

장도춘이었다.

"김 장군! 아까부터 나를 계속 보던데…… 여긴 웬일이오?"

자신감과 신뢰가 넘치는 목소리였다.

김기용은 손을 들어 악수를 청했다. 장도춘은 눈부시게 웃으며 김기용의 손을 잡아 왔다. 두툼하고도 안락한 손이라고 김기용은 생각했다.

4

캐더린은 공항으로 나갈 때, 자신의 옷차림이 무척 신경 쓰였다.

쫓겨나가는 것처럼 후줄근한 모습이고 싶지는 않았다. 만약의 경우…… 정말 말 그대로 만약의 경우, 검찰에 연행된다면 죄인의 모습이고 싶지 않았다. 죽어도 그러기는 싫었다.

무사히 한국을 빠져나간다면, LA 인근의 팔로스버디스로 가리라.

거기 장도춘의 집이 있다고 했다.

장도춘…… 그를 만나서 담판을 지으리라.

그와 어떤 식으로 담판을 할 것인지는, 비행기를 타고 가는 십여 시간 동안 궁리해볼 생각이었다.

캐더린은 긴 머리를 풀어 되도록 자연스레 얼굴을 가렸다. 그리고 머리모양에 맞춰 단정하게 옷을 입었다. 하늘색 바지 정장에 검은색 선글라스…… 선글라스는 특별한 포인트가 없는 단순한 디자인의 샤넬 제품으로 선택했다.

출입국을 관리하는 공항 관리 공단의 직원들이, 자신을 다른 사람과 조금 다르게 봐줘야 했고, 그렇다고 그런 목적을 위해 너무 튀는 옷차림을 할 수는 없었다.

거기에 루이비통의 여행용 가방을 들었다. 그 안에는 1백 달러짜리 지폐가 가득 들어 있었다. 50만 달러였다.

캐더린은 비행기 이륙 시간에 맞추어 공항에 도착했다.

출국 심사대를 무사히 통과한다면, 바로 비행기를 탈 수 있을 정도의 시간 간격이었다.

그녀는 LA 도착 UA항공을 예약해두었다.

보딩 패스을 받은 뒤, 옷이 든 짐 가방을 붙이고 출국 심사대 쪽으로 갔다.

실내에서도 짙은 선글라스를 끼고 있는 캐더린의 표정은 얼음처럼 차가웠고, 움직임은 침착하고 진중했다.

김방은 그녀가 공항 VIP 전용 게이트 대신 다른 통로를 이용할 수 있도록 손을 써놓겠다고 했다. 캐더린이 그의 주선으로 VIP 전용 게이트를 이용하는 것은, 그로서도 부담스러운 일이었다. 특히 공항 VIP 전용 게이트를 이용하는 사람에 대해, 언론은 예민했다.

대신 김방은 은밀히 손을 쓰기로 했다.

캐더린은 김방에게서 미리 지시받은 대로, 오른쪽 맨 끝에 위치한 출국 심사대로 가서 그 앞에 섰다.

그녀 뒤에는 별로 사람이 없었다.

출국 심사대에 앉아 있는 남자는 한 사십대 후반이나 오십대 초반쯤 되었을까. 그는 캐더린을 한번 슬쩍 보더니 그녀의 여권에 출국 도장을 찍어주었다. 특별한 것을 묻지도 않았다. 아주 심상히…… 그리고 조금은 귀찮다는 듯한 표정이었다.

캐더린은 가슴이 마구 뛰기 시작했다. 분명했다. 김방이 약속을 지킨 것이다!

이제 남은 것은 공항 엑스레이 검색대.

이번에도 오른쪽 맨 끝에 위치한 곳으로 갔다.

캐더린은 자신의 루이비통 여행용 가방과 숄더백을 검색용 벨트 위에 놓았다. 그런 다음 자신도 검색대 위에 섰다.

검색 요원의 검색이 끝나고 내려섰을 때, 엑스레이 화면에 그녀의 여행용 가방 안의 내용물이 고스란히 드러나는 게 보였다. 직사각형으로 각을 맞추어 담은 달러가 마치 잘 자른 치즈 조각 같았다.

캐더린은 당혹스러웠다. 검색용 엑스레이에 돈이 드러나리라고는 상상도 하지 못했다. 너무나 적나라하게 드러난 돈다발이 민망했다.

그러나 캐더린은 침착했다. 출국 심사대를 통과했다면 이번에도 마찬가지일 것이다.

캐더린은 벨트 위에 놓여 있던 돈 가방을 들었다. 아무도 제지하지 않았다. 캐더린은 공항 검색대 요원들의 얼굴을 바라보았다.

그들은 무심히 다음 짐들을 보고 있을 뿐이었다.

캐더린은 달러가 가득 든 여행용 가방과 숄더백을 매고 황급히 터미널 쪽으로 걸었다.

면세 상점들을 지나면서부터 그녀는 달렸다. 그리고 마침내 UA 항공 터미널.

캐더린은 무사히 비행기에 오를 수 있었다.

UA항공의 늙은 여승무원의 얼굴을 보자, 갑자기 웃음이 터져 나왔다.

캐더린은 비로소 얼굴을 가리고 있던 선글라스를 벗어, 머리 위에 걸쳤다. 자리에 앉으면, 정신없이 풀어헤친 머리카락도 좀 동여맬 생각이었다.

캐더린은 예약된 퍼스트클래스 좌석으로 갔다. 다른 때와 마찬가지로 승무원이 캐더린의 가방을 받아 선반에 올려주었다.

캐더린은 자리에 앉아 신발을 벗은 다음, 항공사에서 제공하는 슬리퍼로 갈아 신었다. 그리고 숄더백에서 손수건을 꺼내 긴 머리카락을 질끈 동여맸다.

1980년, 서른을 목전에 두고 허둥지둥 한국을 떠난 자신과 쉰을 목전에 두고 허둥지둥 한국을 떠나는 지금의 자신이 놀랍게도 닮아 있다는 생각이 들었다. 그때 그녀는 한국에서 모든 것을 잃었다. 그리고 그것은 지금도 마찬가지다.

20년의 세월은, 이렇게 그녀를 똑같은 출발선에 서게 한 것이다.

인생이란 그런 것이다. 그렇게 아이러니한 것이다.

캐더린은 인생의 아이러니한 도박에 한 번 더 자신을 던져볼 생각이었다. 그러기 위해서는 장도춘을 만나야 한다.

새 정부가 들어서면서, 그는 강욱 이상으로 강력한 파워를, 그것도 은밀히 형성했다. 만만한 적수는 아닐 것이다.

비행기가 덜컹거리며 활주로를 달리기 시작했고, 이륙했다.

캐더린은 생각했다. 이제 안전고도로 접어들면 일단 스카치위스키를 한 잔 마시리라. 그리고 한 잠 잔 다음 곰곰히 생각해보리라. 장도춘을 만나 어떤 식으로 일을 풀어 가면 좋을지. 쉽진 않겠지만, 뭔가 분명히 해답은 있을 것이다.

캐더린은 비행기의 창밖을 바라보았다. 찬란해서 눈이 부신 아침 햇살이 구름 속에 뭉게뭉게 떠 있었고, 그 가운데 일부는 비행기 창을 파고 들어와 캐더린의 눈을 찔러댔다.

캐더린은 비행기 창문의 가리개를 내린 다음, 조용히 눈을 감았다.

서울 상공을 선회한 비행기는 어느덧 태평양 쪽으로 기수를 돌리고 있었다.

나의 이야기를 쓰는가,
다른 사람의 이야기를 내가 쓰는가?

대학을 갓 졸업한 그해 여름. 나는 한 친구의 내밀하고 가슴 저린 이야기를 듣고, 소설 한 편을 썼다. 더듬어보면 글을 쓰는 동안 단 한 번도, 그것이 내 이야기가 아니라는 생각을 하지 못했던 것 같다. 그 소설이 어느 잡지의 신인상에 덜컥 당선 되면서, 나는 그것을 세상에 내놓았다. 그런데 그 대가는 혹독했다. 친구를 잃어야 했으니까.

이후 글을 쓸 때마다 항상 생각한다. 나는 지금 나의 이야기를 쓰는 것인가, 아니면 다른 사람의 이야기를 내가 쓰는 것인가?

문화방송 라디오 〈격동 50년〉은 다큐멘터리 성이 아주 강한 라디오 드라마이다. 말하자면 남의 이야기를 내가 쓰는 것이다. 그래서 오히려 편했다. 이 소설의 계기가 되었던 〈무기와 로비스트〉를 쓸 때도 마찬가지였다. 나는 다큐멘터리를 썼다.

그런데 무기 로비스트 린다김을 인터뷰 하고 돌아오던 학동 사거리에서, 이것을 소재로 한 소설을 쓰고 싶다는 강한 충동을 느꼈다. 무기 로비스트라는 직업이 주는 판타지와 함께, 그동안 만났던 관련자들의 모습을 소설 속에 그려보고 싶었다. 기록자로서 어떤 사명감도 있었던 것 같다. 그래서 소설을 썼고, 완성이 되었다.

이 글은 소설이다. 다시 말해서 특정 인물의 다큐멘터리가 아니라는 말이다. 소설 속의 주인공 캐더린 역시, 무기 로비스트 린다김에서 모티브를 얻기는 했지만 다른 인물이다. 국방장관 김성수 역시, 당시 스캔들의 주인공이던 국방장관을 차용했지만 가공의 인물이며, 안기부장이나 그밖의 인물 역시 마찬가지지다.

나는 소설을 쓰는 동안에는, 린다김을 비롯해서 일체의 인물과 인터뷰를 하지 않았다. 창작에 어떠한 영향을 받아서는 안 된다는 생각 때문이었다. 하여 이 글은 철저히 작가의 상상이, 현실의 몇 가지 사건을 조합해 창작해낸, 소설임을 명확히 해두고 싶다.

정치 다큐멘터리를 하면서 적잖은 사람들을 만났다. 그들 가운데 상당수는 현재 권력자이거나, 과거 권력자였으며, 아마도 미래에 권력을 갖게 될 사람들이었다. 그들 가운데 오래 기억되는 사람들은 권력에 의해 소모된 사람들이다.

권력은 그것을 유지하기 위해 많은 것들을, 블랙홀처럼 빨아들인다. 돈, 조직, 사람……. 권력을 창출하기 위해, 이 모든 것은 말 그대로 수단에 불과하다.

나는 소설 『로비스트』를 쓰면서, 그런 수단이 되어야만 했던 사람들에게 진혼을 올리고 싶었다. 본인의 의지와는 상관없이 수단으로 전락해서 파멸하고 말았던 적잖은 영혼들. 그들의 영혼에 위로를 주고 싶었다.

그런 점에서 한 가지, 새로운 정리가 필요한 부분이 있다. 백두사업 사업단장 권기대를 비롯한 백두사업에 관련되었던 우리 군인들, 그리고 군 관계자들. 당시 그들이 어떤 비난을 받았건, 또한 그들에게 어떤 사법적 잣대가 주어졌건, 한국의 전력증강 사업을 위한 그들의 노고는 결코 폄하 되어서는 안 된다는 것이다. 그들은 대한민국 군인으로서, 명예와 자존심 사명감을 가지고, 주어진 조건 하에서 최선을 다했다. 아마 역사가 후에 그 진실을 증명해줄 것이다.

만신(萬神)이 몸주를 받아들이기 위해서는, 자신의 의식(意識)은 떠나보내야 한다. 그래야 그 빈자리에 다른 영혼이 쉽게 차지해 들 것이다. 글도 이와 같은 빙의(憑依) 과정이 필요한 것 같다. 그래야만 글 속의 또 다른 나와 완벽한 접신(接神)을 이룰 수 있을 테니까.

접신을 위해 영혼의 대나무를 쳐드는 내 손이, 삼가 부끄럽고 민망하다.

2007년 10월

이영미

로비스트

초판인쇄 2007년 10월 24일
초판발행 2007년 10월 30일

지은이 이영미
펴낸이 김정순
책임편집 이은정
펴낸곳 (주)북하우스
출판등록 1997년 9월 23일 제406-2003-055호

주소 413-756 경기도 파주시 교하읍 문발리 파주출판도시 513-8
전자메일 editor@bookhouse.co.kr
홈페이지 www.bookhouse.co.kr
블로그 blog.naver.com/bookhouse1
전화번호 031-955-2555
팩스 031-955-3555

ISBN 978-89-5605-208-3 03810

이 도서의 국립중앙도서관 출판도서목록(CIP)은 e-CIP 홈페이지(http://www.nl.go.kr/cip.php)에서
이용하실 수 있습니다. (CIP제어번호 : CIP2007003242)